U0090976

古典文學研究輯刊

九　編

曾 永 義 主編

第17冊

元雜劇情節結構與音樂關係之研究
——以現存【中呂宮】全套樂譜之劇本爲對象

林 佳 儀 著

國家圖書館出版品預行編目資料

元雜劇情節結構與音樂關係之研究——以現存【中呂宮】全套樂譜之劇本為對象／林佳儀 著 -- 初版 -- 新北市：花木蘭文化出版社，2014〔民 103〕

目 2+222 面；19×26 公分

（古典文學研究輯刊　九編；第 17 冊）

ISBN：978-986-322-549-2（精裝）

1. 元雜劇 2. 戲曲評論

820.8　　103000758

古典文學研究輯刊

九　編　第十七冊　　ISBN：978-986-322-549-2

元雜劇情節結構與音樂關係之研究
——以現存【中呂宮】全套樂譜之劇本爲對象

作　　者　林佳儀
主　　編　曾永義
總 編 輯　杜潔祥
副總編輯　楊嘉樂
編　　輯　許郁翎
出　　版　花木蘭文化出版社
社　　長　高小娟
聯絡地址　235 新北市中和區中安街七二號十三樓
　　　　　電話：02-2923-1455／傳眞：02-2923-1452
網　　址　http://www.huamulan.tw 信箱 hml 810518@gmail.com
印　　刷　普羅文化出版廣告事業
初　　版　2014 年 3 月
定　　價　九編 27 冊（精裝）新台幣 48,000 元

元雜劇情節結構與音樂關係之研究
——以現存【中呂宮】全套樂譜之劇本爲對象

林佳儀　著

作者簡介

林佳儀，國立政治大學中國文學系碩士（2001 年 7 月）、博士（2009 年 7 月），現任國立新竹教育大學中國語文學系助理教授。研究方向為曲學、古典戲曲、崑曲、戲曲音樂。曾任國立傳統藝術中心委託之「戲曲曲譜檢索系統建置計畫」協同主持人；國立臺灣戲曲學院兼任講師、助理教授；國立政治大學兼任講師。著有《《納書楹曲譜》研究——以《四夢全譜》訂譜作法為核心》（花木蘭文化出版社，2012）。其他發表之論文如：〈論張紫東家藏崑曲曲本的傳抄意義與文獻價值〉（《臺大中文學報》第 36 期，2012 年 3 月）、〈論馮起鳳《吟香堂曲譜》之編輯意識及訂譜流傳〉（《南藝學報》第 7 期，2013 年 12 月）等。

提　要

本書《元雜劇情節結構與音樂關係之研究——以現存【中呂宮】全套樂譜之劇本為對象》，嘗試結合文學、音樂及劇情，作戲曲音樂之研究。選擇以【中呂宮】套曲為對象，主要因其經常用於劇情轉變之處，且部分曲牌較具音樂特色，存譜亦多。研究方法乃從文學格律談及曲牌結構，並嘗試說明曲牌聯套現象。主要從與句式相應的點板方式，及施於韻腳的結音展開分析。

藉由分析【中呂】套曲，可知聯套音樂的完整性是在曲牌過接中完成，每支曲牌除了文詞內涵，還具有音樂節奏的意義，且節奏的轉變通常是以二至六曲為一個段落，視套之長短而定，除了【快活三】等少數在曲中轉換節拍的曲牌，一般而言，變化不致太過急促。是故，可配合劇情需要的節奏，將一般多置於套末的曲牌挪前，如《梧桐雨》第二折在套的前半就用【快活三】來唱，因為此套雖以楊貴妃霓裳樂舞為中心，還得演後段的驚變，因此宴飲的段落不長，很快就進入樂舞的部份，此時節奏轉快，故不用較慢的【石榴花】、【鬥鵪鶉】，而用快節奏的【快活三】、【鮑老兒】等。總之，由【中呂】曲牌聯套之探討，將可初步推知：北曲聯套雖有慣用次序，但若需配合劇情，只要節奏變化穩當，曲牌支數多寡、銜接次序，仍具自由運用空間，故每套例用的首曲、次曲之後，以下曲牌，諸套多有不同。

目次

說　明

（一）本文常用省稱

《正音》：朱權《太和正音譜》

《廣正》：李玉《北詞廣正譜》

《簡譜》：吳梅《南北詞簡譜》

《小令譜》：汪經昌《南北曲小令譜》

《新譜》：鄭騫《北曲新譜》

《套式滙錄》：鄭騫《北曲套式滙錄詳解》

《九宮》：周祥鈺《九宮大成南北詞宮譜》

《納書楹》：葉堂《納書楹曲譜》

《納書楹西廂記》：葉堂《納書楹《西廂記》全譜》

《集成》：王季烈、劉富梁《集成曲譜》

《帶過曲研究》：陳美如《元人帶過曲音樂之研究》

《聯套研究》：許子漢《元雜劇聯套研究》

《務頭分析》：孔令伊《周德清小令定格中「務頭」理論之音樂分析與探討》

（二）譯譜說明

1. 本文引用《廣正》點板時，寫成簡譜，雖只有板位，但並不等於有板無眼。
2. 除《納書楹西廂記》、《集成曲譜》外，其他的樂譜皆未點小眼，在譯譜時爲不將可點一板一眼的曲牌標爲一板三眼，不論可點何種板式，概依原譜面寫爲簡譜。

（三）引文說明

1. 爲省翻檢，文中引用資料的頁碼將標注在文後，出版資料請見「參考書目」。如引述的前人曲論資料出自《中國古典戲曲論著集成》，則直接表明冊數及頁碼，如：頁 1-160。如引述《九宮》、《納書楹》、《集成》，將標注原書卷次及頁碼，如：頁 13-1。
2. 引用曲文時將依《新譜》標句韻符號：「◎」表韻句，「・」表可押可不押之句，「。」表不押韻之句。
3. 《牆頭馬上》「四」，表第四折；《單刀會三・訓子》表示《單刀會》第三折〈訓子〉，若引傳奇劇本，標法相同。

第一章　緒　論

第一節　研究動機

「戲曲」是綜合性的文學、藝術，但既然稱爲「曲」，明白顯示出不同於其他藝術種類的特質——歌唱音樂；因此若要彰顯戲曲的藝術特點、內在規律，勢必得探討戲曲音樂的內涵及其運用方法。而進一步分析戲曲音樂的內在規律，尤其是掌握中國戲曲較早成熟的曲牌音樂，更有助於討論近代勃興的地方戲音樂；廓清曲牌體音樂的體式結構對南管、北管幾經變化的曲牌體音樂更具啓示作用。因此筆者願全力以赴討論元雜劇中的曲牌及其運用，此次將重點放在音樂與劇情的聯繫上，從目前所存的北曲資料中爬梳元人雜劇的創作思維。

雖然王國維先生開啓了戲曲研究的風潮，民國以來研究的內容包括作家、作品、時代風潮、藝術特色等等，然而戲曲音樂的領域卻仍然有待開發，前賢的研究成果大多集中在二方面：一是討論曲牌格律，如：吳梅《南北詞簡譜》、羅錦堂《北曲小令譜》、汪經昌《南北曲小令譜》、李師殿魁《元散曲定律》、鄭騫《北曲新譜》，對曲牌的格律重新釐清規範，但總限於文字格律；二是以近年所編的《中國戲曲音樂集成》、《戲曲音樂研究叢書》爲代表的地方戲音樂研究，在田野調查的基礎上分析各地方戲音樂的腔調、板式。然而對雜劇、戲文音樂的研究仍然不足，即使想從地方戲音樂中回溯南北曲，卻沒有南北曲研究成果可與之相應。由於戲曲音樂的研究牽涉到戲曲及音樂，本身內涵複雜，相對的研究起來也較費周章，而研究方法又不同於器樂及一般音樂，而和各地方語言的聲韻旋律關係較密切，研究者總是很難完全統合起來。

本文想在前賢研究的基礎上，結合劇情與音樂，進一步探討元人如何運用音樂來烘托劇情、塑造人物、敘事、抒情，並探討元人燕南芝庵的《唱論》是否眞能反應元人在宮調運用上的狀況，或者更多的是類似詩話的印象式批評。畢竟單獨的討論劇情，其實十分近似小說研究，不足以彰顯「戲曲」的特質；而單獨分析音樂而不配合劇情也忽略了戲曲音樂的「歌樂」特色，少了曲文，單獨演奏的一段音樂其實脫離了人物情境，如何將二者融合，以較完整地呈現戲曲之為表演藝術的面貌，是現今的研究者所當努力的。

本文選擇以元雜劇為研究對象，著眼於它是中國戲曲的第一個高峰，其劇情內容、人物塑造、音樂結構，也影響著晚出的明清傳奇，而傳奇的許多創新也是針對元雜劇尚不能充分表現而來，因此研究元雜劇可說是先廓清戲曲源流，掌握戲曲內涵萬變不離其宗的基本要素，以利於日後研究明清傳奇，掌握不同體制劇種在結構、表現方式的差異及特色。但元雜劇音樂的研究畢竟範圍仍大，因此筆者擇定以元雜劇劇情變化最多的第三折為重點，配合現存樂譜，探討以宮調統帥曲文的合理性、可能性，以進一步了解元雜劇內在的藝術規律。

由於將運用樂譜，不可避免地牽涉到音樂分析的問題，看似與中國文學的研究相距甚遠，然而施之歌唱的曲文是依四聲平仄等語言格律發展而來，若忽略了這一層，那麼可說並沒有掌握到戲曲音樂的本質；當然曲牌的格律並不是單純的語言格律，還有音樂的調高、節奏、旋律在內，筆者在李師殿魁的指導下將從格律入手分析音樂，當能較為凸顯中國音樂的特質。筆者將在文學研究的基礎上更深入探討文本、分析音樂，期能得出比較貼近戲曲音樂的成果，並有助於譜寫新曲。

第二節　研究範圍

一、劇　本

今日所見關於元雜劇較早的記載主要有：元末鍾嗣成《錄鬼簿》、明初朱權《太和正音譜》中〈群英所編雜劇〉、明賈仲名〔註 1〕《錄鬼簿》續編，以

〔註 1〕《錄鬼簿續編》究竟是否為賈仲明所著尚難論斷，鄭騫〈元雜劇的記錄〉：「未

上據鄭騫〈元雜劇的記錄〉初步統計，共著錄七百三十三本。

歷來研究所謂「元雜劇」，範圍略異，一般以臧晉叔編《元曲選》、隋樹森編《元曲選外編》二書所收雜劇一百七十一本爲準，這兩本書中其實已收錄了明初劇作家如賈仲名的作品，但鄭騫認爲：

> 所謂元人，包括少數由元入明，甚至洪武元年以後出生的明初人在內。……拿朝代的變更來劃分文學史上的時期，本來不甚合理，明初雜劇，從風格及規律上看，總算不失元人矩矱，與其過於謹嚴而失收了眞正元人的作品，到不如放寬些，把只佔全部作家極少數的明初人一併算入。(《景午叢編》上冊，頁 184)

因此若要編輯所謂的「元人雜劇總目」，「著錄範圍不必限於純粹元人，明初人也可包括在內，……把他們分爲三部份：元人、元明無名氏、明初人。」（頁 188）因此許子漢《元雜劇聯套研究》〔註 2〕、游宗蓉《元雜劇排場研究》的研究範圍則盡量寬適，《元曲選》、《元曲選外編》及楊家駱編《全元雜劇》初、二、三、外編中所收賓白完整的劇套都列入討論範圍。

但本文以較嚴謹的方式來界定元雜劇的範圍，期能較精準掌握元人雜劇的面貌，因此以傅惜華《元代雜劇全目》中卷一至卷五：「初期雜劇家作品」至「元代無名氏作家作品」爲討論範圍，卷六「元明間無名氏作家作品」則暫不討論，但若有特別明顯的例子仍將提出說明。傅惜華《元代雜劇全目》主要以元人孫季昌【端正好】套〈集雜劇名詠情〉所錄、元刊本所存、《也是園書目・元無名氏目錄》爲主，卷一至卷五範圍與楊家駱編纂的《全元雜劇》初、二、三編大體相同，最大的差異是在無名氏作品的部份，《全元雜劇》所推論的範圍較大，幾乎將所有無名氏的作品皆列入，其實所謂的元代無名氏之作，各本著錄略有異同，今人的推斷也只能根據前書著錄及新資料，因此究竟《也是園書目》、《元曲選》誰是誰非，也難有憑準；筆者爲盡量觀察元人雜劇面貌，因此以《元代雜劇全目》所錄元代作品爲範圍，除了全本雜劇

提作者姓名，從前都以爲是賈仲名，但其中關於賈的記載頗像他身後的口氣，也許是仲名原本後人增訂，也許根本不是賈作。不過，全部沒有宣德以後的紀事，至晚爲宣德初年人作是無疑的。」（《景午叢編》上冊，頁 184）
浦漢明《新校錄鬼簿正續編・前言》則從賈的活動年代、交遊等分析，認爲續編的作者應是賈仲明無疑。（頁 24-28）

〔註 2〕許子漢《元雜劇聯套研究》討論的套式尚包括鄭騫《北曲套式匯錄詳解》中「所收選集中殘套之套式。」（頁 11）

之外，尚存殘折的雜劇也一併納入討論〔註3〕；至於元明之際的無名氏作品則留待日後討論明清雜劇及明清傳奇中的北套、高腔系統的北曲時一併觀察後起北套的變化。

在《元代雜劇全目》範圍內，有些作品鄭騫〈元劇作者質疑〉（收入《景午叢編》上，頁317-325）、〈《西廂記作者新考》（收入《龍淵述學》，頁145-205）、嚴敦易《元劇斟疑》已考證非元人舊作，這些結論筆者整理後置於附錄，但因學界尚未普遍接受，暫仍列入討論範圍。

元雜劇的版本眾多，即使各本的劇情並沒有顯著的差異，但在關目、賓白、套式、曲文上詳略互見，這部份鄭騫〈元雜劇異本比較〉（載於《國立編譯館館刊》）共作了八十九種，主要比較套式及曲文之區別。筆者討論時將以時代較早之版本爲主，並歸納各種版本套式的差別，以利音樂分析。本文討論的元雜劇版本及宮調表請見附錄。

二、樂　譜

北曲元音在明中葉之後已逐漸沒落，明・沈德符《萬曆野獲編・詞曲》「弦索入曲」提到的何元朗家女鬟、頓仁（頁641），「北詞傳授」中的張野塘、巧孫、傅壽（頁646），可說是當時碩果僅存的北曲演唱家。林鋒雄認爲「明嘉靖、隆慶年間是元雜劇的演唱在戲劇場中衰落和蛻化的階段。」（頁430）〔註4〕除了王世貞在《曲藻》中提及「今世所演習者……皆元人詞也。」（頁4-31）所記當時還能演唱的元雜劇之外，北曲仍然在傳唱，明崇禎年間沈寵綏的《度曲須知・曲運隆衰》記載：

> 北劇遺音，有未盡消亡者，疑尚留於優者之口，蓋南詞中每帶北調一折，如〈林沖夜奔〉、〈蕭相追賢〉、〈虯髯下海〉、〈子胥自刎〉之類，其詞皆北；當時新聲初改，古調猶存，南曲則演南腔，北曲故仍北調，口口相傳，燈燈遞續，勝國之聲，依然嫡派，雖或精華已

〔註3〕趙景深《元人雜劇鉤沈》收羅自《太和正音譜》、《北詞廣正譜》、《盛世新聲》、《詞林摘艷》、《雍熙樂府》、《九宮大成譜》等書，共輯出四十五種元及明初的雜劇，其中包括殘句、殘曲、殘折。

〔註4〕林鋒雄〈李開先與元雜劇——兼論明代嘉靖隆慶年間元雜劇之演唱與流傳〉，《漢學研究》6：1＝11，1988.6，頁425-437、收入林鋒雄《中國戲劇史論稿》（台北：國家出版社，1995），頁33-62；該文對元雜劇在明中葉以降的流傳有較詳細的徵引。

鑠，顧雄勁悲壯之氣，猶令人毛骨蕭然。（頁 5-199）

「古調」指的是元雜劇的北曲唱法，「新聲」指的是蔚然成風的崑山腔，當時以崑腔演唱傳奇，南曲唱崑山腔，北曲仍承襲元雜劇的唱法，北曲得以保留。也因此流傳至今的雜劇樂譜即使非元人舊作，或多或少已崑腔化，但同爲南北曲系統，仍可從中探索北曲元音的唱法，並吸取北曲創作經驗。

目前能見最早的北曲樂譜〔註 5〕當屬清乾隆十一年（1733）奉敕撰的新定《九宮大成南北詞宮譜》（以下簡稱《九宮》），此譜收羅宏富，隻曲、套曲兼備，點板及中眼，省略小眼。譜中「又一體」之立頗受質疑，套曲中的「又一體」對照劇本可知實爲「么篇」，問題比較大的是隻曲中的「又一體」，固然《北詞廣正譜》也列有「第二格」、「第三格」，但《九宮》一個曲牌則有數個大同小異的「又一體」，比如卷十三【中呂・鬥鵪鶉】的說明：「【鬥鵪鶉】格，首二闋爲正體，第三體係合套格，第四五闋第六句稍變，爲減字格也。」（頁 13-10）而【上小樓】共有九體：「按【上小樓】體，字句增減各異，不能悉舉，今收九闋，以便選用，惟第九闋只用在合套中，純北套中無此體。」（頁 13-14）這些「又一體」是否眞的都不同？都有存在的必要？〈凡例〉：「諸譜所載各曲之正格不能畫一，今選字句最少者爲正格，凡增句、增字平仄拈異者皆爲又一體。」（頁 9-10）乍看之下字數最少者應該就是襯字最少或沒有襯字，當爲正格，但也可能爲減字格！所謂的增字、增句就眞的存異而必須另列一體？北曲曲牌眞如此變化多端？曾永義在〈《九宮大成北詞宮譜》的又一體——以【仙呂調】隻曲爲例〉〔註 6〕中從韻文的音節形式變化著手，提出《九宮》「又一體」產生的主要原因：「誤於句式、誤於正襯、因增減字所產生、因『攤破』所產生。」前兩項是《九宮》編纂之誤，故能將眾多的「又一體」回歸正格，但實與「又一體」的產生無關，而在討論因增字、減字、攤破的文句音節變化造成的「又一體」之外，更可以聯繫到音樂上點板的變化，觀察各個「又一體」如何點板：即使由七字句攤破爲八字句，如果點板不變，就音樂而言仍是同一體，此部份將在下文分析曲牌時進一步說明。

〔註 5〕此指的是有工尺、板眼，可供歌唱的宮譜。北曲的文字格律譜尚有時代較早的元・周德清《中原音韻》、明・朱權《太和正音譜》等，筆者將各文字格律譜所收【中呂宮】曲牌及其首句列成一表，請見附錄五。下文論及曲牌文字格律時則以民國・鄭騫《北曲新譜》爲主，因該譜成書較晚，能就各譜截長補短，筆者於「文獻探討」一節將進一步說明。

〔註 6〕收入曾永義《參軍戲與元雜劇》（台北：聯經出版社，1992），頁 315-337。

再來是清乾隆五十七年（1792）起，蘇州曲家葉堂陸續訂譜刊行的《納書楹曲譜》正續外補四編、《納書楹四夢全譜》、重鐫《納書楹西廂記全譜》（北西廂），葉譜講究音韻行腔，不點小眼，《納書楹曲譜．凡例》說明：「板眼中另有小眼，原爲初學而設，在善歌者自能生巧，若細細註明，轉覺束縛。今照舊譜，悉不加入。」唯重鐫《西廂記全譜》則只得從俗，〈自序〉云：「於可加小眼處，一一增入。」因而在《西廂記全譜》，更可見板眼安排挪移之妙。

晚近王季烈、劉富樑纂輯《集成曲譜》金聲玉振四集，一九二五年商務印書館刊印，此譜考訂精審，賓白、板眼俱全，間有鑼鼓，較能反應舞台演出情形，惜所收元雜劇劇目甚少〔註 7〕，且不出《納書楹曲譜》之外，因時代較晚，故討論時仍以《納書楹曲譜》爲主，附論《集成曲譜》，該譜板眼完備，可見節奏變化，並見後世搬演元雜劇情形之一二。

再要說明的是，本文在討論音樂結構時以元代作品爲限，暫不分析晚出的作品，但若論及板眼節奏，因爲《九宮》、《納書楹》皆未點小眼，爲明節奏變化，除了《納書楹西廂記》之外，也會以《集成》所收的相同曲牌爲例。若談及「又一體」，因許多變化與南北合套有關，爲看清變化，筆者也將參考《集成》所舉之例，說明「又一體」的情形。

第三節　文獻探討

一、劇情結構

郭英德〈論元雜劇的戲劇衝突〉（1985）
李曉《比較研究：古劇結構原理》（1989）（以下簡稱《古劇結構》）
潘麗珠《《元曲選》百種雜劇情節結構分析》（1991）（以下簡稱《結構分析》）

郭英德〈論元雜劇的戲劇衝突〉從戲劇衝突的內在因素——衝突的形態、戲劇衝突的外部構成——衝突的方式、戲劇衝突發展過程的表現方式三方面，探討元雜劇戲劇衝突的特殊性。並歸結出元雜劇戲劇衝突的兩個特徵：第一爲絕大多數的元雜劇的戲劇衝突都是單線索的，以主要人物的動作線爲

〔註 7〕《集成曲譜》所收元雜劇劇目有——金集：《不伏老．北詐》、《東窗事犯．掃秦》，聲集：《昊天塔．五臺》、《貨郎旦．女彈》、《馬陵道．孫詐》，玉集：《單刀會．訓子、刀會》，振集：《漁樵記．北樵》、《兩世姻緣．離魂》。

中心，貫串始終；與明清傳奇「花開兩頭，各表一枝」——往往兩三線索同時並進，交叉發展迥然不同。

第二爲元雜劇戲劇衝突發展是在邏輯高潮之後，常伴隨著情感高潮，而且兩個高潮緊緊相連；所謂邏輯高潮，是全劇衝突的轉折點，或稱轉機（危機），所謂情感高潮，是全劇人物情感發展的最高點。在元雜劇中，最常見的情況是：衝突在第一折展開後，迅速發展，到第二折末尾就出現了邏輯高潮；而整個第三折則筆墨酣暢地描寫情感高潮。如《漢宮秋》第三折〈離別〉、《王粲登樓》第三折〈登樓〉等等。

該文未提及第四折的收束作用，就以《漢宮秋》第四折「思懷」爲例，該折其實仍爲情感高潮的延續，並以斬毛延壽收束全劇。而《王粲登樓》也可視爲第三折末尾天朝使命到來引出第四折「慶賀新官」爲又一邏輯高潮，但仍以官場得志的收束作用居多。在元雜較特出的例子是《單刀會》，該劇一二折主要人物關公並未出場，而是借喬公、司馬徽之口描繪關公的英雄氣概，第三折〈訓子〉可視爲關公自述過往戰功教子，屬情感高潮，一直到第四折〈刀會〉延續情感高潮，並呈現埋伏已久的邏輯高潮。

而有的作品可能邏輯高潮較情感高潮來得突出，如《後庭花》爲一公案劇，一二折及第三折前半都是案情發展，三四折兩套曲是包公初審及複審，沒有明顯的情感高潮。必須要說明的是：分折論述，只是取其大要，方便說明，其間只有明顯的套曲、時空轉換，而沒有清楚的高潮區隔。至於本文所謂「情節結構」所言其實兼含二者，但因論述套曲，故盡量以「折」爲單位，若一劇中邏輯高潮與情感高潮各臻其妙，亦各有一折，理論上兩折都應討論，但因本文以【中呂宮】爲主要論述範圍，故只討論其中一折。而一套曲子若兼備表現邏輯高潮、情感高潮的能力，那麼在音樂表現上是否有所差異？本文嘗試作一探討。

《古劇結構》一書從動作體系出發，認爲戲劇有情節結構、性格結構、補充結構，並歸納出四個結構構成段數：開端、發展、轉折、收煞，強調中國古典戲曲基本上不存在西洋戲劇中的結構高潮，存在的則是多頂點的情緒高潮。

從祁彪佳「全記體」已涉及到動作（主動作、次動作）、時間、空間三個結構因素的基本問題談起，歸結到戲曲結構的開放式結構體系——可以說是按中心動作的需求來合理安排舞臺時空的順序節律。

接著提出「結構座標系」解析法，用於分析一般類型的戲劇結構，以圖解的方式呈現：X 軸座標表示動作的進展，Y 軸座標表示動作的情緒高度，以主要人物的基本動作線、對位動作線，加上配角的對立動作線，三線並呈，以見結構類型特徵和內部規律。

一般結構之外，尚有特殊結構：定位式、串珠式、對比式、回顧式、綴合式；其中提到的元雜劇有：對比式結構——《誶范叔》、《李逵負荊》，使前局、後局產生強烈的結構性的情節對比；回顧式結構——《西蜀夢》是一多重回顧的例子，一件往事，反覆回顧渲染。

《結構分析》從戲劇結構的觀點出發，期望能夠找出：一百種雜劇情節組織安排情形，每本雜劇的情節數若干？每個劇本所呈現的戲劇性如何？情節安排是否「大小相間」得宜？（頁 2）而名劇或屢見於選集之作，在結構上是否的確較爲特出？該書從情節的內涵——事件及其相關的人物、時空展開，自李曉《結構原理》的「結構座標系」獲得靈感，運用新的研究方法，期能客觀分析：根據情節的情緒波動，以情節大小爲橫軸，各情節情緒波動爲縱軸，畫出一百種雜劇的情節結構、事件情緒波動圖，（頁 15）並依振盪次數多寡分類探討。

《結構分析》的分析固然只取樣了百種元雜劇，未能普遍探討傳世元雜劇，但仍能提供一些思考：結論時提到有些名作如《竇娥冤》，從情節結構方面來看排名在後，其實是「中轉式」的結構——情節先抑後揚，有的甚至到第四折或最後一個情節，情緒才上揚，這些類型的雜劇各自的振盪次數不同，但結構曲線卻相似，且不乏名劇，這是否表示在戲劇情節變化的結構之外，還有一些足以開展戲劇的因素？或是我們必須再思考元雜劇情節的特殊性？

游宗蓉《元雜劇排場研究》（1998）（以下簡稱《排場研究》）

先提出以「情節單位」爲劃分元雜劇排場的基本標準，並輔以「表演份量」及「空場區隔」；將排場依情節關目輕重分爲：引場、主場、短場、過場、收場，其下又可就表現形式不同細分爲：文場、武場、文武合場、鬧場。而排場如何轉移？有三種方式：基本轉移（——時空、人物皆轉移）、（只）時空轉換、（只）人物更替。

元雜劇未必一折只有一個排場，每一排場之下可有數個次排場（段落），這些次排場可以各自獨立，卻又與（主）排場緊密結合。由數個排場組合成的全本戲結構可分二種結構形態：一、基本形態——主場、過場穿插，二、特殊形態——第一類是主場包夾過場、短場，第二類是全劇有一半以上的主場接連演出，形成全劇某一段落高峰突起。該書廓清元雜劇的排場的結構方式及配搭，主場的頻繁出現，易於看出劇作家埋伏的線索與故事推展的關聯性。與上列諸書聯繫，主場是否可相容邏輯高潮、情感高潮、發展、轉折這些不同進路分析出的結構面向？

二、音樂分析

王季烈《螾廬曲談》（1925）（以下簡稱《曲談》）

王守泰《崑曲格律》（1982）

王守泰《崑曲曲牌及套數範例集》（北套）（1997）（以下簡稱《範例集》）

《螾廬曲談》原附刻於王季烈、劉富樑所編之《集成曲譜》（四集）每集卷首，後有商務印書館單行本。共四卷，分論：度曲、作曲、譜曲、餘論。

其中最爲後人援引的是「主腔說」——〈譜曲〉之「論各宮調之主腔」。卷三〈論譜曲〉第四章，首先以南曲【懶畫眉】、【山坡羊】爲例說明，並作結論：

> 各曲中雖各有主腔，但未必悉如前二曲之主腔，可以確爲指定，如【仙呂】之【忒忒令】與【園林好】【沈醉東風】，【商調】之【二郎神】與【集賢賓】，其腔格〔註8〕頗多相同，聽之不易分別，必考其句法，檢其板式，而後可斷定爲某曲，此因同宮調之曲，其主腔大略相同故也。

王季烈認爲不同的曲子會有相同的主腔，但也解釋這是因爲同宮調的曲子主腔大致相同，必須再看句法、板式才能判斷屬於哪一曲牌。而「同宮調之曲，其主腔大略相同。」實是王守泰《崑曲格律》中「證實了主腔聯套作用的存在」〔註9〕之先聲，也可說是《範例集・南套》所謂「依腔定套」的理論（前言，頁8）。

《曲談》接著以北曲【黃鐘・喜遷鶯】與【出隊子】、【中呂・朝天子】、

〔註8〕此處的腔格應不是後來習用的崑曲四聲腔格唱法，而是作主腔解。

〔註9〕《崑曲曲牌及套數範例集・南套》〈前言〉：「直到近人王季烈在《螾廬曲談》中提出主腔概念，《崑曲格律》又加以發揚，通過對幾個傳統南曲、北曲套數樂譜的分析，證實了主腔聯套作用的存在，這纔把崑曲聯套理論推進了一步。」（頁3）

【越調・紫花兒序】【小桃紅】【天淨沙】、【調笑令】爲例說明主腔，並作結論：

> 欲知各曲之宮譜，某處爲主腔，宜取同曲牌之曲多支，將宮譜中之腔格，逐字比較，具支支一律，毫無改變之腔格，即是主腔也，其餘因四聲陰陽而改變之腔格，俱非主腔。茲將本書中之諸曲，依各宮調之曲牌，編成目次，以便製譜者之檢索，而得所取法焉。〔註 10〕

強調每個曲牌在同一字上都俱有同樣的腔格，要完全相同的才是主腔。然而若一個曲牌只有一兩個字腔格相同，那麼如何能據此數十個字中之少數幾字認定曲牌？而這一字之腔格，難道別的曲牌就不會出現？不同宮調的曲牌若出現相同的主腔該如何解釋？雖然可以「考其句法，檢其板式。」但這種認定方式總不夠明確。連波《戲曲作曲》引南曲【懶畫眉】之例後說：

> 其實，這「上尺上上四」的音型，何嘗只是【懶畫眉】所獨有，在南曲中是屢見不鮮的。構成一個曲牌的特徵，絕非「某句某字」常用音型的事，而是多種因素的綜合結果，如曲牌特殊的結構、旋法、節奏等等。（頁 61）

洛地《詞樂曲唱》也認爲〔註 11〕：

> 所謂「主腔」只是對某一字腔音作修飾的潤腔，又可略而不用，又占著極小的比重，何能作爲判斷並決定「每一曲牌」有特定之「腔」的「定腔」「主腔」的例證呢？（頁 210）

而《範例集》在探討每一曲牌時包括：曲詞斷句、例曲、詞式範本、例曲全譜、主腔形式、詞式與樂式對應關係及變化說明。與《曲談》相較，對一個曲牌的照應面較爲周全，但仍著意主腔，且在《曲談》的基礎上進一步增益主腔的範圍，使主腔不再限定於某個旋律，而是包括該旋律的變化、延伸：

> 《曲談》把主腔形像地描繪成一條連續而上下波動的線，極求其形似，以致理論的應用範圍，頗受侷限。《範例集》對主腔，強調其神似，把主腔腔型，描繪成以《曲談》所定義的主腔線爲基線，而上下擴展到某一定範圍的邊框以內。故我們稱《曲談》的主腔觀念爲

〔註 10〕最末一句實可視爲日後編《崑曲曲牌及套數範例集》之前奏，該書主要汲取《集成曲譜》中的曲牌爲例分析。當然六、七十年後在分析方法上已較王季烈具體。

〔註 11〕洛地《詞樂曲唱》頁 206-210 舉例討論主腔說。

「線形論」，而《範例集》的主腔觀念則爲「框架論」。(《範例集·南套》〈前言〉頁 8)

該書雖然從「依腔定套」的理論出發，爲曲牌聯套做出新的解釋，並有助於新編崑劇音樂的創作，但主腔是否眞佔如此重要的地位？即使只「從句尾找主腔」，盡量確立主腔的位置，卻又強調「主腔並不限於祇出現在句尾。」主腔的確這可以使曲牌及套數間有某些共通處，但除了上所引主腔所佔地位很輕的問題之外，《範例集》以相關旋律變化擴大主腔範圍，而有各式主腔：首音不同、結音不同、結音相同或首音相同，但行腔傾向不同……（參《北套·楔子》頁 14、15）這樣框出來已變形的、可以出現在其他曲牌的主腔，光看譜面就令人有無所適從之感，還聽得出旋律的近似關係嗎？能不能再找出曲牌中更具決定性卻簡明易識的關鍵？

鄭騫《北曲新譜》（1973）（以下簡稱《新譜》）

鄭騫《北曲套式匯錄詳解》（1973）（以下簡稱《套式匯錄》）

許子漢《元雜劇聯套研究——以關目排場為論述基礎》（1998）（以下簡稱《聯套研究》）

《新譜》及《套式匯錄》爲鄭騫精研北曲數十年之作，《新譜》鑑於以往的北曲文字譜不夠完善，因此排比元代及明初之作品，先說明每一牌調之用途：小令、散套、劇套或各類通用，是否爲首曲，有無【么篇】、別名、是否亦入其他宮調；舉作品爲例之外，詳列平仄、韻協、句數、字數、句式、標出「增句」所在，並解說討論。此譜對每一曲牌的格式說明十分清晰詳盡，使後學在曲海中不致迷失方向，能夠掌握基本的曲牌規律並能判別曲牌的變化。

《套式匯錄》將每一宮調分三部份：概說、聯套法則及實例。「概說」說明該宮調統帥的曲牌，並將曲牌依聯套位置、作用不同分爲「首曲、聯入套中偶作首曲者、尾聲、聯入套中亦作尾聲用者、聯入套中者」五類，但各宮調不一定五類都出現〔註 12〕。「聯套」說明曲牌如何接用，並將套數分類，其後的「實例」則依此排列：如【中呂宮】以是否借宮、聯入【耍孩兒】分類；並訂出各宮的基本或通用套式，以【中呂宮】爲例：【粉蝶兒】、【醉春風】、

〔註 12〕此舉的五項是指各宮調通用者而言，有的宮調尚有五類之外的分類，如【仙呂宮】有「多項用途者」：可作雜劇楔子、散套首曲、亦可聯入劇套或散套內，用於散套則可作首曲。(頁 39)

【迎仙客】及【紅繡鞋】，（或只用其一）；本宮曲若干；借【般涉・耍孩兒】及【煞】；【尾聲】。（頁 92）

鄭騫在《套式匯錄》自言：「北曲格律研究之兩大項目皆已完備，或能對治曲學習曲藝者有所貢獻。」（序例頁 1）筆者即在《新譜》的基礎上觀察《九宮》之「又一體」，發現許多體式按照《新譜》的說法，很容易瞭解變化所在，甚至予以歸併。而《聯套研究》更是在《套式匯錄》的基礎上，進一步配合「關目排場」討論聯套。

《聯套研究》鑑於前賢多隻討論「曲牌連綴規律」，但「次序」並非唯一內容，尚包括（1）是否一定必須使用，（2）使用之次數，（3）常與何曲牌聯用〔註 13〕，並參考司徒修〈元雜劇仙呂宮套曲的排列次序〉中將曲牌分爲兩類：按照一定的排列次序形成固定「曲段」（即連用曲），其他不必按照一定次序形成曲段的曲牌，稱之爲「獨立曲牌」。在此基礎上說明「各聯套單位如何組成套式，即各單位於套式中使用之次序、次數及必要性之說明，一個宮調聯綴規律之特色亦即建立在此。」（頁 7-8）接著討論「套式運用規律」，探討「各宮調曲情與劇情是否合一」（頁 10）劇情如何與曲牌、曲段及套式搭配，可分爲以下幾種情形：1. 一般情節段落之鋪敘、2. 劇情轉變之鋪敘、3. 反覆式之情節鋪敘、4. 平緩之情節鋪敘、5. 情節鋪敘之穿插補綴、6. 全折音樂與劇情之引導、7. 高潮唱段、8. 在音樂上用以收束前面所用曲牌，劇情上區隔前後場面。（頁 199-200）

該文的立意十分美善，論文也朝此方向探討，在排比、統計《全元雜劇》中的套式之後，也舉例說明各個曲段的運用，可惜因資料眾多，仍感不及點出這些曲牌分合之間的異同及差別。曲牌段落與排場轉換的配搭，已由《聯套研究》發端，筆者將再進一步配合音樂論述，深入挖掘元雜劇開展情節與音樂的手法。

林文俊《北雜劇曲牌——王西廂【雙調・新水令】套曲牌音樂研究》（1994）

探討【雙調】之【新水令】、【駐馬聽】、【沈醉東風】、【鴈兒落】、【得勝令】、【折桂令】、【喬牌兒】，得出聯套的不同曲牌在音樂上的相關性：（一）用相同的音型，（二）用相同的調式。這兩條是符合曲牌聯套的規律，但爲何

〔註 13〕這三點在《套式匯錄》中並非隻字未提，如【正宮】就指出【滾繡球】、【倘秀才】二調常循環使用，可多至四五次，是爲【正宮】套之特點。（頁 12）只是《聯套研究》將所有套中的曲牌都納入討論，不單指出特別現象。

【新水令】多接【駐馬聽】而非別的曲牌？在換曲牌時如何連接？仍待進一步探討。而加入音樂觀點分析之後，許多聚訟已久的問題可以獲得較合理的解決，如結論中「音樂的分析與文字格律譜的評鑑」（頁 230-231）提到的「又一體」：「是不是眞屬又一格，還必須結合音樂來看，如果音樂也起了很大的差異（如板眼，音型，樂句均產生變化）才可將之視爲又一格。」並以《蘇武還鄉》中的【新水令】爲例說明〔註 14〕：

> 《九宮大成南北詞宮譜》列爲「又一體」，乃因爲第五句四字句之後又增加了兩句四字句，但從音樂上可看出，這增加的兩句仍舊用的是第五句的素材，而增句是正格所允許的，其他各樂句和【新水令】的音樂樣式相比較也基本上相同。……實應屬正格而不應列爲又一體。（頁 231）

陳美如《元人帶過曲音樂之研究》（1995）

該文從音樂的角度分析討論了七組常用的北曲帶過曲：

【正宮】:【脱布衫】帶【小梁州】帶【么篇】

【中呂】:【快活三】帶【朝天子】、【十二月】帶【堯民歌】

【仙呂】:【哪吒令】帶【鵲踏枝】帶【寄生草】

【南呂】:【罵玉郎】帶【感皇恩】帶【採茶歌】

【雙調】:【鴈兒落】帶【得勝令】

【沽美酒】帶【太平令】

並進一步說明汪經昌在《南北小令譜》所提到的「平帶」、「帶過」：以上七組中，只【脫布衫】帶【小梁州】帶【么篇】及【十二月】帶【堯民歌】屬於「平帶」（兩者音樂結構長度相當）式，其餘皆爲「帶過」式。（頁 194）

至於「帶過曲」究竟該歸爲小令或是套數？是否眞如任二北《散曲概論・體段》所說的：「作者塡一調畢，意猶未盡，再續拈一他調，而此兩調之間，音律又是能銜接也。倘兩調猶嫌不足，可以三之。但到三調爲止，不能再增，若再遇有增，則進而改作套曲可。」（頁 16）〔註 15〕作者統計《全元散曲》與《北曲套式匯錄詳解》中元曲之「帶過曲」同名曲牌的固定組合數，分析結果發現：

〔註 14〕《新譜》中有此例，雖標明是增句格，但認爲「蓋偶然之筆，作夾白看亦無不可，不必列爲增句之又一格。」（頁 280）

〔註 15〕任二北《散曲概論》，收入《元曲研究》乙篇，臺北：裏仁書局，1984。

> 從上表中明顯看出帶過曲同名曲牌的組合數目，小令與套數相差甚遠〔註16〕；又檢視實際樂譜分析結果，不論小令的帶過曲或是套數中同名曲牌的固定組合，兩者曲牌的音樂內容相當一致，亦即帶過曲應該是從套曲中摘出單唱的可能性較大。（頁200）

此與前人所謂「摘調」小令〔註17〕正有互相發明之處，從套數中摘出一曲來創作小令，而將套數中摘出的數曲連用則是「帶過曲」，但聯套曲牌眾多，爲何只有少數曲牌特別被稱爲「帶過曲」？「可能是這些曲牌音樂風格特別突出、主腔聯結性強、曲式結構接近，且旋律近似易唱易學之緣故。」（頁201）

孔令伊《周德清小令定格中「務頭」理論之音樂分析與探討》（1998）（簡稱《務頭分析》）

盧冀野著有《廣《中原音韻》小令定格》，但並未深入「務頭」的問題，而是補充周德清《中原音韻》原有的定格曲牌：再釋句法、平仄，並說明變化，或舉其他作品爲例；所「廣」主要是增補《中原音韻》未舉述的常用曲牌，間及南曲。可說是一本簡要的文字格律譜。

《務頭分析》以周德清《中原音韻·作詞十法》「定格」中所論的「務頭」爲探討重點，輔以林之棠「平仄回應論」及字句的音樂分析，對「務頭」有進一步說明，重點如下：

文字格律方面：（1）務頭字講究陰陽上去。（2）務頭字所在句有句內平仄回應，或與其對偶句成相互平仄回應。（3）務頭句可能是曲專用的非律句（【迎仙客】、【紅繡鞋】）。（4）務頭所在句幾乎都是詞段終結句或末句。

音樂方面：（1）務頭字以重拍爲原則。（2）務頭所在句通常都有慣用旋律型，不受一般北曲字調與音調配樂法之約束。（3）務頭字在音樂上通常有一定的曲調，但不同曲牌的表現手法差異相當大。

「務頭」一詞，是統攝了很大部分的北曲度曲要求。……「作詞十法」

〔註16〕如表中：【中呂】的【十二月】帶【堯民歌】（包含入【正宮】者）：小令出現8組，套數出現7組，劇套出現60組。

〔註17〕「摘調」小令與「單用」小令的差別在聯套運用情形不同，汪經昌《小令譜·北宮小令解旨》云：「『單用曲牌』多供小唱，即入套內亦不與他曲相聯，南北曲小令體例，本以單用曲爲限，末世紛華，就聯用曲中擇其聲調流美者，摘出單唱，遂有『摘調小令』之設。」（頁1）《小令譜》逐曲標明是「摘調」或「單用」小令。

中的其他九法，就都是「務頭」到底要「務」什麼的說明條款了。（頁 150-152）

洛地《詞樂曲唱》（1995）

上編談「曲唱」的構成，主要說的是南曲，以崑曲爲例，其中論「板」的部份給筆者很大的啓發，知道板位是基於哪些原則點定的，故略微說明。洛地認爲「韻以句曲，板以句樂。」（頁 74）在這個前提下提出兩基本原則：

一、「板以點韻」——板位在韻處：散唱，板位在其韻字「後」，上板唱，板位在其韻字「上」。（頁 81）

二、「板以分步」——由於「我國韻文文句構成，由字組成「步」，由步構成句。步，通常是兩種情況：1. 一字成步，通常專用於（奇言）句末；2. 兩字成步，通常用於奇言之內即末字之前，及偶言句；故有如下基本點板方式：〔註 18〕

奇言（以五字韻句爲例）：｜ 一　二 ｜ 三　四 ｜ 五

或　　　　　　　　　　　｜＊　一二｜ 三　四 ｜ 五

偶言（以四字韻句爲例）：｜一　　二　　一　三 ｜ 四

當然板位也有變化，尤以四言非韻句常用副格：

｜ 一　二 ｜ 三　四（頁 118）

下編談及北曲較多，洛地提出新的「務頭」解釋：「這種在各曲牌必須使用定腔樂匯的地方，有個特稱，便是「務頭」。（頁 284）而每一曲牌即使是同樣的務頭旋律，但使用務頭的地方各異，仍使音樂不同：

> 「去上」丶∨，在【清江引】在其首句七言的三字句腳和第五句即末句的七言的三字句腳；而在【醉高歌】則在第二句六言的二字句腳和第四句即末句的六言的二字句腳。即使此四處丶∨「去上」的旋律全同即同一定腔樂匯，也是不同務頭處，成爲這兩個不同曲牌在音樂上的不同特點。（頁 287）

筆者將在下文討論曲牌時將此看法一併納入討論，觀察是否適用於其他的曲牌。

再來是對「套」的看法，主要觀點爲：「北套」的組合基礎是「帶過曲」（頁 301）原因如下：在一「套」中的所有曲牌，必須都同韻——若換韻，必

〔註 18〕以「｜」表示板位，而奇言首步可不在板位，「因爲它比較流動，又或可與前一句的末字接得較緊，以免曲唱過於鬆懈。」（頁 85）

換套，換套亦必換韻。所以，套在體式上也稱：**換頭**。「北曲雜劇」《虎頭牌》第二折（套），十八「章」（包括「煞」「尾」，本段同此），稱「十七**換頭**」；《麗春堂》第四折（套），十四「章」，稱「十三**換頭**」；關漢卿有一套散套，二十一「章」，稱「二十**換頭**」。……「換頭」者，腳不換也，腳即韻腳，「帶過」——「套」中諸曲牌間的最主要的內在關係，使其成爲「套」的關係是**同韻**，「套」不論多長，其性質相當於一個多段的曲牌。（頁 303）

與「套」聯結的宮調概念則是：「宮調」，只在首曲，以首曲之用**韻統**率其後的**同韻**的眾**曲調**（而成「套」）。元「北曲」則只是區別「首曲」的某種符號。因此：除了首曲外，「北曲」眾曲牌實際上並無所謂「宮調」歸屬問題，原則上皆可因用韻、因帶過組合而隨某「首曲」之後入其「套」。（頁 331）而北套要在首曲，無論「文」還是「樂」。（頁 338）洛地比較各宮調首曲的首句樂譜後，提出其腔句的基本構成情況是：「同音反覆（或上行復下行）」與「用二變的特徵定腔」的次第相接。〔註 19〕（頁 338）

雖說北套曲牌原則上可以因同韻帶過而組成套，但今日所見的套曲仍有一定的規則，可見一些曲牌出入的線索，能否在借宮與否中尋得一些組合原則？而每一套的首曲是否就只在兩種旋律型的反覆出現下進行？那套首的領導力，與其他套之間的區別似乎不夠突出，主要差別在句式、調高上？有沒有更清楚的規則來區別？此點筆者將在下文分析【粉蝶兒】時進一步援引各宮調的首曲比較。

《詞樂曲唱》提出新的說法，與前人論著大相逕庭，但筆者仍可尋找出一些脈絡，其中「換頭」的部份，目前僅見於何良俊《四友齋叢說・詞曲》，共有四條提到「換頭」，以此條最爲清楚，其他三條是針對作品討論：

> 李直夫《虎頭牌》雜劇十七換頭，關漢卿散套二十換頭，王實甫《歌舞麗春堂》十二換頭，〔註 20〕在【雙調】中別是一調，牌名如【阿

〔註 19〕譜例見該書頁 337，如【中呂・粉蝶兒】1 爲

廾 6 7 6 2̇ 6 $\underline{54}$ 3 2 2--

〔註 20〕《虎頭牌》第二折【雙調・五供養】套，共十八曲。

關漢卿「二十換頭」即【雙調・新水令】「玉驄絲鞚」套，共二十一曲，見全元散曲頁 181，《雍熙樂府》卷十一收此套，題「駙馬還朝」（頁 1742）。

《麗春堂》第四折【雙調・五供養】套，共十七曲，《雍熙樂府》卷十二收此套，題「十三換頭」（頁 1961），但只有十三曲，不見《四友齋叢說》稱引的【落梅風】，至【倘兀歹】結尾，曲文略異。而此處「十二換頭」可能爲「十三換頭」之誤，該文另二處提及《麗春堂》之處皆曰「十三換頭」。又《雍熙

那忽】、【相公愛】、【也不羅】、【醉也摩挲】、【忽都白】、【唐古歹】之類，皆是胡語，此其證也。……（頁 340）

但以「換頭」來稱引套數的方式並不常見，所舉的「換頭」也只見於【雙調】，且該套曲牌多是女眞體，試看《四友齋叢說・詞曲》稱引其他劇作的方式：

《㑳梅香》頭一折【點絳唇】尚有人會唱，至第二折「驚飛幽鳥」，與《倩女離魂》內「人去陽台」、《王粲登樓》內「塵滿征衣」，人久不聞，不知弦索中有此曲矣。（頁 337）〔註 21〕

鄭德輝《倩女離魂》，【越調・聖藥王】內（頁 338）〔註 22〕

仍多用雜劇的折次、套曲首句或是宮調稱引，只有四個【雙調】的例子是用「換頭」稱呼套曲：「十三換頭」【落梅風】內（頁 339）、「十三換頭」【一錠銀】內、「十七換頭」【落梅風】雲（頁 340）、「二十換頭」【尾聲】臨了一句（頁 341）。這個「換頭」是否還有其他的意義待發掘？或是明人一種頗有道理但不常見的用法？或是只用來稱呼這些來源較特別的【雙調】曲牌？畢竟《雍熙樂府》並不將所有無題作品都冠上「～換頭」之名。由此出發，筆者期能進一步分析在「換頭」的背後，究竟換了多少？有多少足以支援聯套的素材？

三、小　結

下文在論及劇情時談及高潮，概念兼含邏輯高潮與情感高潮，不論套曲表達的是哪一類皆計入，而本文的重心並不在分析情節結構，故也不呈現標圖表。

就分析音樂而言，「主腔」雖赫赫有名，曲牌之間的確常可見類似的旋律型不斷出現，但畢竟不能以這小部份來說明一個曲牌的特色或如何聯套。本

樂府》卷十二尚收【雙調・五供養】「愁冗冗恨棉棉」套，題「十七換頭」，共十八曲。（頁 1955）

〔註 21〕《㑳梅香》第二折【大石調・念奴嬌】「驚飛幽鳥」，《倩女離魂》第二折【越調・鬥鵪鶉】「人去陽台」，《王粲登樓》第三折【中呂・粉蝶兒】「塵滿征衣」。

〔註 22〕其他例子尚有：

至如《王粲登樓》第二折……至後（第三折）【十二月】、【堯民歌】……（頁 338）

王實甫《西廂》，……如第二卷【混江龍】內（頁 338）

王實甫《絲竹芙蓉亭》雜劇，【仙呂】一套（頁 339）

《㑳梅香》第三折越調（頁 339）

《西廂記》【越調】「彩筆題詩」用侵尋韻（頁 341）

文將從韻腳聯繫到結音，從句式談及板式，尋求曲牌結構，再進一步找出聯套的相關性。

第二章　【中呂】套曲運用概況

第一節　元雜劇的結構與宮調

在界定本文所言戲劇結構之前，先看元人與劇情相關的記載——即習稱的「關目」，可從元雜劇的相關記載觀察，元刊雜劇〔註 1〕中的總題就有如下的寫法，如：「新刊關目」詐妮子調風月（關漢卿）、新刊「足本關目」張千替殺妻（無名氏）〔註 2〕。這裡所謂的「新刊」、「新編」、「全」雖不乏刊刻書商的誇耀之詞，然而可以看出元人所言「關目」，約略等同於今日所謂的「情節」之意，「狹義方面好像指一件事情發生的「起頭」而言；但在廣義方面，似乎可以概括出由這個「起頭」而後，一件事情發展下去的全部情形。」（《元雜劇研究》，頁 200）

除此之外賈仲明補《錄鬼簿》鍾鍾嗣成未撰之【淩波仙】弔詞〔註 3〕，挽前輩作家，其中在批評劇目時也經常從「關目」如何著眼，如：布關串目高吟詠。（姚守中）（頁 94）、《魔合羅》一段題張鼎，運□節意脈精。（孟漢卿）（頁 105）〔註 4〕。可見「布關串目」——如何安排故事、佈置情節，「節」的

〔註 1〕參考鄭騫《校訂元刊雜劇三十種》（臺北：世界書局，1962）。

〔註 2〕尚有：「新刊關目」好酒趙元遇上皇（高文秀）、「新刊關目」看錢奴買冤家債主（鄭廷玉）、「新刊關目」馬丹陽三度任風子（馬致遠）、大都「新編關目」公孫汗衫記（張國賓）、新刊的本薛仁貴衣錦還鄉「關目全」（張國賓）、新刊「關目全」蕭何追韓信（金仁傑）。

〔註 3〕元・鍾嗣成、賈仲明著，浦漢明校《新校錄鬼簿正續編》（成都：巴蜀書社，1996）。

〔註 4〕尚有：《貶夜郎》關目風騷。（王伯成）（頁 76）、《老生兒》關目眞。（武漢臣）

好壞是除了文詞之外的另一類批評。到了明・臧晉叔編《元曲選》時，在自序二中指出作曲的三難：「情辭穩襯」、「關目緊湊」、「音律諧協」，清代李漁的《閒情偶寄・詞曲部》則首揭「結構第一」：

> 至於「結構」二字，則在引商刻羽之先，拈運抽毫之始，如造物之賦形，當其精血初凝，胞胎未就，先爲制定全形，使點血而具五官百骸之勢。

其後一大段更以工師建宅先定成局爲例，闡述下筆爲文之前，應先使結構規模了然於心（卷一，頁 8-10）。

而在李漁之前，王驥德《曲律》也提出了散曲及戲劇組織的概念，但用的是「間架」一詞，早以「造宮室」〔註 5〕來比喻作曲，在〈論套數第二十四〉中提及的作曲法其實也適用於雜劇：

> 套數之曲，元人謂之「樂府」；……有起有止，有開有闔。必先定下間架，立下主意，排下曲調，然後遣句，然後成章；切忌湊插，切忌將就。務如常山之蛇，首尾相應；又如鮫人之錦，不著一絲紕纇。（三卷，頁 4-132，頁 138）〔註 6〕

說明了作曲的步驟是先佈局、決定主題思想，接著選擇曲調、造字遣詞、成句成章，並強調首尾呼應嚴密。而〈論劇戲第三十〉更已提及戲劇的重要概念，包括不落俗套、劇幅長短、腳色分工、首尾照應：

> 貴剪裁，貴鍛鍊；以全帙爲大間架，以每折爲折落，以曲白爲粉堊、爲丹艧。勿落套、勿不經；勿太蔓，蔓則局懈而優人多刪削；勿太促，促則氣迫而節奏不暢達；毋令一人無著落，毋令一折不照應。（三卷，頁 4-137，頁 154）

因此本文論及戲劇結構時將以組織故事的情節鋪排方式爲觀察重點。前賢多認爲元人雜劇四折〔註 7〕結構多依起承轉合的模式，如鄭騫〈元劇的結

（頁 80）、《不認屍》關目嘉。（王仲文）（頁 82）、《因禍致福》關目冷。（鄭廷玉）（頁 109）、《漁父辭劍》才情壯，《孫恪遇猿》□節佳。（鄭廷玉）（頁 109）。

〔註 5〕《曲律・論章法第十六》：「作曲，猶造宮室者然。……作曲者，亦必先分段數，以何意起、何意接、何意作中段敷衍、何意作後段收煞，整整在目，而後可施結撰。」（二卷，《中國古典戲曲論著集成》本，頁 4-123，陳多、葉長海注釋本，頁 121-122）

〔註 6〕前人論戲劇結構尚不止此二家，尚可參考車美京《清代傳奇藝術結構之研究——以順康年間的四種名作爲例》第一章第二節「歷來結構理論綜述」（台北：台灣師範大學國文所博士論文，1998）。

〔註 7〕元雜的結構是一本四折，可加楔子，現存五折的《五侯宴》、《東墻記》、《趙氏

構〉：

> 第一折前部總是虛寫的居多，由劇中人自述身世懷抱，作者也可以乘機發牢騷，罵罵人。元劇作者都是憤世嫉俗，他們作劇常是借他人酒杯澆胸中塊壘。第一折後部多寫故事的開端，很少把重要劇情放在第一折——當然無此道理。二三折才是故事的發展；尤其第三折，多數作者把全劇最高峰放在這裡。第四折則是收束全劇，有些劇本到此已成弩末，只塡三五支曲的短套便終場了。原劇中情文並茂的曲子多在第三折，這是全劇的中心極峰；動人的警句多在第一折前部，這是作者性情襟抱寄託之處。(《景午叢編》，頁 192）〔註 8〕

既然第三折常作爲故事高潮，那麼這一折是否也有相應的套曲來配合？就像第一折通用【仙呂宮】〔註 9〕、第四折常用【雙調】一樣？筆者統計現存全本的一百四十一本元雜劇各折所用宮調如下〔註 10〕：

	黃鍾	正宮	仙呂	南呂	中呂	大石	商調	越調	雙調
第一折	0	1	138	0	0	1	1	0	0
第二折	1	34	1	57	22	1	9	11	5
第三折	3	31	0	8	48	1	8	25	18
第四折	4	12	0	2	19	0	1	4	99
小　計	8	78	139	67	89	3	19	40	122

孤兒》、《降桑椹》，經鄭騫〈元劇作者質疑〉考訂皆非元人舊作，尤以〈趙氏孤兒〉有元刊本可證；而一本以上的劇作有《西廂記》五本及《西遊記》六本，鄭騫〈《西廂記》作者新考〉認爲今本所見《西廂記》作者非王實甫，而是元末明初的一個失名作家，《西遊記》經孫楷第考證是元末明初的楊景賢所作。

〔註 8〕相近的說法如吉川幸次郎《元雜劇研究》：「首先在第一折裡，準備構成全劇高潮所必需的題材，同時給予最初的小高潮，如只用一折無法準備必須的題材時，便在第一折前面置一個楔子加以補。其次到了第二折，把第一折已構成的小高潮再予以加強，在這一折裏，往往點出插話式的情節，以爲加強高潮的手段。再其次到了第三折，可說是全劇的中心，全劇的情節到這一折，經常到了最高潮，同時也在這裡，伏下解決高潮的端緒。最後，到了第四折，高潮降低，恢復平靜，全部情緒便告終結。這是就普通的結構而言，當然，偶爾也有像《魔合羅》那樣，到第四折才達到最高潮，而且同時解決全劇的例子。」（頁 193）

〔註 9〕第一折不用【仙呂】：《燕青博魚》用【大石調】，第二折才用【仙呂】；《西廂記》第五本用【商調】，全本無【仙呂】套；《黑旋風》第一折用【正宮】，全本無【仙呂】套。其中兩本是水滸戲。

〔註 10〕其中《五侯宴》、《東墻記》、《降桑椹》三本是五折，第五折皆用【雙調】，《趙氏孤兒》元刊本就是四折，《元曲選》本才有第五折，該折是【正宮】。

就第三折運用的宮調而言，雖然較分散，但【中呂】是最常用的，其次是【正宮】、【越調】；【中呂】還是雜劇的常用宮調。但爲何常用？

就聯套便利性而言，曲牌愈多，組合方式愈多元，自然受到作者的歡迎，鄭騫《北曲套式匯錄詳解》提及：

> 多數雜劇均以第二、三兩折爲劇情發展轉變之中心；【正宮】及【中呂宮】兩宮調，所屬牌調既多，套式變化亦較活潑，長套、短套咸宜，故第二三兩折用此宮調者居大多數。（頁 11）〔註 11〕

提出某些宮調常被運用的重要原因：要有足夠的曲牌數量。《北曲新譜》所列【正宮】、【中呂宮】的曲牌分別爲三十三章、三十九章，雖不像【雙調】多至一百十四章〔註 12〕，但算是多的，而【越調】三十三章也不少，但【越調】不借別宮之曲，【正宮】可借用其他宮調的曲牌三十二章，【中呂宮】可借宮的曲牌二十章，《套式匯錄》：

> 綜計【中呂】牌調可借入【正宮】者約占其全部三分之二；【正宮】牌調可借入【中呂】者約占其全部二分之一，此兩宮調互借之情形如此廣泛，蓋因二者之笛色均用小工或尺字之故。（頁 10）

舞臺演出要求的是整體的劇場效果，不可能像案頭作品那樣堅持宮調的完整與統一，再就主奏樂器笛子而言，既不若律管可以承載那麼多宮調，也就逐漸簡化宮調而以笛色統之，演出時只要笛色相同可以互相銜接即可，【中呂】與【正宮】因爲笛色相同，互借頻繁，因此可供聯套的曲牌範圍就大多了，限制也少一些。

又如〈唱論〉所說的宮調聲情論〔註 13〕：

> 【仙呂調】唱，清新綿邈。【南呂調】唱，感嘆傷悲。【中呂宮】唱，高下閃賺。【黃鍾宮】唱，富貴纏綿。【正宮】唱，惆悵雄壯。…（頁 1-160）

此對宮調的描述，當是時人的理解及流行說法，但晚近有學者提出反對的意見，如楊蔭瀏《中國古代音樂史稿・雜劇的音樂・宮調問題》認爲這些描述

〔註 11〕原文接著尚提到：「第二折用【南呂宮】者亦多，大抵劇中氣氛較爲緊張，劇情較爲剛勁者多用【正宮】，氣氛較爲緩和、情調較爲柔細者多用【南呂】：因【正宮】「惆悵雄壯」，【南呂】「感慨傷悲」故也。」

〔註 12〕這其中尚包括少數只用於小令不用於套數的曲牌。

〔註 13〕〈唱論〉所述六宮十一調的聲情，在周德清《中原音韻》、陶宗儀《南村輟耕錄》、朱權《太和正音譜》、王世貞《曲藻》、王驥德《曲律》也可見類似的說法。

包括感情內容、藝術風格、旋律形式，如「惆悵雄壯」是屬於較莊嚴的宮調；「高下閃賺」只是一種旋律形式。（頁 573-584）且對元人而言，宮調並不能決定作品的感情內容，難以涵蓋一折之內的感情變動，宮調只是依高低音域不同將曲牌歸類。

許子漢《聯套研究》則認爲宮調與劇情的確有某些聯繫：

> 【正宮】與【商調】同爲平緩鋪敘之型態，但【正宮】可以用於較陽剛之類型，而整個套式之高下起伏不是非常強烈，有雄渾之氣，故名之曰「雄壯」；若用爲較陰柔之類型，則亦不致如【商調】之悲悽，亦不如【南呂】之變化較大，故爲「惆悵」之情尚未至「悽愴」或「傷悲」之地。
>
> 【中呂】既宜於表現多變紛雜之情節，其音樂之形態亦極可能爲鬆散相間，段落起伏，其言「高下閃賺」是極爲適合的。觀諸實際劇例，每劇情變化最繁之折多用【中呂】，而【中呂】所用之折亦多爲劇情變動不居，或情節段落較多者。（頁 219-220）

不論諸家對宮調與聲情的意見爲何，皆注意到【正宮】、【中呂】常用於高潮段落，但並未進一步說明某一宮調的音樂表現及爲何經常運用在劇情變化較多的段落，此也是筆者欲進一步探求的，期望能尋找出聯套特色，再說明音樂與劇情表現的關聯，本文將著力探討聯套的變化及其所用曲牌。

既然【正宮】、【中呂】皆是常用在二、三折宮調，爲何獨鍾【中呂】？因就聯套而言，【中呂】的變化較多。先說明【正宮】套的情形，《套式匯錄》重點如下：

1. 歸納基本格式，以《昊天塔》第三折爲例：【端正好】、【滾繡球】、【倘秀才】、【滾繡球】、【倘秀才】、【滾繡球】、【煞尾】。並說明【倘秀才】、【滾繡球】兩調常循環使用，這也是【正宮】常用的曲牌。
2. 較長之套，甚少不借宮者。（頁 12-13）

既然【正宮】、【中呂】因笛色同可互借〔註 14〕，那麼【正宮】多借【中呂】曲牌，且本宮曲牌組套常似纏達的形式，變化較少，何不直接討論【中呂】的曲牌？再說【中呂】的曲牌較有特色，有兩組常用的帶過曲：【十二月】帶【堯民歌】、【快活三】帶【朝天子】；有可增句的【道和】〔註 15〕；借

〔註 14〕吳梅在《顧曲麈談・原曲》列出宮調與笛色分配原則（頁 7）。

〔註 15〕【正宮】常用的一組帶過曲是【脫布衫】帶【小梁州】、【么篇】，陳美如《帶

【正宮】的【白鶴子】、帶過曲【脫布衫】帶【小梁州】及【麼篇】；套末常用的【耍孩兒】及【煞】可入【正宮】及【中呂】，那麼討論【中呂】其實可兼及【正宮】常借入【中呂】的曲牌。〔註16〕

再說現存可供討論的元雜劇全套樂譜，包括零折，扣除各譜重複的劇目，【中呂】所存十九套也比【正宮】十一套多；下文討論曲牌時除了這十九套之外，也將《九宮》卷十三【中呂】隻曲的元代作品納入〔註17〕，並兼及各譜【正宮】套樂譜中所借入的【中呂】曲牌，以便於分析曲牌的音樂結構，曲目表也順此分爲「套曲」及「隻曲」兩部份，請見附錄七。

第二節 【中呂】套在各折的運用

第一章第三節「元雜劇的結構與宮調」說明了元雜劇的情節結構、一本四折運用宮調的慣例，本節將針對【中呂】套曲在結構上的運用作一說明。由於元雜劇第一折慣用【仙呂】套曲，現存元雜劇【中呂】套曲散見於第二、三、四折，雖以第三折居多，但本文既討論【中呂】套曲，當先就各折的運用情形作一說明；以下所述將以情節結構的發展爲核心〔註18〕，討論【中呂】套曲在劇情推展中所佔的地位。元雜劇的四折結構大致依「起承轉合」來佈局，當然也有劇作家別出心裁，變化戲劇的結構，因此以下說明【中呂】套曲在各折的運用情形〔註19〕，並將各劇按情節結構初步歸類，分爲一般情形

過曲研究》的結論是帶過曲應是一套之中最動聽的曲牌，故可摘唱。
《中原音韻》所論可增減曲牌中【正宮】有【端正好】、【貨郎兒】、【煞尾】，但除【煞尾】外少見實例，《新譜》亦未提及【端正好】、【貨郎兒】的增句情形，【貨郎兒】最著名之處是所謂【轉調貨郎兒】。【煞尾】其實廣泛運用於各宮調，《新譜》：「亦入【黃鍾】、【南呂】、【中呂】、【大石】。共有六體，大同小異。」尤其【正宮・尾聲】反而是「【中呂宮】用此尾者甚多，【正宮】用者較少。」基於以上的情形，筆者才擇定探討較有特色的【中呂宮】曲牌。

〔註16〕這是就曲牌從屬本宮調的觀點而言，否則【十二月】、【堯民歌】、【快活三】、【朝天子】、【道和】也可借入【正宮】。

〔註17〕因《九宮》列舉許多「又一體」，在談「又一體」的格律時也會酌予引用後代作品說明現象。

〔註18〕戲劇結構中高潮的概念承自郭英德〈論元雜劇的戲劇衝突〉所提戲劇高潮的兩類：邏輯高潮（全劇衝突的轉折點）、情感高潮（人物情感發展的最高點），若該折符合任一條件，就是情節結構中的關鍵所在。郭說可參照本文第二章第一節「文獻探討」，頁15。

〔註19〕《西廂記》有五本，全劇彷彿章回小說由點而線的組合，將劇情往下推展，

及其他情形兩類論述。

一、第二折

第二折一般是全劇的發展段落，即使【中呂】套曲經常用於高潮段落，但用於第二折時少見情節高潮之處，而是逐步將劇情推向高潮。如：

1. 《望江亭》，邏輯高潮在第三折（【越調】）譚記兒計賺楊衙內的勢劍金牌，那麼第二折（【中呂】）敷演譚記兒見白士中晚歸，親到衙門探問，並定計智賺，主要是引起下文。
2. 《澠池會》，藺相如完璧歸趙之後，第二折先演成公封賞，後與廉頗爭論使否赴澠池會，為第三折（【正宮】）會上針鋒相對作伏筆。
3. 《不伏老》，該劇演尉遲恭攪擾功臣宴，貶去職田莊，後因高麗國出兵，才重披戰袍；故事並不複雜，情節高潮是在第三折尉遲恭詐老，不肯出征高麗國〔註 20〕，第二折長亭餞別，是為了深化情緒，與下一折做對比。

也有第二折卻是邏輯高潮的例子：

1. 最明顯的就是《梧桐雨》，第二折是小宴、驚變，是李楊愛情從歡樂到生離死別的轉折，經歷馬嵬兵變之後（第三折，【雙調】），唐明皇悠悠思懷才是情感高潮（第四折，【正宮】）。
2. 《東窗事犯》演秦檜構陷岳飛之事，正名所言「地藏王證東窗事犯」就在第二折，地藏王化為呆行者洩漏秦檜東窗定計之事，並以藏頭詩責備他「久占都堂，有塞賢路。」冷嘲熱諷！
3. 《老君堂》則是第一折就演李世民老君堂挨斧，第二折演魏徵等放還（【中呂】），楔子演唐元帥攻克江南，第三折卻是探子報軍情（【黃鍾】），第四折封賞眾將（【雙調】），後兩折的結構固然使故事相當完整，但因以說唱的敘事方式來搬演，戲劇效果倒不如第二折因言語交鋒，放出李世民角逐天下而更見精彩。

每折皆有一重點，可參考諸如《納書楹西廂記全譜》的標目，與其他一本四折的結構較為不同，故以下臚列劇目時暫不列入。

〔註 20〕此折即崑劇折子戲〈北詐〉，《納書楹曲譜》正集卷二、《集成曲譜》金集卷一、《崑曲集淨》等收錄。

二、第三折

既然通例第三折是高潮段落，以下略依高潮類型〔註 21〕舉例：

1. 兼具邏輯高潮及情感高潮之例：《玉鏡台》第三折演劉倩英在新婚之夜幾經折騰，仍不肯讓溫太真進房，溫明白夫人的心事，唱【耍孩兒】及【煞】表白。《金錢記》演韓飛卿、柳眉的愛情故事，第三折飛卿思念小姐，恰王府尹來飲酒，金錢落地事發，幸賀知章宣旨解圍。
2. 邏輯高潮之例：《薦福碑》演張鎬不遇，第三折正是演雷神轟碑，使張不得拓碑換取盤纏，正欲了結，幸遇范仲淹搭救並同往京師，此折是劇情的轉折部份。〔註 22〕又如《合汗衫》，第三折正是演陳豹在相國寺散齋，恰遇張員外，祖孫合衫，劇情關鍵之處在此，第四折闔家團圓則是尾聲了（【雙調】）。《紅梨花》的第三折是三婆賣花，看似與劇情較無關聯，但正因為花婆詐稱紅梨花有鬼，才賺得趙汝州上京赴試〔註 23〕。《秋胡戲妻》，秋胡得官返鄉，桑園戲妻的情節就是在第三折，並將兩人的衝突延續到第四折——梅英拒認秋胡（【雙調】）。《追韓信》第三折是韓信拜帥、定下十面埋伏之計，點將出征，為使劉邦稱王的漢初三傑之一；蕭何月下追韓信則是在第二折（【雙調】）。
3. 情感高潮之例：《王粲登樓》一劇是由王粲〈登樓賦〉，配合文人懷才不遇〔註 24〕之情節組織而成，重點在羈懷壯志、登樓懷鄉之情，而第三折登樓當然是抒情了。又如《倩女離魂》第三折，倩女在家思夫，聞聽王文舉高中狀元，攜妻返家，怨氣沖沖，此折是倩女的情感高潮。又如《蘇武還鄉》，第三折先寫蘇武在匈奴的冰天雪地下，刺血修書，央大雁傳回漢朝；接著李陵勸降，蘇武更是正氣凜然，寧甘貧賤，不戀富貴。

〔註 21〕分類只是為了方便敘述，筆者分類的前提是突出高潮的類型；戲曲具抒情特質，通常一套曲中少不了有一二曲抒情，也並非邏輯高潮中就缺少抒情段落。

〔註 22〕馬致遠的作品固以抒情見長，顏天佑〈從馬致遠作品看元雜劇抒情化之意義〉（見《元雜劇八論》，頁 85-106）有詳盡的論斷。作品中雖然「注重情景交融的描寫而非人物、情節的刻畫掌握。」（頁 98）但像《薦福碑》仍可析出情節精采之段落。

〔註 23〕《竹塢聽琴》第二折末也有類似的情節，但並未發展成一折，《紅梨花》則著重於此，將有鬼之事演得活靈活現。

〔註 24〕顏天佑〈元雜劇《青衫淚》、《王粲登樓》中的文人幻夢〉（見《元雜劇八論》，頁 107-132）就文人不遇有詳盡的分析。

而《單刀會》因全劇的重心是在第四折〈刀會〉，故第三折的〈訓子〉即使關公終於出場，但仍在敘說所見功業，還是在爲最後的高潮鋪墊，屬發展段落，是元雜劇中相當特別的結構方式〔註25〕。

在常是高潮的第三折也可見類似說唱敘事的段落，即使劇情正當高潮，因爲元雜劇體例，並未加以發揮，比如徐扶明《元代雜劇藝術》所舉因「一人主唱」而影響結構的例子：

> 〈哭存笑〉第一、二、四折，都是李存笑的妻子正旦鄧夫人主唱，而第三折卻插入一個正旦莽古歹（改扮），向劉夫人報告李存笑的死況，主唱一個套曲。當然，文學作品可以容許間接描寫。但此劇作者花了整整一折的篇幅，間接描寫李存笑之死，未免有些浪費。而劇中重要人物李存孝，直到死時，竟還沒有能夠通過大段歌唱，申訴自己的痛苦和憤懣。（頁214）

類似的情形還有經常見於戰爭場面的探子報軍情，即說陣法、說戰法〔註26〕，顯見受說唱藝術的影響，林鶴宜〈論元雜劇征戰情節中的「探報」〉〔註27〕已專門討論此一表現形式，筆者將再說明類似的情節段落：

1. 《薛仁貴》：該劇雖是演薛仁貴從軍、榮歸的故事，但薛並不是正末，並未主唱，第三折薛仁貴回到故里，近鄉情切，向伴哥問話，打聽父母的現狀；透過伴哥的唱作間接將呈現薛仁貴對父母的關懷。
2. 《漁樵記》：此劇演朱買臣〔註28〕馬前潑水故事，第二折演逼休，第三折演寄信，第四折演潑水，寄信是張撇古將朱買臣威風的情景活靈活現告訴劉家，引出第四折夫妻相會。
3. 《三戰呂布》：這一折與說陣法類似，戰勝之後討論戰果，諸如「元帥與呂布怎生交戰來？」同樣是以敘事而非開打的方式呈現，不同之處在於探報軍情是第三人稱全知的敘事觀點，此劇則是第一人稱自表。

前兩劇在慣用高潮轉折的第三折處，放入一場報訊性質的問答場面，雖然皆

〔註25〕元雜劇中固有許多劇本至第四折仍是高潮，但像《單刀會》如此鋪墊，主腳至第三折才上場，前面二折幾乎與單刀赴會一事沒有直接相關的，可說僅此一劇。

〔註26〕可參考譚達先《講唱文學・元雜劇・民間文學》中「講唱文學被元雜劇吸取的情況・說戰法」（頁24-31）。

〔註27〕林鶴宜〈論元雜劇征戰情節中的「探報」〉，台北：行政院國科會科資中心，1995。

〔註28〕《漁樵記》的主腳，《息機子》本是王鼎臣，《元曲選》本則是朱買臣。

是末本，但劇作家卻使主腳不任唱，不能借曲抒懷，而讓旁觀者抒所見聞的主腳之情；《三戰呂布》雖然是張飛主唱，但所唱內容與探子所報差別不大，只是一個是在戰爭發生時所報，一個是在戰爭結束後所報。此類情形實可視爲從說唱到戲劇之間的過度，主唱者已經從說唱敘事，轉換成搬演代言了；元雜劇中常見的回顧性質對話，如：「不知待制多大年紀爲官，如今可多大年紀，請慢慢的說一遍，某等敬聽。」（《陳州糶米》二）也是這類的情形〔註 29〕。

三、第四折

既然【中呂】常用於高潮段落，那是否用【中呂】收尾表示高潮仍在延續？筆者分析劇本後認爲用於第四折的【中呂】套曲，固然可見餘波蕩漾的結尾，但有不乏報告前因後果的。

先看承續第三折的高潮，並再起小波瀾收尾的，如：

1. 邏輯高潮：《牆頭馬上》，末折又起認親的波瀾——裴少俊得官到洛陽，李千金不願意與裴家相認，相持不下，最後看到一雙稚齡兒女，才得言歸於好，化解戲劇衝突。又如《後庭花》爲一公案劇，前幾折演的都是案情發展，直到最後牽扯各家才捉得元兇，借【正宮】曲牌的部份開始案情明朗，斷案解決衝突。《馬陵道》演孫臏被齊公子救出之後，以添兵減灶之計，將龐涓賺到馬陵山谷，定計擒龐。
2. 情感高潮：《漢宮秋》，王嬙和番，漢元帝獨坐宮中，望圖懷人，雁聲淒慘，正烘托他寂寥的心境，深厚情感也藉一人主唱之遍，在此淋漓盡致地宣洩〔註 30〕。

再是一般結尾常見的備陳經過，如《青衫淚》:「將始末緣由細細說來。」;《抱妝盒》: 陳琳備陳經過，似覺險象環生；《風光好》：秦弱蘭將往事「慢慢說一遍」。這樣的例子雖然人物俱在場上演出，但皆可說是陪襯，畢竟只有主角一人表白前因後果，這樣的情形也就與說唱表演近似了，或可說是說唱演員裝扮成劇中人物彩唱，若將這套視爲一段說唱或是散曲，暫不考慮全本的結構佈局，大抵仍不失爲一篇好文章，【中呂】的曲牌依舊配合事件起伏，發揮原本豐富的音樂性格。同樣是類似說唱的段落，用於第三折及第四折的還是

〔註 29〕顏天佑〈試論元雜劇體制對其結構之影響〉最末一段「遷就形式的塡塞雜湊」（見《元雜劇八論》，頁 157-160），從戲劇結構方面探討此類問題。

〔註 30〕顏天佑〈試論《漢宮秋》雜劇結構的抒情取向〉也提及第四折的抒情取向（見《元雜劇八論》，頁 76-77）。

略有差異，第三折所演還是劇情發展中的一個段落，第四折卻是將前三折所演概括成唱段，說唱的佈局仍與雜劇的四折結構相關。

要說明的是，以【中呂】套搬演劇情高潮或話說從頭並不矛盾，如果有詩意，音樂、表演上乘，即使延續諸宮調傳統，全劇彷彿說唱表演，並不是全劇高潮，在折子戲演出時也不重要了！最好的例子當是《貨郎旦四・女彈》這一折固然最後是一家團圓，但主體是張三姑用【九轉貨郎兒】說唱故事，全劇至今就祇此一折有譜，尚能演出。又仿之者眾，最著者即《長生殿三十八・彈詞》〔註 31〕，老伶工李龜年流落江南，唱天寶遺事，依舊令人動容，至今傳唱。以上簡單說明【中呂】套曲運用於各折的狀況，其他宮調可能也有類似的情形，尚待進一步探討。情節結構已說明如上，下文的重點將放在曲牌分析上，說明各曲牌的音樂結構及特色，以進一步探討北曲創作的音樂思維。

第三節　【中呂】套曲的變化

本節將說明【中呂】套的「借宮」現象，著重於【中呂】及【正宮】互借；在初步分析【中呂】各套後，筆者認爲尚有「帶過曲」及【般涉・耍孩兒】、【煞】兩個現象可作進一步說明。

一、借　宮

許子漢《聯套研究》總結【中呂】套聯套規律及與劇情發展，摘述如下：

1. 【中呂】套式可以容納相當多的情節段落，可以使用七個曲段〔註 32〕與兩組獨立曲牌，最後才形成高潮。
2. 【粉蝶兒】、【醉春風】爲引導曲段。
3. 其他曲段用以鋪敘情節，並宜用於較重要之段落。

〔註 31〕《長生殿三十八・彈詞》之後，仿作【九轉貨郎兒】者眾，鄭騫輯有「九轉貨郎兒集」，又收錄得八種，見〈李師師流落湖湘道雜劇〉（附【九轉貨郎兒】譜），《景午叢編》，頁 446-525。

〔註 32〕A【粉蝶兒】——【醉春風】；B【石榴花】——【鬥鵪鶉】；C【上小樓】——【么篇】；D【快活三】——【朝天子】——（【四邊靜】）、【快活三】——【鮑老兒】——（【古鮑老】）、【快活三】——（【朝天子】）——【賀聖朝】；E【十二月】——【堯民歌】；F【柳青娘】——【道和】；G【剔銀燈】——【蔓菁菜】。

4. 獨立曲牌〔註 33〕亦用以鋪敘情節，宜用爲補綴穿插較不重要之段落。
5.【柳青娘】、【道和】及【耍孩兒】、【煞】用以組成高潮唱段。
6. 借宮之曲：【中呂】所借之曲以【正宮】及【般涉】爲多，【仙呂】、【南呂】、【雙調】只有少數之例。其中除【般涉】曲段（【哨遍】——【耍孩兒】——【煞】）須用於尾曲之前外，其餘借宮之曲無一定之次序。（頁 120-121）

並已說明「借宮」與劇情變化之關係〔註 34〕，大要爲：【正宮】借宮在形成情節轉變，【中呂】借宮並非因劇情段落轉變，而是音樂可以相連。此兩宮調因笛色相同，故所借之曲較其他宮調爲多。

除了笛色相同可以借宮之外，曲牌的結音相同也是原因之一，夏承燾〈犯調三說〉〔註 35〕開宗明義提及：「詞中犯調有二義，一爲宮調相犯，一爲句法相犯。」雖然說的是詞，但曲的道理也相同。所謂宮調相犯指的就是借宮，夏承燾先引姜夔《白石道人歌曲》【淒涼犯】之序，並說明：

> 【淒涼犯】序云：『凡曲言犯者，謂以宮犯商、商犯宮之類。如【道調宮】「上」字住，【雙調】亦「上」字住，所住字同，故【道調】曲中犯【雙調】，或於【雙調】曲中犯【道調】，其他準此。』又云：『十二宮所住字各不同，不容相犯。』〔註 36〕
>
> 據此可知：宮均不同之調必須「住字」相同，方可相犯。住字即所謂「殺聲」，宋人又謂之「畢曲」，是一調之基音。姜夔所舉【道宮】、【雙調】之外，如【黃鍾宮】「合」字住，【中呂調】、【道調】亦「合」字住（見張炎《詞源》卷上〔註 37〕），故【黃鍾宮】可與【中呂調】、

〔註 33〕【中呂】的獨立曲牌如：【叫聲】、【醉春風】、【迎仙客】、【紅繡鞋】、【普天樂】、【滿庭芳】。（詳見頁 109）

〔註 34〕詳【正宮】及【中呂】「借宮之曲」小節，頁 76-77，頁 118-1120。

〔註 35〕夏承燾〈犯調三說〉，見《月輪山詞論集》（北京：中華書局，1979），頁 161-170。

〔註 36〕姜夔《白石道人歌曲卷六·自製曲》【淒涼犯】，今有朱祖謀（孝臧）校本（1917）等，《彊村叢書》，台北：廣文書局，1970。台北：世界書局影印出版，出版年不詳。

〔註 37〕張炎《詞源卷上 · 律呂四犯》，並說明：
以宮犯宮爲正犯；
以宮犯商爲側犯；
以宮犯羽爲偏犯；
以宮犯角爲旁犯；

【越調】相犯；餘類推。（頁 161）

此詳細說明犯調借宮之曲，要住字（殺聲）相同才可，並舉詞的宮調爲例；雖然曲的宮調與詞不同，但樂理是相通的，此又可見以「起調畢曲」分析音樂的重要性。然而從現存多借他宮曲牌的樂譜來看〔註 38〕，【中呂】與【正宮】互借的曲牌，結音落法可見三種現象：

一是同一曲牌在不同宮調中結音不同的例子，也就是說【正宮】慣落 **6** 或 **6̣** 音，【中呂】常落 **3** 或 **3̣** 音，但【中呂】曲牌若借至【正宮】則常隨其他曲牌落 **6** 或 **6̣** 音，維持套曲的一致性，以《張天師》第三折及《舉案齊眉》第二折兩【正宮】套來說，雖名爲【正宮】，但除了套首的三支曲子之外，用的皆是【中呂】的曲牌，結音多在 **6** 或 **6̣** 音。

二是套中的結音以其中一宮調的爲主，如《後庭花》第四折，雖是【中呂】套曲，後半都是【正宮】曲牌，但【中呂】曲牌大致從【剔銀燈】開始（第六曲）即落 **6** 或 **6̣** 音及對稱音 **2** 。

三是如《御溝紅葉》不同宮調的曲牌各有落音，此爲【正宮】套，但除了前六曲，其他皆是【中呂】的曲牌，前段落【正宮】的 **6** 或 **6̣** 音，從【鮑

以角犯宮爲歸宮；周而復始。見《詞源疏證》頁 54。

〔註 38〕若不計【正宮】經常借入【中呂】且曲幅不大的【白鶴子】及「帶過曲」，【中呂】套多用借宮之曲的有：《後庭花》四（存譜），全套十七曲中，有六曲借自【正宮】（【倘秀才】、【呆骨朵】、【倘秀才】、【滾繡球】、【伴讀書】、【笑和尚】），此折大體從借【正宮】曲開始案情轉趨明朗。

【正宮】多借【中呂】曲牌的有：

1. 《御溝紅葉》（存譜）：十七曲中，【正宮】六曲、【中呂】六曲、【耍孩兒】及【煞】四曲（尚有【尾】未計入，以下同）。
2. 《張天師》三（存譜）：十二曲中，【正宮】三曲、【中呂】八曲。
3. 《東坡夢》三：十曲中，【正宮】二曲、【中呂】六曲、【耍孩兒】一曲。
4. 《西廂記 4-3·哭宴》（存譜）：十九曲中，【正宮】六曲、【中呂】六曲、【耍孩兒】及【煞】六曲。
5. 《貨郎旦》三：七曲中，【正宮】二曲、【中呂】四曲。
6. 《盆兒鬼》四：十曲中，【正宮】三曲、【中呂】二曲、【正宮】二曲、【中呂】三曲，無【尾】，兩宮調曲牌穿插，爲特殊的例子。此爲《元曲選》本，《脈望館》本則是一般【中呂】套。
7. 《舉案齊眉》二（存譜）：十二曲中，【正宮】三曲、【中呂】七曲、【耍孩兒】一曲。
8. 《飛刀對箭》二：八曲中，【正宮】二曲、【中呂】五曲。

詳細聯套情形請見附錄六。

老兒】起，漸落【中呂】曲牌常用的 3 或 3̣ 音。

而《脈望館》本《盆兒鬼》第四折是【中呂】套〔註 39〕，在《元曲選》本則是【正宮】套，使不同版本間不但套內曲牌出入，連宮調也不相同。《元曲選》本還是【正宮】與【中呂】曲牌交錯使用，與一般借宮曲牌多在本宮曲牌之後的情形不同：【正宮・端正好】、【滾繡球】、【叨叨令】、【中呂・醉高歌】、【紅繡鞋】、【正宮・小梁州】、【么篇】、【中呂・快活三】、【朝天子】、【四邊靜】。關於這一情形，鄭騫〈元雜劇異本比較〉（第五組）〔註 40〕說明：

> 第四折《脈望館》用【中呂・粉蝶兒】套，與第二折宮調相同。元雜劇每本四折須分用四個宮調，不得重複，此爲一定規律；破例重複者僅見《脈望》此劇。臧《選》因其大違成規，故改第四折爲【正宮・端正好】套，即就《脈望》舊文改編，並添出兩曲（按：【叨叨令】及【四邊靜】），故全套筆墨不一致，一望而知是改本。至於《脈》本何以違例至此，則別無資料，無從詳考。（頁 36）

《盆兒鬼》第四折樂譜不存，無法得知借宮聯套的變化情形，《元曲選》所改套數即使較異常，但或可爲【中呂】與【正宮】因笛色相同、結音對稱而可借宮之旁證。

至於經常借入【中呂】的【脫布衫】帶過曲，由於不是大段借宮，曲幅也不大，結音的轉變並不明顯。若以結音來說，雖然兩宮調各有慣用的落音，【中呂】多落 3 音，本也可用五度對稱音 6̣ 來作結音，【正宮】的情況相同，因此這兩宮調除了笛色相同之外，結音也可通用，故可互借曲牌。目前所見借宮情形如此，尚待進一步援引更多宮調及曲牌以進一步論述北曲是否皆如此。

二、帶過曲

【中呂】所用的帶過曲有【十二月】帶【堯民歌】、【快活三】帶【朝天子】及【正宮】的【脫布衫】帶【小梁州】及【么篇】，這些曲牌的聯套位置較不固定，可僅次於【粉蝶兒】、【醉春風】，也可在【尾】前面，或是中段部份，以關漢卿劇作中的【十二月】帶【堯民歌】爲例：

〔註 39〕《脈望館》本《盆兒鬼》第四折：【中呂・粉蝶兒】、【醉春風】、【醉高歌】、【紅繡鞋】、【上小樓】、【么篇】、【快活三】、【朝天子】。

〔註 40〕鄭騫〈元雜劇異本比較〉（第五組）頁 36，《國立編譯館館刊》5：2，1976.12。

1. 可在套前半（【粉蝶兒】、【醉春風】後）：《單刀會三・訓子》。
2. 可在套中（【上小樓】前）〔註41〕：《金線池》三、《調風月》二。
3. 可在套末（在【耍孩兒】、【煞】、【尾】前）：《魯齋郎》三、《哭存孝》三、《望江亭》三。

帶過曲的位置既如此自由，是否各曲的節奏也可不同？若照套曲「散→慢→快→散」的節奏原則，《單刀會三・訓子》所用的【十二月】帶【堯民歌】應會比《金線池》第三折來得快？《金線池》第三折無存譜，與之聯套相近而樂譜尚存的是《東窗事犯二・掃秦》，《集成》所收這兩折樂譜的確如此，〈訓子〉的兩曲都是一板三眼，〈掃秦〉的兩曲都是一板一眼，當然這不能一概而論，此例只是說明可能有這樣的現象。

再看《西廂記》中的【脫布衫】帶過曲，共見四段，除〈哭宴〉是【正宮】套外，其他都是【中呂】套借宮，各曲的節拍如下：

	前一曲	【脫布衫】	【小梁州】	【么篇】	後一曲
1-2 借廂	【上小樓】 （一板三眼）	【脫布衫】 一板三眼	【小梁州】 一板一眼	【么篇】 一板一眼	【快活三】 （一板一眼轉一板三眼）
2-2 請宴	【醉春風】 （散板）	【脫布衫】 一板三眼	【小梁州】 一板三眼	【么篇】 一板一眼	【上小樓】 （一板一眼）
3-2 鬧簡	【四邊靜】 （一板三眼）	【脫布衫】 一板三眼	【小梁州】 一板一眼	【么篇】 一板一眼	【石榴花】 （一板三眼）
4-3 哭宴	【叨叨令】 （一板一眼）	【脫布衫】 一板一眼	【小梁州】 一板一眼	【么篇】 一板一眼	【上小樓】 （散板轉一板三眼）

是否【脫布衫】帶過曲也可在這個段落視情感需要而快慢，未必要按照本來聯套的節奏？尤其〈請宴〉，該曲從【么篇】到二支【上小樓】都快唱，直到【滿庭芳】才慢下來，正好是紅娘說張珙一心想赴宴心情；〈哭宴〉更在散板後就用一板一眼的快板曲，鶯鶯唱出急切無奈的心情，襯托後半的離情依依。

若果眞如此，那【快活三】在四句中有三個節奏〔註42〕再接【朝天子】的變化就更容易理解了，【中呂】套中所用的帶過曲可配合劇情當作節奏轉變的樞紐，使套曲更加靈活。若閱讀曲文、配合劇情段落來看，也可略見其特

〔註41〕【上小樓】在套的中段是常用曲，故暫以在【上小樓】前爲標準。
〔註42〕【快活三】的節奏變化在下文【快活三】一節中有較詳細的說明。

殊性，通常帶過曲在本宮或借宮情形無異，可作爲一相對獨立的情節段落，或是用於描摹，或是情感的某個段落，因此才會摘唱吧！較明顯的例子如：

1.《西廂記 1-2・借廂》的【脫布衫】帶過曲張生初見紅娘，深情唱出「好個女子也呵！」
2.《西廂記 3-2・鬧簡》的【脫布衫】帶過曲紅娘唱鶯鶯翻臉。
3.《秋胡戲妻》第三折的【十二月】帶【堯民歌】，秋胡動手欲調戲，梅英呵斥他無禮，並高聲叫喊。
4.《合汗衫》第三折的【脫布衫】帶過曲唱合衫認親。
5.《范張雞黍》第四折的【十二月】帶【堯民歌】唱孔仲山得官、更衣謝恩。
6.《豫讓吞炭》第三折的【十二月】帶【堯民歌】豫讓被捕，可能有一些身段與差役配合。

雖說每兩三個曲牌都可成爲劇情段落，但可能唱帶過曲時有不同的身段或舞台調度，使得這些曲牌的運用較有特色。此外也有不同版本增刪帶過曲的例子，如：

1.《趙氏孤兒》第四折《元曲選》就無《元刊本》中的【十二月】帶【堯民歌】思親報仇的一段，大抵是覺得用以下【耍孩兒】的曲文就夠了。
2.《元曲選》的《合同文字》第三折在【尾】前比《息機子》本多了【十二月】帶【堯民歌】，安住自嘆命乖。

這樣的例子雖不多，但或可爲帶過曲的音樂獨立性、不同身段最佳註腳。

三、【耍孩兒】及【煞】

【耍孩兒】的說明及音樂分析請見下文，此處只陳述現象：在劇套中已不見【般涉】套，【耍孩兒】及【煞】多用於【正宮】及【中呂】套內，做爲一套的收尾部份，應可視爲套中之套，是較獨立的部份，也常見增刪，比較不同刊本更可明白這一現象，以《范張雞黍》第四折爲例，在元刊本共有八支【煞】，但《息機子》本則只有兩支【煞】。

從墨本與台本的比較也可見差異，如：《東窗事犯二・掃秦》元刊本有【耍孩兒】及二支【煞曲】，至《九宮》只有一支【耍孩兒】，到《納書楹》則三曲皆無。不過《九宮》此例並非直接刪除【耍孩兒】及【煞】，而是結合上曲【鮑老兒】，將這一段寫爲【朝天子】；《納書楹》將《九宮》所留的【耍孩兒】一併刪除，更見精簡。

再以《蘇武還鄉三・告雁》爲例，《納書楹曲譜》所錄就比《雍熙樂府》〔註43〕少了【耍孩兒】及四支【煞】，取【耍孩兒】的部份曲文作【煞尾】結束全套，此是全段刪除之例。

《漁樵記三・寄信》《納書楹》也無各劇本皆有的【耍孩兒】及一支【煞】，此段張撇古再說朱買臣〔註44〕當官之事，大抵嫌絮絮叨叨故爲刪去。〔註45〕

還有不同刊本間增加【耍孩兒】及【煞】之例，如：《月夜留鞋》三，該劇可見《息機子》本、《元曲選》、內府本〔註46〕，明顯可見內府本較息機子本多出【耍孩兒】及三支【煞】，此當爲內府台本所增，非元雜劇原貌，但可爲增加【耍孩兒】及【煞】之例證，所增之曲是王月英被押之後，對母親唱出悔恨、死別之情，進一步抒情。

【般涉・煞】在【耍孩兒】之後連用多支，可說是單曲反覆，具整體感，但音樂變化較不活潑，與南曲以單曲【桂枝香】或【懶畫眉】組套的情形類似，是一個較獨立的段落，若用於抒情，可視需要增加或減少，尤其是演出本不可能像散套唱那麼大套的曲子，觀眾及演員都會吃不消，因此在刪減曲牌時，【煞】可說是首當其衝。既然【煞】曲數可增刪，是否還如許子漢《聯套研究》所言，算是劇情高潮？或是高潮延續？套末用【耍孩兒】及【煞】是否加溫，就視情形而定了。

第四節 音樂分析理論依據

前人曲學範疇多談文字格律，但曲爲一合樂的文體，許多字調、句式的

〔註43〕但《納書楹》的《蘇武還鄉・告雁三》比《雍熙樂府》多了【石榴花】及【四邊靜】。

〔註44〕《漁樵記》中的主腳在《息機子》本是王鼎臣，在《元曲選》本則是朱買臣。《元劇斟疑》認爲《元曲選》本不再避諱明的國姓「朱」，將主腳改爲朱買臣，較貼近民間傳說。

〔註45〕此外，《元曲選》本的《疏者下船》第三折也較元刊本少一支【煞】。李開先鈔本的《王粲登樓》第三折就較《古名家》本多了【耍孩兒】及二支【煞】抒情。

〔註46〕《全元雜劇》三編第十收有《脈望館》就內府本校《息機子》本並鈔補穿關，以此見《息機子》本；《息機子》本爲刻本，《脈望館》就內府本鈔校增補者寫在頁眉，更在十五頁後增補一頁「又十五」，恰是增加【耍孩兒】及【煞】。

講究實與音樂關係密切〔註 47〕，在文字之外，更應進一步分析承載文字的音樂，並盡量結合劇情探討，期能逐步釐清曲學的內涵。徐大椿《樂府傳聲・句韻必清》論及一曲牌的特徵在「句」及「韻」：

> 牌調之別，全在字句及限韻。某調當幾句，某句當幾字，及當韻不當韻，調之分別，全在乎此。（頁 7-181）

《九宮・北詞凡例》也提到以腔、板來分別牌調，則唱腔旋律固然重要，更得靠不同的點板形式來分別同樣的字數句法，如此才能凸顯兩個牌調的不同〔註 48〕：

> 曲之分別宮調，全在腔、板。如【仙呂調】，套中有借【中呂調】一二曲，其腔板稍異，必依【仙呂調】之聲音，始爲妥協。有字數句法雖同，而腔板迥異，即截然兩調。（頁 6）

因此筆者主要從兩方面著手分析音樂，首先是與句式相應的**點板方式**，包括一曲牌如何點板及套曲的節奏變化；再是施於韻腳的**結音**（或曰煞、殺聲、住字），此即下文所論「**起調畢曲**」。

以上所舉只是曲牌音樂中犖犖大端，最鮮明可辨者，至如一曲的腔調，除了板式、結音的作用外，句中各字的發音收音不同，也會影響腔的長短高低。沈寵綏《度曲須知》下卷提到了「翻切當看」、「經緯圖說」、「同聲異字考」、「音同收異考」等等度曲咬字時應當注意之處：

> 《中原音韻》字面有同音而抵舌、穿牙、鼻音、開口、閉口、措口，唱法種種各別。（同聲異字考，頁 5-283）

> 韻韻各成口法，聲聲堪著推敲。至於出口依而含舒略判，收音等而輕重微懸，則如「蘆」不同「羅」，「祖」非類「左」，誰辨歌戈模韻之攸分；「奸」故非「堅」，「晏」亦非「燕」，孰解先天、寒山之迥別？（音同收異考，頁 5-301）

沈寵綏說的這些口法，在北曲中雖不若南曲磨腔那麼迂迴舒緩，但原則是相

〔註 47〕 如啓功《詩文聲律論稿》（北京：中華書局，1977）：「詞、曲都是入樂的，所以其中有受到樂譜限制的句式。常見詞家曲家說某句某字必須用四聲中某聲，又有時某字不但要講四聲，還要講清濁，以致唇齒喉牙舌鼻等發音部份。還有同是一類的律句，因爲某些節的盒蓋不許更換，於是同類句式中不能隨便選擇，譬如 A1 不能換用 A2。更有特殊的地方，必須用拗句。如此等等，都屬於特定句式。」

〔註 48〕 《九宮》提出腔板在音樂上的重要性，但此處的「宮調」究竟指的是宮調或是曲牌？抑或兼有二者？

同的，這不但是咬字口法，在譜曲時也應當遵守這個原則，才能譜得合韻依腔；即使同韻字亦有不同唱法，句末押韻處如此，句中各字在格律譜中既只限定平仄，則聲韻皆可自由調配，唱腔自也略有變化，此是極精微之處。謝錫恩《中國戲曲的藝術形式》曾舉《西樓記．樓會》【懶畫眉】為例，詳列各字的聲調、反切、出聲、收音，並附譜說明。〔註 49〕因筆者志在掌握一曲的結構，故雖例舉沈寵綏說法，但並不逐一分析牌中的出字收音。

一、點　板

目前可見點板的北曲格律譜有清．李玉《北詞廣正譜》、王正祥《宗北歸音崑腔譜》〔註 50〕、《九宮大成譜》及近人汪經昌《南北曲小令譜》，然而同一曲牌的點板各譜間亦有差異，李殿魁〈《九宮大成》所收關漢卿散曲曲譜之探討〉之譜例將《九宮》與《廣正》點板並陳，兩譜點板之異清晰可見，筆者將在分析各曲牌時進一步說明。清．徐大椿《樂府傳聲．定板》強調板與曲調的高度關聯性，並強調北曲的板式雖可在過腔接字處騰挪，但與句式、曲調相關的特殊板式，則不可增減變化，先引徐文，下文討論曲牌時就可見此類現象：

> 蓋板殊則腔殊，腔殊則調殊，板一失，則宮調〔註 51〕將不可考矣。惟過文轉接之間，板可略微增損，所以便歌也。至緊要之處，板不可少有移易，所以存調也。此北曲之板寬而實未嘗不嚴也。（頁 7-181）〔註 52〕

〔註 49〕謝錫恩撰、陳安娜編《中國戲曲的藝術形式》（香港：香港中國語文學會出版，1986），頁 86。

〔註 50〕王正祥《宗北歸音京腔譜》是清康熙二十五年（1686）停雲室刊本，以入《續修四庫全書》編纂委員會編：《續修四庫全書》第 1753 冊（上海：上海古籍出版社，2002）。
此譜不以宮調統領曲牌，〈凡例〉中說明：「歸音者何？歸於宮角徵商羽之五音也。」（頁 2）將套曲分歸五音：宮音有【點絳唇】、【端正好】、【粉蝶兒】三套，角音【新水令】一套，徵音有【一枝花】、【貨郎兒】兩套，商音【集賢賓】一套，羽音是【鬥鵪鶉】、【醉花陰】兩套。
此譜亦點板，先錄「元人曲體」為範例，再取雜劇或傳奇定「點板曲格」。與《十二律崑腔譜》同，亦標出鼻音及閉口字。

〔註 51〕此處的宮調指的應是一曲的曲調。

〔註 52〕《樂府傳聲．底板唱法》所說也與板相關，更提及板在南北曲中不同的作用：「南曲惟引子用底板，餘皆有定板。北曲則底板甚多，何也？蓋南曲之板以節字，不以節句；北曲之板以節句，不以節字。節字則板必繁，節句則一句

《樂府傳聲》說明基本原則，《螾廬曲談》則詳加分析，在論板式時先說南曲由一字句到十字句的句法，並論及北曲，在分析曲牌之前先討論《曲談》對板式的見解〔註 53〕：

以上所述句法與板式之關係僅就南曲而言，而北曲之板式可以盡賅。蓋北曲之板不若南曲之繁密，且可增損移動，非若南曲之一定不易也。茲將北曲點板之通例略述之：

二字句：　一｜二　；
　　　　　一｜二｜二　；
　　　　｜一｜二　；
三字句〔註 54〕：｜一　二｜三　；
　　　　　　　　一｜二三　；又
　　　　　　　　一｜二｜三〔註 55〕　；
四字句〔註 56〕：｜一二三｜四　；
　　　　　　　　一二｜三四　；
　　　　　　　｜一二｜二三｜四　；
五字句〔註 57〕：｜一二三四｜五　；
　　　　　　　　一二｜三四｜五　；
　　　　　　　｜一二｜三四｜五　；
　　　　　　　｜一二三｜三四｜五　；

一板足矣。惟著議論描寫，及轉折頓挫之曲，亦用實板節字，然亦不若南曲之密。」（頁 7-182）

〔註 53〕以下王季烈論北曲板式的部份引自《螾廬曲談》卷三「論譜曲」第二章「論板式」(《集成曲譜》玉集卷首，頁 35-38)。
爲更清楚標示，將以下第幾字當板的敘述寫爲簡譜，以｜代表板，「一二三」即原文的第幾字，如「二字句：第二字點頭板，或頭板、截板；或第一、第二字各點頭板。」寫成：　一｜二　或　一｜二｜二　或　｜一｜二　。原文請見註腳。

〔註 54〕三字句：第一、第三字點頭板；或第二字點頭板。

〔註 55〕此例出自《南北曲小令譜》，該譜頁 4－亦列點板通例，並舉一曲牌某句爲例式，較《螾廬曲談》多了三條：三字句一條，七字句兩條。原文爲：第二字點頭板；或第二、第三字各點頭板。

〔註 56〕四字句：第一、第四字點頭板；或第三字點頭板；或第一、第四字點頭板，第二字點截板。

〔註 57〕五字句：第一、第五字點頭板；或第三、第五字點頭板；或第一、第三、第五字點頭板；或第一、第五字點頭板，第三字點腰板。

六字句〔註58〕： 一｜二三｜四五｜六 （三三句） ；
一二｜三四｜四五｜六 （二四句） ；

七字句〔註59〕： ｜一二｜三四｜五六｜七 （四三句） ；又
｜一二｜三四｜五六｜六 ｜七 （句法上四下三）〔註60〕

或 一二三｜四五｜五六｜七 （三四句） ；又
｜一二三｜四五｜六七｜七 （句法上三下四）〔註61〕

從以上的點板通例可見幾點現象：

1. 韻字當板：在以上各例中，通常最後一字都在板上，若這些句子是韻句，則可說是「韻字當板」，而四字句 一二｜三四 這樣的點板應該是用在非韻句中。
2. 可減省之板位：以五字句爲例，若視最符合一般節奏習慣的兩字一板 ｜一二｜三四｜五 爲基本的板式，那麼另外兩種｜一二三四｜五 、一二｜三四｜五 則可視爲減板，前者是省第三字上的板，後者是第一字緊接前一句，不點板，皆可使音節較緊湊。
3. 可增加之板位：如二字句的 一｜二｜二 是在 一｜二 的基礎上多加一底板。
   如四字句的 ｜一二｜二三｜四 可視爲在 ｜一二三｜四 的第二字多下一底板。
4. 可挪移之板位：如五字句的 ｜一二三｜三四｜五 是將 ｜一二｜三四｜五 的第三字往前挪，使第三字由頭板改爲腰板。挪移板位也經常與句法配合。
5. 板位與句法配合：以七字句爲例，因語氣不同而有句法差異：若是上四下三句法，則板當點在第五、第七字上；上三下四句法（七乙）則是點在第四、第七字上，當然其他字也可以佔板，但兩種句法板位的不同主要在第四或第五字當頭板，試看七字句的又一種點板法，即使

〔註58〕六字句：第二、第四、第六字點頭板（三三句）；或第三、第六字點頭板，第四字點截板（二四句）。

〔註59〕七字句：第一、第三、第五、第七字點頭板（四三句）；或第四、第七字點頭板，第五字點截板（三四句）。

〔註60〕此例出自《南北曲小令譜》，原文爲：第一、第三、第五、第七字點頭板，第六字點腰板，句法上四下三。（頁4）

〔註61〕此例出自《南北曲小令譜》，原文爲：第一、四、六字點頭板，第七字點截板，句法上三下四。（頁4）

增加板位，但該當板的字位仍相同。

《曲談》並舉例說明北曲中板式如何增減移動，舉【雁兒落】、【得勝令】爲例：

【雁兒落】第四句〔註62〕：

（甲）休猜做｜戴南冠｜學 楚｜囚◎　〈醒妓〉句

（乙）　俺待要踏破｜三 山｜甃◎　〈青門〉句

按《北詞廣正譜》〔註63〕，此五字句，於第一第三第五字，皆點頭板，則甲式之點板爲正格，而乙式於第一字上不點板，是北曲板可減省之證也。

【得勝令】第六句

（甲）　｜心 下｜休 驚｜怯◎　〈刀會〉句

（乙）海棠｜花 下｜葫 蘆｜叩　｜叩◎　〈醒妓〉句

（丙）　說甚麼鳳鬢｜金 釵｜溜　｜溜◎　〈青門〉句

按《北詞廣正譜》〔註64〕，此五字句，亦係於第一第三第五字點頭板，故甲式之點板爲正格，而乙式於第五字下增一截板，是北曲板可增加之證也，又如丙式，則於第一字減一頭板，於第五字增一截板，更爲北曲板式可增可減之明證。

以上是同一句點板不同之例，《曲談》再就《長生殿十九·絮閣》【出隊子】末句「既不沙怎得那一斛珍珠去慰寂寥◎」比較各譜不同的點板方式；爲更清楚表達《曲談》對該句板位的看法，將四譜的板位寫成簡譜，並分析整理如下（原文已譯爲簡譜，請見附錄四）：

《大成宮譜》

既不沙｜　怎得那一斛｜珍珠去｜慰　｜慰寂｜寥◎

《納書楹譜》

既不沙｜沙怎得那一斛｜珍珠去｜慰　｜慰寂｜寂寥◎

〔註62〕以下是將工尺譜翻爲簡譜，以「｜」代表板，原譜只點板未加眼。

〔註63〕【雙調·雁兒落】五字四句：五◎五◎五，五◎，第四句《廣正譜》舉例爲：｜羞對｜菱花照｜照◎　及【雁兒落】帶過【得勝令】之｜世事｜雲千變｜變◎　第五字點的應是底板（頁598）。

〔註64〕【雙調·得勝令】八句：五◎五◎五·五◎二◎五◎二◎五◎，第六句《廣正譜》舉例爲：　｜悶得｜人孤｜零◎　及【雁兒落】帶【過得勝令】之　｜誤殺｜英雄｜漢◎（頁598）

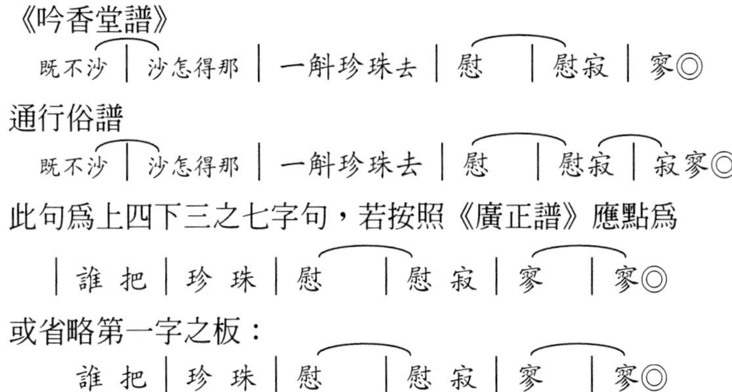
《吟香堂譜》
既不沙 | 沙怎得那 | 一斛珍珠去 | 慰 | 慰寂 | 寥◎
通行俗譜
既不沙 | 沙怎得那 | 一斛珍珠去 | 慰 | 慰寂 | 寂寥◎
此句爲上四下三之七字句，若按照《廣正譜》應點爲
| 誰 把 | 珍 珠 | 慰 | 慰 寂 | 寥 | 寥◎
或省略第一字之板：
誰 把 | 珍 珠 | 慰 | 慰 寂 | 寥 | 寥◎

第五第七字應在板上，與前面所舉七字句的不同在第五字延長拍子，多下一底板。

此例因韻字不延長拍子，應有五板，但因句首多至六個襯字，只得佔板，以免趕唱不及，因此將其中一板挪給襯字，而其他四板如何分配？這就是《曲談》所提「一、珍」兩字的問題，這四字應佔一板，在第一字或第三字皆可。至於後三字，點板法一致，只是第七字之頭板也可移爲第六字的底板。

而襯字該如何分配？仍可照一般六字句上三下三的點板方式做 既 | 不沙 | 怎得 | 那 既是襯字板當然愈少愈好，因此第二字上的板應予省略，這就是《曲談》所說《大成宮譜》:「於『怎』字上點頭板，規律最正。」不過從帶白、叫板後喜加底板、「取便歌喉」的觀點來看，在「沙」字下一底板也無不可，反可使節奏較富變化。

上例可見即使同一句曲文的點板也有多種可能，但萬變不離其宗，根據上述可以歸納出板位變化的基本原則：

1. 句首減板，可緊接前一句。
2. 句末增板，可多下一截板。
3. 在不影響句內結構的情形下板可挪移。
4. 襯字當板的原則：在唱完襯字或一個詞組之後，常下底板，此應是用於強調語氣。

劇曲既非僅供案頭欣賞，當然須考慮搬演時的方便性、靈活性，因此出現一些彈性變化，小作騰挪是可以的。以上結論與《詞樂曲唱》所論的南曲板式變化相似，不同之處在於洛地所舉南曲之例散見於各曲、各句，用以涵蓋南曲點板的變化情形；但從《曲談》所舉之例來看，實可說北曲曲牌的任何一句，理論上皆可有如上歸納的四種點板變化，故同一曲牌的同一句板數可以略有參差；此可作爲以下論各曲點板的基本原則。附帶一提的是：下半句佔一句最重要的地位，即使增字、攤破也不改變原本的單式或雙式句法〔註 65〕，尤其是韻句，因此句首儘可減省，句末卻少見減板，甚至可在末字多加一底板，不但強調韻字，更有空間安排下一句的襯字；若能明白北曲板式在正格之外的增減挪移的變化原則〔註 66〕，將便於進一步探究曲牌音樂。

二、起調畢曲

上文所述句法已略述及各種句式如何點板，但各種板式構成的長短句如何成爲一完整的曲牌結構？最重要的是「韻」的相呼應作用，並在韻腳處用相同或對稱的結音，使音樂在韻處回歸本格，並略做延頓。鄭西村在《崑曲音樂與填詞》中歸納韻在曲牌中的作用及其重要性：

> 韻——爲劃分段落與構成全篇，提供穩定性與統一性音樂效果。
>
> 歌詞的正韻韻腳與曲調煞聲相結合，給整個律腔結構帶來穩定性和各個段落的停頓性，是「韻」所起功能的主要方面。正韻以外的某

〔註 65〕參鄭騫〈論北曲之襯字與增字〉（見《龍淵述學》頁 119-144）：「句式之究竟爲單爲雙，即視其下段所含之字數爲定。」（頁 129）。「句式與腔調節拍大有關係，前文已屢言之，故字數可增而句式不能變。例如三字句可增爲五字，而不能增爲四字；五字句可增爲六乙，而不能增爲六字。因三增爲五，五增爲六乙，仍爲單式；若增爲四字、六字，則成爲雙式，與原句式不合。」（頁 143）

〔註 66〕如汪經昌《南北曲小令譜》所言：「北詞板式，以可挪移增減，遂易視爲板無定格，不知所謂挪移增減，絕非漫無準繩。譬如三字句，通例第二字點作頭板，或第一、三字，均點頭板（ 一｜二三 或 ｜一二｜三 ）。而【七弟兄】、【罵玉郎】末句，徐于室往往變作第一字點頭板，第二字點腰板，第三字點頭板及截板（ ｜一二｜二 ｜三 ｜三 ），張雲莊【七弟兄】末句「似瘋魔」、散套【罵玉郎】末句「黃柑傳」，舊譜均變作此式。列式雖異，其實腰板位置係就第一字頭板順延，該處腰板半綰第一字之尾，半綰第二字之頭，雖成坐二應一之象，實等將第一字頭板順延半拍而已。截板之增，又係據三字頭板而延長，故知此二句基本板式爲一三兩字均點頭板也。
又如六字句，通例第三、第六字各點頭板，第四字點截板或腰板（ 一二｜三四｜四五｜六 ）；亦可在第一、三、五各字均點頭板（ ｜一二｜三四｜五六 ），而【中呂・醉高歌】首句，徐于室變作三五兩字點頭板，第六字點截板（ 一二｜三四｜五六｜六 ），如陳克明【醉高歌】「更闌香冷金爐」是也，此截板係就第六字頭板位置而變移，並藉截板之延長，以替第四字腰板之延宕，是則此句本格，故分明俱在，而變異之跡，釐然可見。由此言之，北詞板式變動，皆有本格依據，不明本格，則流變滋惑，正襯句法遂失準則。（頁 3）

> 些「旁韻」——如「換頭韻」、「藏韻」、「短柱」及「獨木橋式韻」、「中途換韻」等，是屬於加強曲調的表現力和旋律裝飾作用方面，有時也有它的必要性。(《崑曲音樂與塡詞》乙稿，頁 437)

「歌詞的正韻韻腳與曲調煞聲相結合。」即是韻腳與音樂的緊密結合，旁韻雖不如正韻的地位重要，但卻可以使音樂更富色彩，如【叫聲】第二句的藏韻〔註 67〕；短柱體的運用更便於抒懷，最著名的例子莫過於《漢宮秋》第三折漢元帝送別明妃後所唱的【梅花酒】〔註 68〕，該曲並運用了頂眞手法，極盡迂迴婉轉。再看俞玉的《書齋夜話》卷三談他的譜曲經驗，當更清楚「韻」在曲牌音樂的重要性：

> 《歸去來辭》舊譜，宮不宮，羽不羽。琴士商碧山將北遊求予改，遂以中呂調作譜。又作《蘭亭譜》，亦用中呂調，其法先作結尾一句，次作起頭一句，此二句定，則其餘皆應而成，此則聲依永也。〔註 69〕

此法乍看十分出人意表，曲子原來不是從頭開始做，而是先定末韻與起韻那兩句，所謂「末韻」就是「畢曲」，曲子結束時收尾的部份，曲尾必定押韻；「起韻」則是該曲的首韻。首韻出現，觀眾首先熟悉該曲的結音；這兩句定好了，結音確立，有了骨幹，有了確定的音型、調式，其他樂句才有所本。近人蔡楨在《詞源疏證》卷上「結聲正訛」也提到：

> 住字、殺聲、結聲，名異而實同，全賴乎「韻」以歸之，然此第言收音也，而用韻之吃緊處，則在乎起調畢曲，蓋一調有一調之起，有一調之畢，某調當用何字起，何字畢，起是始韻，畢是末韻，有一定不易之則，而住字、殺聲、結聲，即由是以別焉。(頁 60)

就韻腳的結音來說起調畢曲，提出音樂的基本架構，正可與韻文用韻的特色互爲表裡，顯現音樂與文學的緊密結合。不過一曲之中每個韻句的結音未必完全相同，除了正煞之外有時還用側殺、寄煞等，可以落在相對稱的和諧音上。如正煞落宮音的曲子，也常見落徵音，視音高與正煞相差四度或五度。此外，在套曲中爲與下曲聯接，末句未必在韻腳上出現煞音，可能挪到前後，

〔註 67〕如《梧桐雨》第二折：【叫聲】共妃子喜開顏，等閒△等閒御園中列餚饌。酒注嫩鵝黃，茶點鷓鴣斑。

〔註 68〕《漢宮秋》第二折【梅花酒】：「……返咸陽◎過宮牆◎過宮牆◎繞迴廊◎繞迴廊◎近椒房◎……」

〔註 69〕此爲李殿魁老師發現，見《陶淵明詩文資料彙評》(台北：明倫出版社，1970)，頁 330。

如【上小樓】末句：

2 3 2 1 | 7 6 5
難 忘◎ （西廂記 1-2・借廂）

5 5 6 1・2 | 3
長 老的 方 丈◎ （西廂記 1-2・借廂）

【上小樓】落 5 音，第一曲是一般的落法，第二曲後雖也是接 5 音，但在譜曲上有點變化，將落音移前，後譜一個上行腔過接下曲【脫布衫】。末句的結音也可能因爲加花，看起來不那麼明顯，如【鬥鵪鶉】的末句：

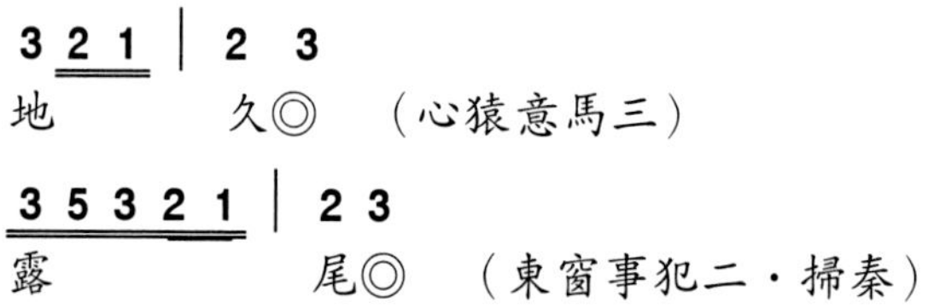

3 2 1 | 2 3
地 久◎ （心猿意馬三）

3 5 3 2 1 | 2 3
露 尾◎ （東窗事犯二・掃秦）

【鬥鵪鶉】的落音在 3，這樣的落法雖不如長音明顯，在 3 音上下游動，仍屬落到 3 音。

以上分別說明了韻與句式在音樂上的作用，兩者實不可分，構成音樂的骨架，本文即從曲牌格律出發，分析音樂的結構，期能在曲牌音樂結構分析上前進一小步。

最後，說明「翻調」及「移調」問題，以見同一曲牌諸曲，爲何結音不同。

從結音固可看出每曲的結構，理論上同一曲牌的各曲結音應相同，但在實際的譜例中卻發現會某些套的結音總是與眾不同，就如【粉蝶兒】，一般結音〔註 70〕的情形是 1 1 與 1 2 1 5 4 3 逐句交替，但也有一些例外：

1.《單刀會三・刀會》卻是 5 5 與 5 6 2 1 輪換

2.《後庭花》第四折、《倩女離魂》第三折、《追韓信三・點將》、《馬陵道四・擒龐》、《漁樵記三・寄信》又都是 2 2 與 2 3 2 6 5

旋律走法是相同的，曲牌格律也未見歧異，就是音高不同，如此則應與翻調演唱或移調記譜有關。如果按音程高低畫出音樂走勢圖，則可見不論移

〔註 70〕【粉蝶兒】各曲的結音請見曲牌分析的【粉蝶兒】一節。

調、翻調，整個旋律高低走向變化甚少，筆者畫出《梧桐雨》第二折、《倩女離魂》第三折、《單刀會三・訓子》三折【粉蝶兒】的音樂走勢圖，置於附錄三，以供參考。《帶過曲研究》中也提及這個問題：

> 李師殿魁説：「傳統戲曲中如關公、包公、趙匡胤等身分特殊的腳色，或薛仁貴、韓信之類的大將軍腳色，有時爲凸顯這類特殊人物的性格，其唱曲常有低調高唱之情形，以顯示該腳色與眾不同。」以《單刀會三・刀會》這組帶過曲爲例，譜字有低到「ㄣ」者，原【中呂】定調通用小工（D）調，但集成曲譜此折定爲六字（F）調；又如《薛仁貴》第三折、《追韓信・點將》第三折也都是低調高唱。（頁 138 註腳）

其中因人物個性不同而翻調演唱最好的例子就是關公，這類人物是一種情形；但其他市井小民如《薛仁貴》第三折的伴哥、《漁樵記三・寄信》的張撇古，還有幽閨少女如《倩女離魂》第三折思懷的倩女，也翻調唱似乎較難理解，即使倩女還魂還算與眾不同；或許是當初聽音記譜時眾人的基準音不同，因此同樣【中呂】套曲可以用小工調或尺字調演唱。

也可能是生腳與旦腳的情況不同，旦腳唱得比較高〔註 71〕，以【仙呂・點絳唇】爲例，可見正旦比正末高五度的：《兩世姻緣》第一折是正旦玉簫唱，以第一句爲例，末兩字落音是 **6　3**；《岳陽樓》第一折是正末呂洞賓唱，則是落 **2　6̣**；雖然元雜劇中正末、正旦所唱未必都可見落音差四度或五度，但已有此現象〔註 72〕；在京劇中因大小嗓的不同，老生、淨等（用大嗓眞聲唱）和旦角、小生（用小嗓假聲唱）的差別就較明顯，劉吉典《京劇音樂概論》歸結：「二黃唱腔中，老生等和旦角多爲八度和四、五度之差；西皮唱腔中，約有四、五度之差。」（頁 138）此類因人物不同而造成的結音變化情形，筆者在下文論及結音時將不再說明。

〔註 71〕李殿魁〈《九宮大成》所收關漢卿散曲曲譜之探討・簡短結論〉:「生、旦、淨」在同曲定音上有所不同。……生旦定調，至少有四度或五度之差，這點也該注意，因此在本文忠散曲與劇曲常常在旋律基型上相同而定調不同。」（頁 27，總頁數頁 435，見《關漢卿國際學術研討會論文集》頁 409-478，台北：文建會出版，臺大文學院發行，1994。）

〔註 72〕元雜劇的正旦、正末所唱落音並無明顯的差別，原因之一可能是腳色行當尚未分化，所謂正末、正旦只是表主唱者，同樣是正末可能有老生、小生之別，落音則可能不同；若正末爲小生、正旦爲閨門旦，則落音可相同。

第三章　【中呂】曲牌分析（上）

本文第三、四章，分析【中呂宮】常用曲牌的格律、音樂特色及劇情運用，依照套曲常見先後次序分節論述，各節的內容，由於各節探討的內容不盡相同，因此細目的內容、次序未必相同。

第一節　【粉蝶兒】、【醉春風】、【叫聲】

元雜劇【中呂宮】例從【粉蝶兒】、【醉春風】起組套，可稱爲「套首」，若就劇情而言，多用在抒情（如《青衫淚》、《薦福碑》），交代前情（如《西廂記 1-2・借廂》、《西廂記 5-2・緘愁》），尚未進入高潮；但就音樂而言，首曲因爲很少襯字，文字格式相當明確，具帶領作用，使觀眾一聽音樂就知道用的是哪一套曲牌，就此而言，分析首曲的組成因素有二：文字格律、音樂旋律，以下逐曲說明。

一、【粉蝶兒】

《北詞廣正譜》作散板：在每句末下底板。（頁 291）

《北曲新譜》舉《梧桐雨》第三折，用在散套、雜劇首曲。定文字格律爲（頁 143）〔註 1〕：

〔註 1〕《北曲新譜》將韻句標「◦◦」（下文改用「◎」，更清楚）
不押韻之句標「◦」
可押可不押之句標「・」

天淡雲閒◎	四◎　十厶平平◎
列長空，數行征雁◎	七乙◎　十十平，仄平平去◎
御園中，夏景初殘◎	七乙◎　十十平，十仄平平◎
柳添黃。	三・　仄十平。
荷減綠。	三・　平十仄。　第四、五句偶有協韻者，不宜從。
秋蓮脫瓣◎	四◎　十平平去◎
坐近幽欄◎	四◎　十仄平平◎〔註2〕
噴清香，玉簪花綻◎	七乙◎　十十平，仄平平去◎

《諸宮調定律》：舉《董西廂》卷三「何處調琴」爲例。格式：「四，六。七乙。三，三，四。三，六。」　後半同。說明：共十六句。與詞〔註3〕同。南曲獨用前半。與北曲不同。《天寶遺事》有三曲，與北曲同，不錄。（頁47）

就文字格律而言，必須讓觀眾聽明白一曲牌的句讀如何，長度多少，如此打在句末的底板正好爲觀眾斷句，藉由不同的句數、字數組合而判斷曲牌；除了底板之外，演出時也可以鑼代替板位，增強氣氛，在高腔系統中更可見十分醒目的名稱：韻鑼。以《集成曲譜》所錄《單刀會三・訓子》（玉集卷一第五十九頁）的鑼鼓爲例〔註4〕：

那期間天下荒荒◎（三記）
嘆周秦早屬劉項◎（二記）
分君臣先到咸陽◎（三記）

劇中藏韻標「△」。
四聲特殊符號說明：十　平仄不拘　　𠀤　平上不拘
　　　　　　　　　丰　宜上可平　　卜　宜上可去
　　　　　　　　　厶　宜去可上。
句式說明：「七乙」是上三下四的句式
　　　　　「六乙」是上三下三的句式。
筆者將曲牌分句排列，句式及說明直接放在例曲右側，若吳梅《南北詞簡譜》、汪經昌《南北曲小令譜》有其他說明亦列入。

〔註2〕【粉蝶兒】第二、三句可作七乙對句，第一句是領句性質；第四、五句可作三字對句。

〔註3〕詞牌【粉蝶兒】始見毛滂《東堂詞》。茲以《稼軒長短句》爲準。七十二字，上下片各四仄韻。參龍沐勛《唐宋詞格律》（台北：九思出版社，1979），頁97。諸宮調與詞體相同。

〔註4〕以下所引元雜劇曲文，悉依《北曲新譜》斷句。
《集成曲譜》原是將鑼鼓用符號表示，筆者直接以文字表示，放在括弧內。

一個力拔山（二記）。

一個量容海（三記）。

他兩個一時開創◎（二記）

想當日（一記）黃閣烏江◎（三記）

一個用了三傑（二記）一個立誅八將◎（三記）

除了「想當日」襯字之後的「一記」之外，包括末句的第一節，不論是否爲韻句均在句末打鑼，「三記」與「二記」輪流。鑼在此具句點信號。

再以高腔爲例，下例摘自《江西弋陽腔曲譜》「定天山汙泥河」中小生李世民唱【紅繡鞋】：

前面急走唐天子（韻鑼）

後面追趕是遼兵（韻鑼）

催馬加鞭泥河過（韻鑼）

不覺跌失污泥池（韻鑼）

坐在雕鞍用目睜（韻鑼）

不見唐朝半個臣（韻鑼）

有人救得唐天子（韻鑼）

萬里江山平半分（韻鑼）

何人救得李世民（韻鑼）

你爲君來君爲臣（韻鑼）

寡人爲你遭此難（韻鑼）

自有爲臣退遼兵（韻鑼）

才得信也才得信也（韻鑼）

今日得見我夢中人（韻鑼）

我主請上有駒馬自有爲臣抵賊兵（韻鑼）（頁 17）

在這個例子中，恐怕許多打韻鑼的句子並非韻句，韻鑼的作用主要是分句，且鑼的位置不像上引〈訓子〉之例是打在韻字之後，而是打在韻字之前一字或前一二小節，可以說是提醒觀眾注意句子要結束了！這令筆者想到板腔體音樂過門的處理方式，除了流水板、快板之外，以十字句爲例，若是「三三四」句式，則在「三」字之後的停頓有小過門，全句結束時有大過門。過門除了鋪墊情緒，讓演員喘口氣，更重要的作用是分句，這樣更容易讓觀眾聽清楚每一個句子。

但同是散板中的鑼，未必都是韻鑼的作用，也有增強情緒、帶動氣氛的，如《單刀會四・刀會》【新水令】在《集成曲譜》（玉集卷一第六十四頁）中是這樣打鑼的：

大江東去浪千疊◎（三記 ＊）
趁西風駕著這小舟一葉◎（二記 ＊）
才離了九重龍鳳闕・（三記 ＊）
早來探（四記）千丈虎狼穴◎（二記 ＊）
大丈夫心烈◎（三記 ＊）
覷著那單刀會（三記）賽村社◎（五記）

而北方崑曲劇院侯少奎〔註5〕演出時在句末加「✳」之處是打「二三鑼」（台延長 0大｜台一），用來分句，但不再分「二記」或「三記」；還在「大江」、「大丈夫」、「覷著那」之後動大鑼烘托人物、配合身段。

句末打「二三鑼」也是現今崑唱北曲最常用的，而其他動鑼的部份，包括〈訓子〉「想當日」，〈刀會〉「早來探」的襯字，一方面打的點子截然不同，像〈刀會〉句末打的是小鑼，但句中則是渲染氣氛的大鑼；一方面下鑼的位置有句末與句中之別，作用自然就區隔出來了。這些句中動鑼，主要配合情緒、身段、舞台調度，而非句法與音樂上的分句作用。洛地《詞樂曲唱》更引明・李開先《寶劍記・夜奔》【點絳唇】末句演唱情形：「那答兒！相！求！救！」（！表鑼位）說明「完全是情緒需要，以致是表演需要所致，並非是（板以）分步（節）。」（頁83）

再以《集成曲譜》爲例，翻檢其中的元雜劇劇目，可見在句末動鑼的情形：

	句讀加鑼	只打底板
金集	【越調】之【鬥鵪鶉】、【紫花兒序】、【小桃紅】、【金蕉葉】：《不伏老・北詐》	【中呂・粉蝶兒】：《東窗事犯・掃秦》
聲集	【雙調】之【新水令】、【駐馬聽】、【步步嬌】：《昊天塔・五台》	【南呂・一枝花】：《貨郎旦・女彈》
		【雙調・新水令】：《馬陵道・孫詐》

〔註5〕參《崑劇選輯》（二）第二十二集（錄影帶），台北：行政院文化建設委員會，1996。《戲寶・崑劇精粹一》（音樂 CD），廣東珠江音像出版社，出版年不詳。

玉集	【中呂】之【粉蝶兒】、【醉春風】：《單刀會・訓子》	／
	【雙調】之【新水令】、【駐馬聽】：《單刀會・刀會》	
振集	／	【仙呂・點絳唇】：《漁樵記・北樵》
		【商調・集賢賓】：《兩世姻緣・離魂》

必須要說明的是句末打鑼是一加強句讀的方法，並不是非用不可，打鑼與否可說與宮調並無絕對關係，視劇情氣氛而定，以上劇目打鑼當更凸顯劇中人的英雄氣概，恰好這些劇目在崑劇中皆是由淨腳所扮演。照現在崑曲北曲的唱法，可省略不打鑼，也不打底板，那句讀就必須由演員清楚唱出，在韻處延長拍子，以顯「大住」停頓，而不僅視人物情緒、氣口決定節奏。

但實際聆賞音樂時，恐怕不會有觀眾當眞去數一支曲牌有幾句、幾韻、幾字，因此，首曲鮮明的旋律特徵就很容易讓觀眾聽出這是某個曲牌，以下筆者羅列各【粉蝶兒】韻句做末一節的旋律〔註6〕，以便說明：

【粉蝶兒】韻句末節旋律〔註7〕

〔註 6〕以《梧桐雨》第二折【粉蝶兒】爲例，原曲爲：
天淡「雲閒」◎
列長空，數行「征雁」◎
御園中，夏景「初殘」◎
柳添黃。荷減綠。秋蓮「脫瓣」◎
坐近「幽欄」◎
噴清香，玉簪「花綻」◎
共有六韻，曲中加「」之處即是所謂的韻句末節，所羅列的旋律就是摘自此。列表的目的是爲了更清楚曲牌結音的運用，爲免單音不夠清楚，固所列的旋律摘自韻句末節。

〔註 7〕以下譜例各劇皆只摘取時代最早之樂譜，請參見曲目表，此處不再說明樂譜出處。元雜劇【中呂】套皆以【粉蝶兒】爲首曲，例唱散板，在每句後下底板，例外的只有《西廂記 3-2・鬧廂》。對於套首唱散板，王正祥《宗北歸音》有不同的看法，認爲首曲原也點板，是演出時省略，故該譜皆予點定，演出時可視情況刪除；今日所見曲譜套首多作散板，目前未見與王正祥類似的說法。王說如下：「崑唱北曲是曲皆係有板，後世伶人重在劇場搬演，故將各套首篇一二曲皆去其頭、腰之板，如【端正好】、【點絳唇】、【一枝花】、【醉花陰】之類，原系皆有板數，相沿至此皆作無板唱，猶之南曲之有【引】也。殊不知北非南比，並無無板之曲，予今考核精明，凡有一曲皆有新定點板，如以其不相宜於劇場之故，則于演唱之際視其傳奇局勢若何而將予所添板等曲或者仍作無板唱亦無不可。予蓋寧載其全以俟知音共證，如是探索而較崑板之紀綱始備矣。」（頁8）

劇　目	第一句	第二句	第三句	第六句	第七句	第八句
梧桐雨二（末）	1 1 雲 開	12 1543 征 雁	12 1 初 殘	11 543 脫 瓣	6 543 幽 欄	12 1543 花 綻
牆頭馬上四（旦）	12 1 蝦 鬚	12 1543 朱 戶	12 1 離 居	12 1543 牢 獄	1 1 巴 蜀	12 1543 歸 去
箭射雙鵰○（末）	1 1 人 齊	12 154 沙 勢	1 1 淋 漓	2 154 穢 地	1 1 夫 妻	12 154 相 離
單刀會三 訓子（末）	5 5 荒 荒	56 56211 劉 項	5 5 咸 陽	56 56211 開 創	5 5 烏 江	56 56211 八 將
西廂記 1-2 借廂（末）	1 1 周 方	12 12543 和 尙	1 1 僧 房	12 12543 相 向	1 1 偷 香	12 12543 打 當
西廂記 2-2 請宴（紅娘）	1 1 賊 兵	12 1543 掃 淨	1 1 逃 生	12 1543 欽 敬	1 1 無 成	12 1543 媒 證
西廂記 5-2 緘愁（末）	1 1 京 師	12 1543 如 是	43212 1 鶯 兒	12 1543 說 是	1 1 推 辭	12 1543 看 視
漢宮秋四（末）	1 1 涼 生	12 1543 人 靜	1 1 寒 燈	12 1543 薄 倖	1 1 龍 廷	12 1543 眞 性
薛仁貴三（末）	1 1 風 微	12 154 準 備	1 1 茶 食	12 154 狗 彘	1 1 喬 爲	12 154 沙 勢
合汗衫三（末）	12 1 前 街	56 56543 殘 菜	12 1 風 篩	16 56543 田 宅	5654 3 年 災	12 1543 消 壞
紅梨花三 賣花（旦）	321 1 甘 貧	161 56543 廝 趁	321 1 朝 昏	161 56543 抓 盡	32 1 三 春	161 56543 丰 韻
東窗事犯二 掃秦（末）	1 1 瘋 痴	12 1543 主 意	1 1 禪 機	12 1543 天 地	1 1 香 積	12 1543 凡 世
後庭花四（末）	23 2 忘 食	23 265 無 寐	2 2 施 爲	23 265 司 吏	2 2 行 提	23 265 干 係
倩女離魂三（旦）	2 2 臨 岐	23 265 憔 悴	2 2 別 離	23 265 滋 味	2 2 忘 食	23 265 一 日
追韓信三 點將（末）	2 2 星 辰	23 655 星 辰	2 2 絲 綸	23 2655 一 混	2 2 綸 巾	23 2655 難 奔
蘇武還鄉三 告雁（末）	1 1 趧 天	12 12544 撲 面	1 1 山 川	12 12544 一 片	1 1 雙 肩	12 12544 打 顫
漁樵記三 寄信（末）	2 2 尋 村	23 2655 不 認	5 2 莊 村	23 2655 尋 問	譜缺	譜缺
馬陵道四 擒龐（末）	2 2 輕 車	23 2655 擺 設	2 2 長 蛇	23 2655 秋 月	2 2 山 裂	23 2655 相 借

《西廂記 3-2・鬧廂》（紅娘）

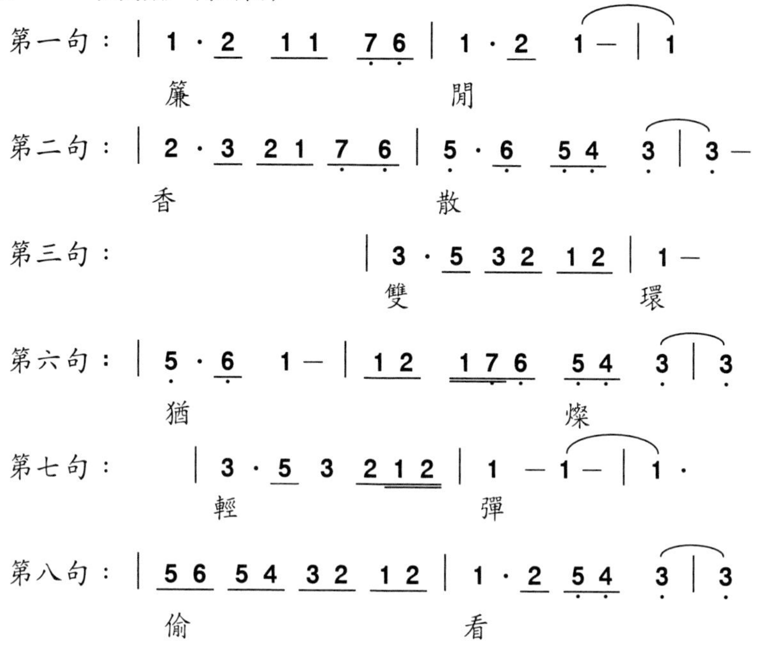

第一句：| 1・2 11 76 | 1・2 1— | 1
簾 閒

第二句：| 2・3 21 7 6 | 5・6 54 3 | 3—
香 散

第三句：| 3・5 32 12 | 1—
雙 環

第六句：| 5・6 1— | 12 176 54 3 | 3
猶 燦

第七句：| 3・5 3 212 | 1 —1— | 1・
輕 彈

第八句：| 56 54 32 12 | 1・2 54 3 | 3
偷 看

在十九例中，若不計裝飾或連絡作用的音，可以看出每句其實都用固定的旋律：

第一句、第三句、第七句：同音反覆，「1 1」。

第二句、第六句、第八句：下降旋律，「12 1 5 4 3」

可見【粉蝶兒】就是兩種旋律交替在韻腳出現，這類旋律雖然在北曲中屢屢出現，但在韻腳這樣用的可以說就此一支。至於其他字的旋律則可隨字調變化，如何作腔都可說不是重點，只要到韻字時出現如上的旋律特徵，仍不失曲格，也因此每個同名曲牌即使旋律屢見異同，但韻字的旋律則與其他曲牌呼應，即使移調或翻調仍不失此規準。在這樣的情況下，即使沒有板、沒有韻鑼，觀眾一聽到某些旋律交替出現其實就會聯想到是何曲牌。

爲了更清楚每套首曲韻腳旋律的特色，筆者從《九宮》中摘取其他宮調的首曲排比，詳細旋律請見附錄八，舉例如下：

【仙呂・點絳唇】有四句，句句押韻，《新譜》定句式爲「四◎七△◎四◎五◎」（頁 77）；第一、第三句旋律特徵最明顯：

第一句：「5 2」或「6 3」或「2 6」，第二音低四度

第二句：下降旋律型

第三句：同音反覆「5　5」或「6　6」或「2　2」

第四句：下降旋律型

與【粉蝶兒】相較，同音反覆、下降旋律型也出現了，但不同的組合方式，句數較少，再加上第一句就出現較特別的四度下降，【點絳唇】尚不致與【粉蝶兒】相混。

【正宮・端正好】有五句，《新譜》定句式爲「三・三◎七乙◎七◎五◎」（頁 23），有四個韻句，每句都是下降旋律型，但是第一、四句開始像降的音就比第二、三句低，以《梧桐雨》的第二支爲例，第一、四句是從「3」往下行，第二、三句則從「5」或「6」往下行。有的第四句是「5 4　3　1　7̣ 6̣」看似從「5」往下走，但可將「5 4」視爲前導性質，眞正的結束旋律還是與第一句「3　3　1 7̣ 6̣」呼應的「3　1 7̣ 6̣」。

《套式匯錄》說明【中呂】套首兩曲的聯套法則：

> 無論劇套散套，【粉蝶兒】之後接用【醉春風】，只有六套例外：
>
> 一、《玉鏡台》（第三折）在【粉蝶兒】、【醉春風】之間隔以【紅繡鞋】、【迎仙客】、【醉高歌】三曲；
>
> 二、《梧桐雨》（第二折）隔以【叫聲】，
>
> 三、《燕青博魚》（第三折）用兩支【叫聲】，一在【醉春風】前，一在【醉春風】後；
>
> 四、四、五、六、《西游記》第四本（第二折）、《後庭花》（第四折）及無名氏「寰海清夷」散套俱不用【醉春風】。（頁 90）

二、【醉春風】

【醉春風】通常緊接【粉蝶兒】，如《單刀會》第三折；或是兩曲間相隔較短的念白〔註 8〕，如《漢宮秋》第四折：

> 【粉蝶兒】（略）　（云）小黃門，你看爐香盡了，再添上些香。（唱）【醉春風】燒盡御爐香，再添黃串餅。……

這句念白是引起下曲【醉春風】，漢元帝要小黃門添香，望著圖像思念昭

〔註 8〕 許子漢《聯套研究》統計《全元雜劇》的結果爲：在【粉蝶兒】與【醉春風】之間插入賓白在一行以內（含不插入賓白）者有一百二十一本，插入賓白在兩行以上者只有《留鞋記》、《題橋記》兩本。（頁 102）（注：《題橋記》本文不討論）

君。

以下說明【醉春風】文字格律及特色：

《北詞廣正譜》作散板：在每句末下底板。（頁 291-295）

《北曲新譜》舉《梧桐雨》第三折爲例，可用於散套、雜劇，散套可作首曲（頁 143-144）：

酒光泛紫金鍾·	五·　十仄 仄平平／平平上·
茶香浮碧玉盞◎	五◎　十平平/上去去/平◎
沈香亭畔晚涼多·	七·　十平十仄仄平平·
把一搭兒親自揀◎	一◎　上◎ 只作一字者甚少，通常均用疊字，疊二字或三字均可。
揀◎	一◎　上◎　　疊第四句。
粉黛濃妝·	四·　十仄平平·
管絃齊列·	四·　仄平十仄·
綺羅相間〔註 9〕◎	四◎　仄平平/上 去／平 ◎　　以去煞爲正格

【醉春風】韻腳較少，似乎比較不容易聽出音樂旋律，但此曲因爲有個定格，格律特殊：第四句爲一字句，且常疊用一次。但一字句甚難做，意義也不夠明白，因此這句通常襯字較多，《北曲新譜》說明：

> 第四句只作一字者甚少；通常均用疊字，疊二字或三字均可。
>
> 亦有在兩疊字中間加一同韻字者，如孔文卿《東窗事犯》云：「我單道著你。你休笑我穢。我這裡面倒乾淨似你。」
>
> 又有在兩疊字之前或後加兩個同韻之字者，如岳伯川《鐵拐李》云：「這婆娘暢好是歹。也歹。不將我來睬。你則丟與我那拐。」周文質《蘇武還鄉》云：「兀良微微的顯。叫我走偌近遠。我其實當不過這喘。喘。」以上三式均不常用。
>
> 此章例用散板，第四句又只一字，故多於疊字外復加甚多襯字，有時遂變成數句，如上述各例是也。（頁 144）

第四句須押上聲韻，也有例外，如：《薦福碑》第三折「更做什麼客。」

〔註 9〕　【醉春風】首二句可作平頭對，末三句可作救尾對。

若就崑曲唱北曲的慣例，上聲字較低，這一字句既為定格，當然得唱的比較有色彩，通常會在這句上做腔，因此該字的工尺在套首散板曲「字多腔少」的原則下可說是最突出的，如：

《牆頭馬上》第四折：

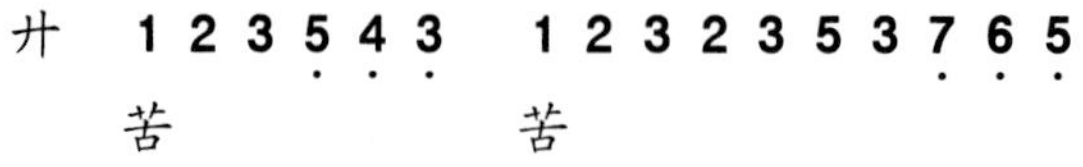

廾 1 2 3 5 4 3　1 2 3 2 3 5 3 7 6 5
苦　苦

《漁樵記三・寄信》：

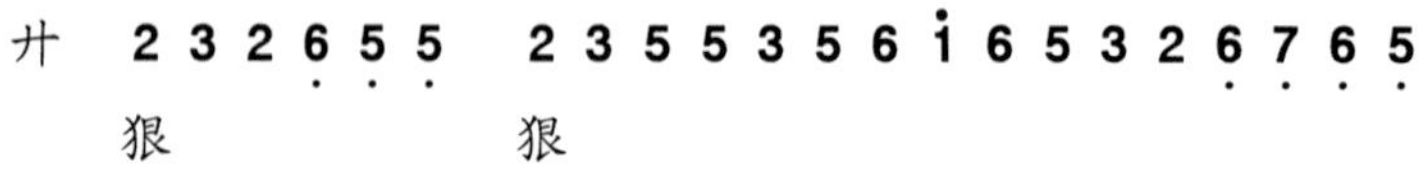

廾 2 3 2 6 5 5　2 3 5 5 3 5 6 i 6 5 3 2 6 7 6 5
狠　狠

不過也有一些例子並未著意做腔，如：

《漢宮秋》第四折：

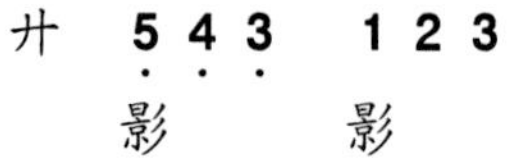

廾 5 4 3　1 2 3
影　影

《東窗事犯二・掃秦》：

廾 1 2 3　5 4 3
你　你

不管該字是否做腔，音域都不高，可以說這個腔的特色是在中低音區迴盪，低迴婉轉。

這個腔做完之後，連續三個四字句，只有最後一句才押韻，並結束全曲，這三句的音樂一句比一句低，逐漸帶出結束的感覺。比如《漢宮秋》第四折的末三句：

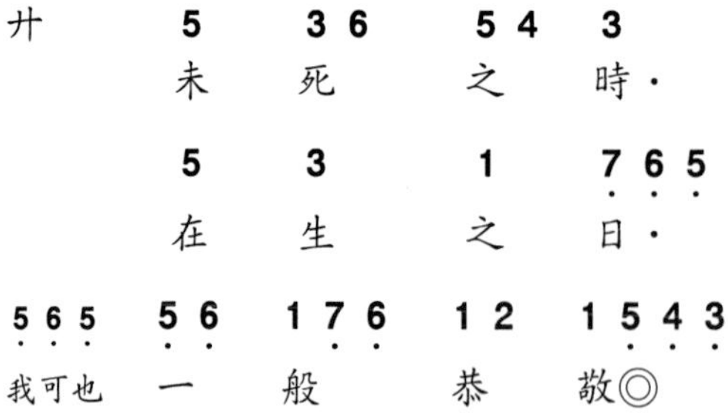

廾 5　3 6　5 4　3
未　死　之　時・

5　3　1　7 6 5
在　生　之　日・

5 6 5　5 6　1 7 6　1 2　1 5 4 3
我可也　一　般　恭　敬◎

每句都是下行，而且末句的落音比第一個四字句低八度。

【醉春風】末三句用句中對或重疊句法，逐句下行的音樂營造收束的感覺，正可與劇情段落結合，通常【醉春風】之後劇情會進入另一個段落。以

《西廂記 1-2・借廂》爲例，張珙唱【粉蝶兒】、【醉春風】，心中盤算著向長老借一間僧房，才可就近多看使他銷魂的鶯鶯幾眼；這與他一上場自白所說的意思相同，也是本折的主旨，只是經由唱曲，情緒更爲飽滿。接著與長老相見，又見到紅娘，更加情思繚繞。因此【醉春風】這樣的音樂收束正可與劇情段落相扣。

【醉春風】韻句旋律的排比請見附錄八。《西廂記 3-2・鬧簡》是目前元雜劇僅見的【粉蝶兒】、【醉春風】套首上板，但【粉蝶兒】韻腳旋律的處理，【醉春風】的一字句及疊唱，末尾三個四字句的下行腔，仍與散板大致相同，只是加上節奏，腔也增多了，不像散板那麼容易聽出韻字旋律。

三、【叫聲】

至於偶爾在套首出現的【叫聲】〔註 10〕又是怎樣的作用？【叫聲】是一個只有三句的短小曲牌，第二句首二字疊用，句中藏韻。《廣正譜》、《新譜》皆舉楊景言【粉蝶兒】「一點情牽」套之曲爲例，《廣正》將此曲點板（頁 310-312）；《新譜》註此曲可用於散套、雜劇，亦入【正宮】（頁 144-145）：

間阻又經年・	五・　十仄仄平平・
偶然△偶然△重相見◎	七△◎　仄十△仄十△十平厶◎ 首兩字疊用，且須藏韻。
覓得鸞膠續斷弦◎	七◎　十仄平平仄十平◎ 或 十平十仄仄平平◎

【叫聲】在套首時與【粉蝶兒】、【醉春風】同爲散板，但曲幅甚短，可以在兩支曲牌不足以宣洩情緒時加入，如《梧桐雨》第二折：

（正末唐明皇唱）【粉蝶兒】（見上）（帶云）早到御園中也。雖是小宴，倒也整齊。（唱）【叫聲】共妃子喜開顏・等閒△等閒△御園中列餚饌◎酒注嫩鵝黃，茶點鷓鴣斑〔註 11〕◎【醉春風】（見上）

〔註 10〕《簡譜》云：「此曲（按，〔叫聲〕）例在【粉蝶兒】之後，【醉春風】之前，亦散板曲也。明人作【中呂】套曲，往往將此牌刪去，幾成習慣矣。」（頁 90）《新譜》則予以反駁：「元人作品中有將此章（按，〔叫聲〕）聯於「醉春風」之前者（如《梧桐雨》二），有在其後者（如《漢宮秋》四），一套中且可用兩支（如《燕青博魚》三、《魔合羅》四），吳說非是。此章在元人亦非必用者，無所謂明人往往刪去。」（頁 145）

〔註 11〕此例將原本的七字句增字攤破，作五字對偶句。

以下一節演使臣進獻荔枝。

也可以當作動作的前導，比如《漢宮秋》第四折：

> （正末漢元帝唱）【粉蝶兒】（略）、【醉春風】（略）（云）：「一時困倦，我且睡些兒。」（唱）【叫聲】高唐夢苦難成・哪裡也愛卿△愛卿△卻怎生無些靈聖◎偏不許襄王枕上雨雲情◎（做睡科）

引出夢中王嬙私回，番兵追趕，更添元帝愁思。《漢宮秋》的【叫聲】因爲是套首的末曲，因此必須與其他套的【醉春風】有同樣的收束作用，結音是 3̣，比《梧桐雨》的 3 低。可說【叫聲】如果聯入套首，也與【粉蝶兒】、【醉春風】構成一完整段落。

【叫聲】除了出現在套首之外，較特別的《燕青博魚》第三折、《魔合羅》第四折用了兩支【叫聲】、《青衫淚》第四折的【叫聲】是放在後段：

《燕青博魚》第三折兩支：一是燕青唱醉態（散板），二唱王臘梅險些絆倒（似講唱文學，因一人主唱。上板曲中）。

《青衫淚》第四折：裴興奴尋白居易（在上板曲中）。

《東坡夢》第三折：松神掀簾起風（散板，入【正宮】）

《張天師》第三折：寫陳世英沖上相見（在上板曲中，入【正宮】）。

《魔合羅》第四折二支：一寫虎狼似惡公人（似講唱文學。第二句上板），二是張鼎祭拜魔合羅。

《東堂老》第三折：東堂老見揚州奴吃麵，發怒，衝突升高（散板曲後）。

可以看出有時唱【叫聲】還有特效或動作，如《漢宮秋》的雁叫聲，《東坡夢》還帶上風聲、風神的動作，《魔合羅》中張鼎祭拜魔合羅時也必是上下打量，才會發現座下的刻字。這些未必是劇情的重要部份，但就演出效果而言卻十分生動鮮明，大抵因爲如此，聯套的位置也可變動，未必是在套首，這樣的短曲牌可以安插在套中須帶特別動作或延伸情緒之處。

【醉春風】及【叫聲】通常置於套首，多唱散板，但也可見置於套的中段而上板唱的，如《舉案齊眉》第二折的【醉春風】（《九宮》，頁 34-29），【正宮】套曲，依次爲【端正好】、【滾繡球】、【笑和尚】、【醉春風】（借【中呂】），從【笑和尚】起上板唱；《燕青博魚》第二折用兩隻【叫聲】（《九宮》，頁 13-4），在全套中居於第二曲的唱散板，第五曲的則上板唱，因應套曲先散板再上板的慣例。以上的原則是根據《九宮》分析而得，但《廣正》譜的【叫聲】皆點板，即使如《梧桐雨》第二折、《漢宮秋》第四折將【叫聲】放在【套首】；《九宮》可能認爲【叫聲】曲幅不大，就按前後曲的節奏演唱即可，音樂較有整體感，也方便演唱，才會視【叫聲】在聯套中的位置決定點板與否，這也是《廣正》與《九宮》點板不同之一例。

第二節 【迎仙客】、【紅繡鞋】

【迎仙客】的牌名或與仙道有關，唐・崔令欽《教坊記・大曲名》中已有此曲，任半塘《教坊記箋訂》提到：

> 「仙客」二字，或指羽士，或指仙鹿，本爲閒、天間常用語，乃取爲曲名。曾慥《類説》五二，引《祕格閒談》五代人著：「建州武夷山上忽有仙樂聲，其曲似【迎仙客】，而無節拍。」（頁 164）

再查《全宋詞》中僅史浩作一首【迎仙客】，題爲〈洞天〉〔註 12〕，北曲所用雖牌名與內容不相應，但音樂風格仍帶有仙道較爲飄逸之感。

【紅繡鞋】在宋詞中未見，但在曲中常與【迎仙客】一起出現，音樂風格較相近，在後世戲曲中也可見演仙道之例，最著名者如湯顯祖《邯鄲夢三・度世》（即崑劇折子戲〈三醉〉）呂洞賓所唱的【紅繡鞋】「趁江鄉落霞孤鶩◎」

一、曲牌運用

【迎仙客】與【紅繡鞋】在聯套中通常僅次於套首——【粉蝶兒】、【醉春風】之後，也有作品兩曲都不用，有幾種組合方式：

1. 兩曲一起出現，可互換順序，如：《梧桐雨》第二折、《王粲登樓三・登樓》用【迎仙客】、【紅繡鞋】，以此種組合居多。《西蜀夢》第三折、《金鳳釵》第二折用【紅繡鞋】、【迎仙客】。
2. 只用一曲，如：《西廂記 1-2・借廂》、《東窗事犯二・掃秦》只用【迎仙客】。《范張雞黍》第四折、《殺狗勸夫》第四折只用【紅繡鞋】。
3. 兩曲皆不用，如：《單刀會三・訓子》、《追韓信三・點將》。

〔註 12〕史浩【迎仙客】〈洞仙〉：瑞雲繞・四窗好◎何須隔水尋蓬島◎日常曉 ・春不老◎玉蕊樓臺 ◎果是無塵到◎ 沒智巧・沒華妙◎箇中只喜風波少◎清尊倒・朱顏笑◎回首行人◎猶在長安道◎ 諸宮調、南北曲格式皆同，北曲只用前半。史浩尚有多首題爲〈洞天〉的詞作。見唐圭璋編《全宋詞》（台北：明倫出版社，1970），頁 1271。

4. 用兩支【紅繡鞋】，僅見於《魯齋郎》第三折，在套首兩曲後接【紅繡鞋】、【迎仙客】、【紅繡鞋】。

比較特別的是【紅繡鞋】還經常自由出入於其他曲牌之間〔註 13〕，如：《東窗事犯》第二折置於【石榴花】、【鬥鵪鶉】之後〔註 14〕；《薦福碑》第三折置於【石榴花】、【鬥鵪鶉】、【普天樂】〔註 15〕之後；《青衫淚》第四折置於【上小樓】、【紅芍藥】之後〔註 16〕。

二、【迎仙客】

先說明【迎仙客】的文字格律，此曲爲《中原音韻》定格四十首之一，爲方便看出字調拈用之妙，因此下表曲例是《中原音韻》所舉鄭光祖《倩女離魂三・登樓》（頁 1-242）〔註 17〕，並列出《北曲新譜》所定平仄（頁 145）〔註 18〕及《南北曲小令譜》的作法說明（頁 1-2）〔註 19〕。

用途：《南北曲小令譜》——摘調小令。《北曲新譜》——用於小令、散套、雜劇，亦入【正宮】。

雕簷紅日低・	三・　十仄[平上]・
畫棟彩雲飛◎	三◎　仄平平◎ 次句起韻，首二句用平頭對。
十二玉欄天外倚◎	十平仄[平上] 七◎　十仄十平平仄[平上]◎ 妙在「倚」字上聲起音，務頭在其上。

〔註 13〕司徒修〈元雜劇【仙呂宮】套曲的排列次序〉（《清華學報》新五卷一期，頁 86-106，1965.7）將不必按照一定次序形成曲段的曲牌，稱之爲「獨立曲牌」。許子漢《聯套研究》承之（頁 8）。

〔註 14〕《東窗事犯》第二折聯套爲：【粉蝶兒】、【醉春風】、【迎仙客】、【石榴花】、【鬥鵪鶉】、【紅繡鞋】、【十二月】、【堯民歌】……

〔註 15〕《薦福碑》第三折聯套爲：【粉蝶兒】、【醉春風】、【石榴花】、【鬥鵪鶉】、【普天樂】、【紅繡鞋】、【上小樓】、【上小樓】……

〔註 16〕《青衫淚》第四折聯套爲：【粉蝶兒】、【醉春風】、【迎仙客】、【石榴花】、【鬥鵪鶉】、【上小樓】、【上小樓】、【紅芍藥】、【紅繡鞋】、【喜春來】、【普天樂】……

〔註 17〕《元曲選》所收該曲曲文襯字甚多。

〔註 18〕《北曲新譜》引張可久小令爲例：「釣錦鱗・棹紅雲◎西湖畫舫三月春◎正思家・還送人◎綠滿前村◎煙雨江南恨◎」（頁 145）

〔註 19〕《中原音韻》例曲、《北曲新譜》平仄用楷體字，《南北曲小令譜》斠律則用細明體字區別。

望中原·	三·　仄平平·
思故國◎	三◎　十去平◎　　「思」字屬陰。 四、五句再作對偶句。
感慨傷悲◎	四◎　十仄平平◎　「感慨」上去尤妙
一片鄉心碎◎	五◎　十仄平平去◎ 末韻必守仄仄平平去。

孔令伊《務頭分析》對【迎仙客】第三句末字務頭的歸納如下：

1. 務頭字平聲、上聲、去聲均可填，填平聲者最多，上聲次之。若該句平仄有句內回應〔註 20〕情形則務頭字多用上聲字，否則多用平聲字。務頭字的前一字多用去聲字。
2. 就旋律型而言，並不刻意強調此務頭字，只是小幅上揚，與用字平仄無絕對關係。
3. 務頭字所在之句是該曲最長之句，是一個段落小結處。（頁 52-58）

該文中尚提到「十二玉欄天外倚◎」是王力《漢語詩律學》（頁 780）所言作曲常用的十種非律句之一——平平仄平平去上。但「二」字爲仄聲，似未符合此非律句規則。非律句能讀來較拗口，但卻正是可做腔之處，這在下文論及【朝天子】時將作進一步說明。

《廣正譜》此曲只注韻協，並未點板。以下說明【迎仙客】的點板，有兩類情形：

（一）緊接在套首之後，通常接在【醉春風】後，偶有接在【粉蝶兒】後（如《後庭花》）：

1. 全曲用散板，如《倩女離魂》第三折。
2. 散板轉上板，如《後庭花》第四折從第二句開始上板；《西廂記 5-2·緘愁》（一板三眼）、《蘇武還鄉三·告雁》、《東窗事犯二·掃秦》（一板三眼）〔註 21〕、《紅梨記三·賣花》皆從第三句開始上板；《漁樵

〔註 20〕孔令伊用林之棠〈務頭論〉（《中南民族學院學報》（上）1982：2，頁 73-80（下）1982：3，頁 103-120）的觀點。如【迎仙客】中
「正回應」之例如：去、陽平、去、陽平、上、去、上
「倒回應」之例如：上、陰平、上、陰平、陰平、去、上（頁 56）

〔註 21〕因《九宮》、《納書楹曲譜》並未標出小眼，因此不注明板式。〈掃秦〉的【迎仙客】在《集成曲譜》是一板三眼。

記三・寄信》至最後一句才上板。

3. 首句即上板，如《西廂記 1-2・借廂》（一板三眼）、《梧桐雨》第二折。

（二）接在其他曲牌之後，在現存元雜劇樂譜中僅見接在【普天樂】之後：如《牆頭馬上》第四折，該套從【滿庭芳】開始上板，因此跟在後面的【普天樂】、【迎仙客】，自然也是上板曲。

可見通常用【迎仙客】的套曲，是自該曲開始上板，在套首兩支散板曲之後，此曲如果還是散板，即使【迎仙客】曲幅不長，但總讓人覺得節奏較散漫。固然可見全曲用散板的例子，但很少；最習用的是以散板起，在曲中第三句開始上板，應該是因爲前二個三字句是一韻，而三字句又較短，剛好作爲散板與上板曲之間的過接，板式在此轉換比較妥貼。至於〈寄信〉〔註 22〕最末一句才上板，實可視爲全曲散板，末句之所以上板，應該是爲了承接下一曲【上小樓】，因爲【上小樓】通常用在一套的中段，到了中段還從散板起，不太符合一般套曲在上板後，只有【快活三】第三句、套末才轉散唱的慣例，該套又短，《納書楹曲譜》只有七曲，應是用【迎仙客】末句開始上板的變通方法。

而【迎仙客】的板式，若上板，理論上應該是一板三眼，因爲接在散板曲後上板的曲牌，通常速度較慢，用一板三眼正好，《集成曲譜》的【中呂】套曲可證：〈掃秦〉與《九宮》、《納書楹》相同，從第三句開始上板，一板三眼（金集卷一，頁 126）；《西游記・撇子》從第三句開始上板，一板三眼（振集卷二，頁 144）；《邯鄲記・三醉》在【醉春風】後先接【紅繡鞋】，次爲【迎仙客】，全曲一板三眼（玉集卷三，頁 362）。

論者以爲北曲「死腔活板」，甚至以爲北曲文字、板式散漫〔註 23〕，但眞如此不可稽考，那又該如何作曲、點板？所謂的「活板」又是如何活法？

以下將【迎仙客】各曲的襯字剔除，僅寫出《梧桐雨》第二折正字，其他從略，以清楚看出各句如何點板：

〔註 22〕《漁樵記三・寄信》在《納書楹曲譜》的聯套爲：【粉蝶兒】、【醉春風】、【迎仙客】、【上小樓】、【滿庭芳】、【下小樓】、【煞尾】。

〔註 23〕如洛地《詞樂曲唱》提到北曲的「拍、板、眼」:「按其句式漫漶無定，其有『拍』似也難有其則。」（頁 305）文中尚有多次提及，不具列。

【迎仙客】點板表

說明：*頭板　+ 腰板　/ 底板

一			二			三							四			五			六				七					劇目及樂譜
味	正	甘	色	初	綻	九	天	摘	來	人	世	間	取	時	難	得	後	慳	不	近	長	安	驛	使	紅	塵	踐	梧桐雨二
*		*/	*		*	*				*		*	*		*	*		*/	*			/			*		*	梧桐雨二（九宮）
*		*	*		*	*				*		*	*		*	*		*	*			/	*		*		*	牆頭馬上四（九宮）
*		*	*		*			*		*		*				*			*		*	/	*		*		*	西廂記 1-2・借廂（納西）
散板起								*	/疊	*		*/	*		*	*		*		*		*	呵底板		*		*	西廂記 5-2・緘愁（納西）
散板起										*		*	*		*	*		*	*		*	/	*		*		*	東窗事犯二・掃秦（九宮）
散板起										*		*	*		*	*		*	*	+		/	*		*		*	東窗事犯二・掃秦（納、集）
散板起					*			*		*		*	*		*	*		*	*		*	/	*		*		*/	後庭花四（九宮）
散板起						*	/			*		*	*		*	*	*	/	*		*	/	*		*		*	紅梨花三・賣花（九宮）
散板起						*		*		*		*	*		*	*	*	/	*		*	/	*		*		*	紅梨花三・賣花（納）
全曲散板																												倩女離魂三（九宮）
散板起									/疊	*		*	*		*	*		*	*		*	/	*		*		*	蘇武還鄉三・告雁（納）
散板起																									*		*	漁樵記三・寄信（納）
*		*	*		*			*	/疊	*		*	*		*	*		*	*		*		*		*		*	宗北歸音
未點板																												北詞廣正譜
*		*	*		*			*		*		*	*			*		*	*			*			*		*	南北曲小令譜

筆者已強調點板在曲牌定格的重要，雖說北曲「死腔活板」，但從表中可看出北曲的板位其實相當固定，以下先說明各句點板情形：

1. 起首兩個三字句：各句的一、三字點板，《後庭花》第四折散板起，可說從第二句的第三字才上板，《梧桐雨》第二折第一句第三字多一底板是僅見之例。第一句其實可不押韻，既非韻字可不當板；但上板的例子即使如《西廂記 1-2・借廂》不押韻也當板，前兩句共四板，比第三句的七字還多一板，或可視爲【迎仙客】多在套首散板曲之後，曲子剛上板不宜唱太快，故板數略多。
2. 第三句的末三字很穩定，在第五、七字點板，前四字多只點一板，點在第一或三字均可。《宗北歸音》點在第三字，當是將兩板拉開，前兩字可以放在第二句末的板後及眼上，如《西廂記 1-2・借廂》，使每一板的腔字配合較均衡；也可見第二、三句間連續下兩板，第三句句首的襯字置入第二句末，第三句的前四字，爲使語氣連貫，在一板內唱完，如《梧桐雨》第二折的「九天摘來」、《牆頭馬上》

第四折的「致仕離了」；如果覺得一板四字太急促，也可以第一、三字皆點板，如《紅梨花三・賣花》。而《西廂記 5-2・緘愁》及《蘇武還鄉三・告雁》在第四字下多一底板應該是疊字之故：〈緘愁〉「正應著短檠上夜來夜來燈爆時。」、〈告雁〉「原來是舞寒風漸離了漸離了也那雲漢遠」是疊唱「夜來」、「漸離了」，爲劇本所無，當爲演出時的變化，此處不想趕唱而加底板，雖然所疊之字不在板上，但此底板應是爲疊字所加。

3. 第四、五句的點板與首二句同，原則上在每句第一、三字點板，也有第五句韻字多一底板。比較特別的例子是《西廂記 1-2・借廂》，第四句竟都不點板，可說是用與襯字相同的處理方式，第五句的韻字也不點板，這樣的情形十分罕見，或有失誤。《小令譜》在第四句第三字即不點板，當是認爲可不押韻與當押韻的句子應有所區別，故用不同的點板法。
4. 第六、七句的點板可有一板的伸縮：第六句基本上是第一字點頭板、第四字點底板，但還可在第三字點頭板，《小令譜》的第四字也點頭板似乎少了些節奏變化。第七句基本上是第一、三、五字點板，但第一字可不點板，緊接第六句，韻字還可多下一底板。

逐句說明之後，更可見同一曲的點板變化，有兩種常用的變化方式：

1. 句首緊接前一句，可不點板。
2. 句末可加底板延長拍子，方便加入下一句的襯字。〔註 24〕

此外還必須說明的是底板的問題，延續曾永義〈北曲格式變化的因素〉所提及附著於曲文的「夾白」、「帶云」問題，除了「帶白」有語氣詞尚不易與曲文相混，許多「帶云」的句子若不標出，便要教人混淆爲「毫無限制」的襯字或別爲一句（頁 340-342）。這個問題在點板曲中依舊會出現，因爲這些「帶白」也和曲文一樣唱起來，有簡單的腔，多用單音，似乎就混入曲文毫無區別了！其實還是可以檢出的，除了語氣與曲文不同，最重要的是這些腔所佔的節拍較短，而且常在帶白結束後下底板以加強語氣！比如《西廂記 5-2・緘愁》【迎仙客】的末句：「既不呵！怎生淚點兒封皮上漬。」在「呵」字之後下底板。《東窗事犯二・掃秦》的第三句：「則你那夢境惡故來到！故來到俺這山

〔註 24〕上文「音樂分析理論依據」一節中，筆者分析《曲談》諸例，也有相近的結論，此處是針對某一曲牌分析，以見點板變化現象的普遍。

寺里。」前一句實爲帶白，在「故來到」後下底板，後一句才是原本的句子，上板唱。這樣的例子俯拾可得，也可說是北曲點板多變的原因之一。

確定點板之後，襯字也清楚多了，鄭騫〈論北曲之襯字與增字〉從句式來看，提醒學者「襯字只能加於句首及句中。……句中襯字須加於句子分段之處，如庖丁解牛，在關節縫隙處下刀。」（頁 133）而有了這樣的概念之後再來看曲譜如何處理襯字，即使從點板來看，也不會墮入五里霧中，還可進一步說明襯字爲何會這樣加；先以《梧桐雨》第二折【迎仙客】前半爲例：

*　*/　　　*　*　　　*　　　*　*

香噴噴味正甘，嬌滴滴色初綻。只疑是九重天摘來人世間。

「嬌滴滴」是在「甘」與「色」兩板之間，「只疑是」在「綻」與「九」兩板之間，所謂的襯字在板隙、襯不當板就是如此，若就曲文而言，通常襯字在實字前，或是居於虛字、帶白中；就點板而言，通常襯字都在板後或眼的位置，尤其是在下一板的前面，因此可以說每一句之後，尤其是韻字之後，經常接著下一句的襯字，如果將樂譜分句排列，則可以清楚看出每一句經常不從板起，這並不等於弱起，而是加在句首的襯字只能在板後或眼上，才有這樣的現象。

三、【紅繡鞋】

【紅繡鞋】一名【朱履曲】。《小令譜》定爲摘調小令（頁 2）。《新譜》註記用途爲小令、散套、雜劇，亦入【正宮】。舉馮子振小令爲例，歸納格式如下（頁 152-153）：

東里先生酒興◎	六◎　十仄平平平上去◎
南州高士文聲◎	六◎　十平十仄平平上◎
玉龍嘶斷綵鸞鳴◎	平　仄 七◎　十仄平平仄平平◎
水空秋月冷·	三·　平十仄·
山小暮天青◎	三◎　仄平平◎
蘇公堤上景◎〔註25〕	五◎　十平平去去上◎

此曲《中原音韻》提到最後一字上聲，是務頭〔註26〕。《務頭分析》中提

〔註25〕首二句宜作平頭對；第四、五句宜對。

到「務頭字上的曲調上揚約三、四度，相較於整首曲子的音域，並不算是最高，不過許多曲牌最後曲調都是下行至結束，所以【紅繡鞋】這樣結尾算是比較特別的。」〔註27〕（頁72）這個現象普遍存在，連小令「一榻白雲竹徑」也是如此，可說不是爲了承接下一曲而將尾音上揚。但這是否可與劇情發展聯繫起來？尤其【紅繡鞋】在聯套時較自由，未必次於套首。

【紅繡鞋】不論在套首之後或是位於套曲中段，皆上板，理論上應仍與【迎仙客】同爲一板三眼，翻檢《集成曲譜》所收四支【紅繡鞋】也是如此：

1.《東窗事犯二・掃秦》（金集卷一，頁129）的【紅繡鞋】在【鬥鵪鶉】後，仍爲一板三眼，至下曲【十二月】、【堯民歌】才轉一板一眼。
2.《邯鄲記・三醉》（玉集卷三，頁362）的【紅繡鞋】接在套首之後，第一句即上板，唱一板三眼，其後的【迎仙客】也是一板三眼。
3.《紅梨記・醉皂》（振集卷四，頁590）、《宵光劍・救青》（玉集卷五，頁639），在【粉蝶兒】後即接【紅繡鞋】，第一句即唱一板三眼。

四、劇情運用

若配合劇情，大致可歸納【迎仙客】與【紅繡鞋】的使用習慣：若該曲所述是一完整的段落，或用來描摹可用【迎仙客】，前者如：

《蘇武還鄉三・告雁》蘇武見雁兒落在跟前。

《盆兒鬼》第二折窯神踏開門進入趙家。

《漁樵記三・寄信》幾乎是一句唱一句白，將在街頭見新任太守朱買臣的景況告訴劉二公。

後者如：

1.《西廂記・1-2借廂》的「是好一個和尚呵！（唱）……」
2.《梧桐雨》的「是好荔枝也！（唱）……」。
3.《金錢記》第三折「好女子也呵！（唱）……」。

若劇情剛開始發展或是懸而未決，配合【紅繡鞋】尾韻沒有結束的感覺

〔註26〕《中原音韻》【紅繡鞋】：「二詞（【朝天子】、【紅繡鞋】）對偶、音律、語句、平仄俱好。前詞務頭在『人』字（第七句首字）。後詞妙在『口』字（末句末字）上聲，務頭在其上。知音傑作也。」（頁1-242）

〔註27〕如《梧桐雨》第二折：| 1 1 3　1 5 4 3 | 5 6 1
人　見　罕◎

正好，比如：

1.《魯齋郎》第三折的第二支【紅繡鞋】，末句唱「莫不你兩個有些兒曾面熟◎」唱出張孔目的滿腹疑惑——見李四和魯齋郎新給他的妻子互相留意，推向李四夫妻敘情、張孔目無奈出家。

2.《調風月》第二折燕燕說「我猜你咱。」唱【紅繡鞋】表達對千戶不耐煩的疑惑。

3.《百花亭》第三折【紅繡鞋】末句唱「我只怕更有收人在後頭◎」順勢引出風流王煥及與賀憐憐之事。

即使【迎仙客】與【紅繡鞋】兩曲看似敘述同一事，但上揚的尾音可說正提醒觀眾：好戲在後頭！如：

1.《梧桐雨》第二折看似兩曲都在寫荔枝，但【紅繡鞋】的尾韻其實已暗示了以下楊貴妃歌舞的歡樂氣氛。

2.《澠池會》第二折兩曲都是藺相如謝趙成公封賞，但僅接著「外扮秦國使命上」，更精彩的爭辯才要開始。

3.《衣襖車》第四折的【紅繡鞋】正如劉慶唱的「我救一個苦相持棟樑才。」略提一提，正好呼應將進入高潮的劇情。

如果是【紅繡鞋】、【迎仙客】這樣聯套，則【迎仙客】仍可獨立描摹一事，比如《金鳳釵》第二折，趙鶚自信地唱能做好詩，因此【迎仙客】很自然就唱自己「寫染、吟詠」如何高妙了！

但也可見【迎仙客】與【紅繡鞋】兩曲自成一段落，【紅繡鞋】未有明顯的承上啓下作用，兩曲的作用幾乎沒有差別，如：

1.《王粲登樓》三，兩曲皆可說是登高對景抒懷，思念老母。

2.《倩女離魂》三，兩曲皆嘆時光流逝，依舊沒有王生音信。

3.《三戰呂布》三，張飛言到：「先說了呂布，後敷演元帥也。」這兩曲內容就是如此。

即使【紅繡鞋】與【迎仙客】佔同等地位，但按元人的慣例，似乎仍是將【紅繡鞋】放在後面，聽起來比較順。可以說這兩曲仍是在醞釀情緒、鋪展劇情，尚未進入高潮；當然若劇情已經開始發展、情緒已充分渲染，那不用也無妨，經常緊接在【迎仙客】、【紅繡鞋】之後的【石榴花】、【鬥鵪鶉】基本上不會唱太快，仍可與散板曲或其他上板曲的節奏相接。

第三節　【石榴花】、【鬥鵪鶉】

【石榴花】與【鬥鵪鶉】在聯套中也是常用曲牌，兩曲慣常連用，唯元刊本《疏者下船》第三折單用【石榴花】不用【鬥鵪鶉】，到《脈望館》本則兩曲皆有。在【中呂】套中多置於聯套的前半部，屬於第三段——在首段【粉蝶兒】、【醉春風】，及次段【迎仙客】、【紅繡鞋】之後，也有數例是在【醉春風】後即接這兩曲：《金線池》三、《謝天香》四、《薦福碑》三、《伍員吹簫》三、《追韓信》三、《馬陵道》四。

在劇情應用方面，這兩個曲牌適用於情節進入核心之處，如：

1. 《牆頭馬上》四：裴少俊得官，到洛陽尋找李千金再續前緣，【粉蝶兒】、【醉春風】唱一腔思懷；【滿庭芳】等三曲不願與少俊相認；少俊堅持要搬來，千金怒曰：「我這裏住不的！」【石榴花】以下，口氣愈來愈強硬，反駁少俊。
2. 《單刀會三・訓子》：【粉蝶兒】、【醉春風】唱東漢末年兵荒馬亂；【十二月】、【堯民歌】唱劉關張桃園三結義；直到【石榴花】、【鬥鵪鶉】關公才唱他看破魯肅詭計，不懼單刀赴會，也才算進入《單刀會》的主要情節。
3. 《蘇武還鄉三・告雁》：此折情節有二，一是蘇武刺血修書，一是李陵勸降；【粉蝶兒】等三曲唱塞外風雪寒冰，見雁兒落地，恰好傳書；【石榴花】、【鬥鵪鶉】正是修書時所唱，殷殷盼望雁兒傳書，情感動人，《納書楹》正因此才較《雍熙樂府》本多作一支【石榴花】吧！以下李陵上場，【快活三】起又是另一段落。

一、【石榴花】

先看《新譜》所定格式，以《西廂記 1-2・借廂》爲例，此曲可用於散套、雜劇，亦入【正宮】（頁 145-146）：

大師一一問行藏◎	七◎　十平十仄仄平平◎
小生仔細訴衷腸◎	五◎　十仄仄平平◎
自來西洛是吾鄉◎	七◎　十平十仄仄平平◎
宦遊四方◎	四◎　十十仄十◎
寄居咸陽◎	四◎　十十平平◎

	四、五句可併爲七乙◎一句
先人拜禮部尚書多名望◎	七◎　十平仄仄平平去◎　偶作五字
五句上，因病身亡◎	七乙◎ 十十十，十仄平平◎
平生正直無偏向◎	七◎　十平十仄平平去◎
止留下四海一空囊◎	五◎　十仄仄平平◎

【石榴花】以七字句爲主，句句押韻，共九句，曲幅較大，但可平分爲四段：一二句一段，三四五句一段，六七句一段，八九句一段，原則上點頭板，字位較平均分配，常兩字或四字一板，使得音樂相當規整；

如《西廂記 3-2・鬧簡》的前兩句：

你 用心 兒 | 撥雨－－ | 撩－雲－ | 雲・

我 好 意 兒・ | 傳－書－ | 書－寄－ | 簡－－－ | 簡 ◎

以下分段說明：

雖然《廣正》在第六句末字點頭板及底板，但現存曲譜中無一這樣點的，只點頭板的較多；

如《紅梨花三・賣花》：

這花也 | 端的 的 | 多 丰 | 韻 ◎

或是將末字挪前，使末字不在板上，而是點底板；

如《牆頭馬上》四：

既 爲官怎 | 臉 上 | 無 羞辱 | 辱 ◎

因【石榴花】慣於一板唱二字或四字，因此句中底板掛留的樂句相當少見，《廣正》第七句第五字點底板，在譜例中只見《牆頭馬上》第四折、《單刀會三・訓子》、《倩女離魂》第三折如此；

如《牆頭馬上》第四折第七句：

你 道我 | 不 識 | 識 親 | 疏 ◎

如《西廂記 1-2・借廂》則是一般常見的用法：

| 五 句 上－ | 因 病 身－ | 亡－ ◎

再要說明的是第四、五句其實只有一樂句，就如《新譜》所言，這兩句可併爲七乙一句，就音樂上而言，即使作兩個四字句，第四句也沒有結束的感覺，而是作爲第五句的前導，原則上這二句與第三句的板數相同，用三板

或四板，以《西廂記 1-2・借廂》爲例：

5 35 | i 76 5－ | 6 5 6 i i76 | 5－
自來 西洛 是 吾 鄉◎

543 35 | 32 12 3－ | 2 12 32 212 | 1－
宦遊 在 四 方◎ 寄居 咸 陽◎

故【石榴花】將八個樂句平分爲四個樂段，近似上下句的形態，上下句落音的組合大致是 5、1 或 3、1 或 5、3。句末皆是下行旋律，上句多是 1 7 6 5 的各種節奏，下句多是 6 5 5 4 3 的各種節奏，但末句是高八度，以接下曲【鬥鵪鶉】的起音 5。

【石榴花】音樂十分穩定、規整，常用二字或四字均分一板，在【迎仙客】、【紅繡鞋】較縹緲、自由的曲調之後，用此曲拉回，並與以下的【鬥鵪鶉】聯接，風格相近，但持續規整的曲牌則顯得呆板，故可見【鬥鵪鶉】底板掛留的變化。

二、【鬥鵪鶉】

依《新譜》所定格式，舉《心猿意馬》第三折爲例，可入散套、雜劇，亦入【正宮】，與【越調】不同（頁 147）：

俺這里僫酒延年・	四・　十仄平平・
不強如清茶漱口◎	四◎　平平去上◎
俺對著綠水青山。	四。　十仄平平。
不強如野盤路宿◎〔註 28〕	四◎　十平去幸◎
壺里乾坤只自由◎	七◎　十仄平平仄仄玊◎
並無他，半點愁◎	六乙◎　十平十，仄十玊◎ 可作三字或四字句。
我問甚暑往寒來・	四・　十仄平平・
一任天長地久◎	四◎　平平去幸◎

【鬥鵪鶉】有八句，可依韻腳分爲四段，每兩句一段，落音相當穩定，基本上韻句都落在 3 音，第一句雖可押可不押也多落 3 音，與結音多相呼應，

〔註 28〕第一、二句宜對；第三、四句宜對。

曲牌的色彩豐富。四字句甚多，如果第六句也用四字句的話，那全句就只有第五句一句七字句，但這並非一個似垛句不斷推進的曲牌，反而是較舒緩的，有兩個主要原因：一是此曲的四字句譜較長的腔，二是多用底板掛留延長拍子，以下針對這兩點分析。

先看《廣正》〔註 29〕所訂【鬥鵪鶉】諸四字句（暫不討論第六句）的點板法（譯譜只呈現板位，不劃分節拍）：

第一句：｜一二｜三四｜四·　或
｜一二｜三四·

第二句：｜一二｜二三｜四｜四◎　或
｜一二｜二三｜四◎　或
｜一二｜二三四｜四◎　或
｜一二｜二三四◎　或
一二｜二三｜四◎

第三句：｜一二三｜四。　或
｜一二｜三四。

第四句：｜一二｜二｜三四｜四◎　或
｜一二｜二三｜四｜四◎

第七句：｜一二｜三四｜四·　或
｜一二｜三四·

第八句：｜一二｜二三｜四◎

同樣是四字句，至少有三種常用點板法，使樂句更錯落有致。以上除了第三句按一般四字句慣例只用兩板，其他句多用三板，第四句板尤多，四個字就唱了四板；其中第二或第四字常用底板，這樣不但打破了兩字一音的規整結構，切分音、底板掛留的運用使長腔更具滋味，如《心猿意馬》第三折的【鬥鵪鶉】第二句：

〔註 29〕《廣正》列有三格共五曲，其中第二格、第三格的差別在第六句，容後討論。若各曲點板不同，則先列常用的。

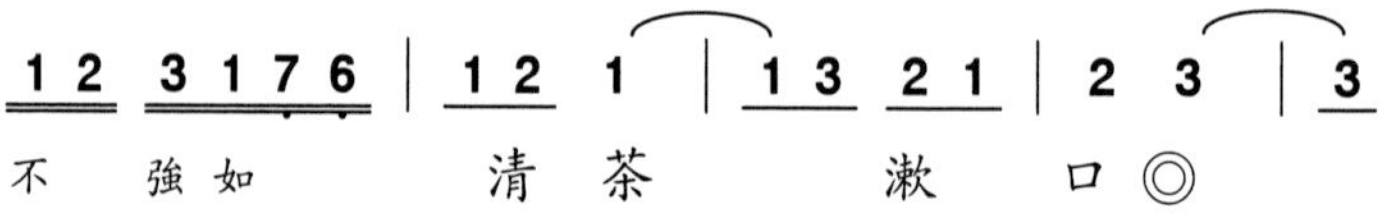

12 3176 | 12 1 | 13 21 | 2 3 | 3

不 強如 清 茶 漱 口◎

若與下節分析的【上小樓】比較，即使皆是四字三句，板數卻相差很大。【鬥鵪鶉】只一四字句就可用四板，但【上小樓】第三到五句共才用四板或五板：

| 一二三四 | 一二三四 | 一二三 | 四◎

| 一二三四 | 一二三 | 四 | 一二三 | 四◎

如此看似相近的句法，因爲點板不同、腔不同，音樂各具風格，這是點板影響音樂結構的好例子。

而底板掛留音的運用，就現存樂譜來看，以較突出的句中掛留來看，【鬥鵪鶉】皆放在第二、第四、第八句的第二字上，十分規律，如上例《心猿意馬》第三折，第二句「清茶漱口」；偶爾在底板的掛留音上還有一些變化，屬例外情形，如《牆頭馬上》第四折，第四句：

不是 娼人家 | 婦 女 | 女◎

此例的第二字就和一般的唱法一樣，不用底板。

又如《追韓信三・點將》，第四句：

自 | 臨自 臨至 | 渭 濱 | 濱◎

因疊唱二字，將疊字在同一小節唱完，故第二字後的板位雖在，但已挪爲第三字的頭板。

再如《紅梨記三・賣花》，末句：

怎放 不過我這 | 偷 花的 | 的嗳 婦 | 人◎

第二字後有襯字，看似襯字在底板上，其實是襯字太多所致，該板仍屬第二字；這是例外，也不合「襯不當板」的原則，但爲了方便演出，只得略微騰挪。

至於句末所用的底板，末字佔兩板者，原本就較自由，可以彈性增加，【鬥鵪鶉】用底板最一致是第二句句末，上例《心猿意馬》的「清茶漱口」即是。

再要說明的是第六句的字數，《新譜》定爲六乙，但說明：「第六句可作四字，如《西廂》『渾俗和光』曲；亦可省去上三字而成爲三字句，如劉廷信

『嬌馬金鞭』套。」（頁 147）但從現存樂譜來看，該句多作三字或四字，

《廣正》所舉三格主要差別都是在第六句上，第一格是四字：

｜七青｜八黃｜黃 ◎

第二格是六字：

｜恩情似｜水底｜鹽 ◎

第三格第一例「暢好是奸」實只有「奸」一字，通例「暢好是」作襯字〔註 30〕：

暢好｜是奸｜奸 ◎

第二例「正少年」即《新譜》所說三字之例：

｜正少｜年 ◎

此例的點板也是現存曲譜最常用的〔註 31〕，即使如《新譜》所舉的《心猿意馬》有六字，《九宮》亦譜成：

並無他｜半 米 ｜愁 ◎

故第六句常是【鬥鵪鶉】中最短的樂句，通常用二或三板，至少減少一板，長短樂句交錯，才不會因文句長而略顯拖沓；第六句較短，緊接最後樂段：第七句末通常下底板，在此一頓，進入結束句，但在第八句最後，曲牌結束前並不再下底板，而是唱出韻字即結束，應可說一套中較慢的曲牌就唱至此，末字快收，便於連接以下略快的曲牌。

三、節拍變化

【石榴花】及【鬥鵪鶉】一般用在套曲的前半，速度較慢，《納書楹西廂記》皆點一板三眼，再看《集成》所收這兩曲的板眼：原則上是一板三眼，大部分的北套曲牌皆如此，包括收錄的元雜劇〈掃秦〉（金集卷一）與〈訓子〉（玉集卷一）；例外的是《宵光劍・救青》（玉集卷五）、與《紅梨記・醉皂》（振集卷四），皆只用【石榴花】，且是一板一眼，當與劇情有關，〈救青〉既說「不免急急趕上前去救他！」自當唱快一些，而〈醉皂〉的陸鳳萱既已醉了，

〔註 30〕雖說元曲的慣例以「暢好是」作襯字，但若從點板來看，既然「是」字在板上，應可不拘泥於成規，而將這一句的「暢好是」視爲正字。

〔註 31〕第六句作三或四字句的較多，通常點兩板，只見《單刀會三・訓子》、《追韓信三・點將》六字句點三板。

也與常理有別。在【石榴花】及【鬥鵪鶉】後面聯接的曲牌即使仍是一板三眼，速度也當較這兩曲略快，若以常緊接在後的【上小樓】來看，因板較少，曲子所佔的時值短，即使唱一板三眼，也逐漸將曲子的速度拉起，下節將進一步說明。

再要說明的是在「南北合套」中，這兩曲的節拍是【石榴花】唱一板三眼，【鬥鵪鶉】唱一板一眼。在《九宮》中提及兩曲皆有「又一體」疊句格，翻檢《集成》所收合套劇目：《風雲會・送京》（玉集卷六）、《長生殿・驚變》（玉集卷八）《漁家樂・刺梁》（振集卷六）、《滿床笏・祭旗》（振集卷八），疊句法皆同，說明如下：

1. 【石榴花】

疊第六、第八句前半，如〈驚變〉的第六句將一句加疊句後成爲：「迴避了御廚中，迴避了御廚中（疊）烹龍炰鳳堆盤案◎」可視爲在第六句前加一短句，並疊唱一次，將該句拉長。在劇本中即如此作。

2. 【鬥鵪鶉】

疊三句非韻句——第一、三、七句，整句完整疊唱，舉〈驚變〉第一句爲例：「暢好是喜孜孜駐拍停歌，喜孜孜駐拍停歌・」在劇本中即如此。

在南北合套中，北曲的節奏相對較南曲快，【鬥鵪鶉】因套中北曲、南曲相間，而位處聯套中段，不再像北套中居於前幾曲，故合套自【鬥鵪鶉】起節奏漸快，遂唱一板一眼，以〈驚變〉的南北合套爲例：【北粉蝶兒】、【南泣顏回】、【北石榴花】、【南泣顏回】、**【北鬥鵪鶉】**、【南撲燈蛾】、【北上小樓】、【南撲燈蛾】、【南尾聲】。

第四節　【上小樓】

一、曲牌運用

【上小樓】就聯套結構而言有兩個特色：其一，在聯套中運用的穩定性，可說僅次於套首的【粉蝶兒】、【醉春風】，幾乎每套都會出現，就目前所見【中呂】套曲而言，不用【上小樓】的劇目僅有：《陳母教子》三、《望江亭》二、《梧桐雨》二、《箭射雙鵰》、《東窗事犯》二、《斷金釵》二、《曲江池》三、《魔合羅》四、《東堂老》三、《博望燒屯》四。而【上小樓】多帶【么篇】，也有僅見一支者：《破窯記》三、《後庭花》四、《伍員吹簫》三、《還牢末》四、《秋胡戲妻》三、《老君堂》二、《奪禊車》四、《野猿聽經》三，另有兩劇刊本情形有異：

1. 《月夜留鞋》三，此劇共有三個刊本——《息機子》、內府本、《元曲選》，只內府本有兩支【上小樓】，內府本《月夜留鞋》第三折所增的【上小樓】，是王月英嘆己受刑挨打，應當是具象演出公堂審案，並深化月英楚楚動人的形象，甚至是讓月英及公人在表演上發揮。
2. 《薛仁貴》三，元刊本有兩支，但《元曲選》則只有一支，元刊本《薛仁貴》第三折的兩支【上小樓】基本上是唱同一件事，皆是伴哥對衣錦還鄉的薛仁貴心生畏懼。雖然元雜劇用【上小樓】多帶【么篇】，但並非定律，仍可按劇情需要調整。

其二，【上小樓】的聯套位置較穩定，多置於套曲的中段，也就是：【粉蝶兒】、【醉春風】、【中呂】曲牌若干、**【上小樓】**、【中呂】曲牌若干、【尾】。只有少數劇目將【上小樓】放在【尾】前面：《鐵拐李岳》四、《紅梨花》三、《千里獨行》三，其中《元曲選》本的《鐵拐李岳》第四折還在【上小樓】後加了【耍孩兒】及【二煞】，演呂洞賓帶李岳正果朝元一段，因「眾仙隊子」上，台上更加熱鬧，增添喜慶氣氛。明白以上的現象之後，當可確認【上小樓】爲聯套中重要曲牌，將進一步分析音樂特色，是否較適於表現某類劇情。

二、樂句結構

《新譜》所定格式，舉《西廂記 1-2・借廂》爲例，用途：小令、散套、雜劇。亦入【正宮】，有【么篇】換頭，小令不用，套數宜用（頁 147-149）：

小生特來見訪◎	四◎　十仄去𠀋◎ 【么篇】換頭，首二句各換爲三字：十仄平・
大師何須謙讓◎	四◎　十平𠀋去◎ 【么篇】換頭：十仄十◎
這錢也難買柴薪・	四・　十仄平平 或 十平仄仄・
不勾齋糧・	四・　十仄平平 或 十平仄仄・ 三四句偶有各作三字者
且備茶湯◎	四・　十仄平平 或 十平平仄・

你若有主張．	三．　仄十平．
	第六、七兩句可作四字句：十仄平平．
對豔妝．	三．　十仄𠀤．　可作四字句
將言詞說上◎	四◎　十平𠀤去◎
我將你眾和尚，死生難忘◎	七乙◎　仄平十，十平𠀤去◎

【上小樓】雖有九句，但若分析音樂，依樂曲的落音可釐爲四段：樂句經常落在這些音上：1 7̣ 6̣（5̣）〔註 32〕，有各種節奏組合方式，恰是北曲「死腔活板」之例：

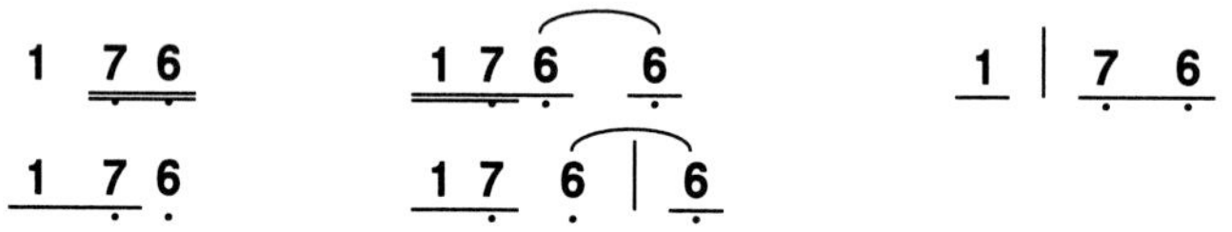

1 7̣ 6̣　　1 7̣ 6̣ 6̣　　1 | 7̣ 6̣

1 7̣ 6̣　　1 7 6̣ | 6̣

至於究竟落在 5̣ 或 6̣ 還可視如何與下一句銜接，慣用三度、四度、五度、六度銜接，只要是諧和音程即可。而落這些音之處恰是韻腳，第一句雖押韻但並非樂句的段落。故：

一二句一段，此句有兩個韻腳，但其實只有一樂段。

三四五句一段，這三句一個韻腳，恰是一段。

六七八句一段，這三句一個韻腳，恰是一段。

九句一段，這是【上小樓】中最長的的句子，一句一段。

且【上小樓】這四段的長度大致相等，原則上是一段佔四板。至於【上小樓】的節奏，因在套曲的中段，速度不會太快，原則上用一板三眼，但若接近套末或情緒緊張，也可見用一板一眼，以《納書楹西廂記》爲例，四套【中呂】套曲，只有第二本的〈請宴〉是一板一眼，大抵因唱張生驚喜之情；《集成曲譜》中所收則是北套的【上小樓】唱一板三眼，南北合套的〈送京〉、〈驚變〉、〈刺梁〉、〈祭旗〉【上小樓】唱一板一眼。

接著討論【么篇】換頭的問題，【上小樓】的換頭很容易，將首二句從原本的四字句換爲三字句即可，且第一句可不押韻；但就音樂而言並未改變，因【么篇】即使換頭但不影響板；

如《倩女離魂》第三折，兩支【上小樓】的第一、二句：

〔註 32〕就如上文所說有移調記譜的情形。

則道你｜辜恩 負 ｜德◎ 你原來｜得 官及｜第◎

空疑惑了｜大 一 ｜會・ 恰分明｜這 答 ｜裏◎

一句皆佔兩板，末字在板上。

也有在【么篇】換頭處壓縮板位的例子；

如《西廂記 3-2・鬧簡》：

從今 後｜相 會 少－ ・｜見－面－｜難－ － －◎

又如《漢宮秋》三：

你卻待｜尋 子 ｜卿 ・覓李｜陵◎

各壓縮一板，《西廂記 3-2・鬧簡》壓縮第一句，「少」不在板上，《漢宮秋》第三折壓縮第二句，「覓」不在板上，但結構仍是相同的。

但也有【么篇】不換頭，仍是四字句的；

如《單刀會三・訓子》：

恁 道是｜先下 手 ｜強 － ・｜後 下手｜殃 ◎

又如《牆頭馬上》第四折：

他把｜酒 盞 兒｜擎・我 便把｜認字 兒｜許・◎

與其將其中一字釐爲襯字，不如就當作四字句，畢竟換頭處文字會有增損，但在音樂結構上是相同的。即使在換頭處下七個字，板位仍然相同；

如《紅梨花三・賣花》：

足律律｜起陣 旋 ｜風 ・刮起這｜黃登登 幾 縷｜塵◎

又如《蘇武還鄉三・告雁》：

｜非恁愚來 非 我｜賢 － ・｜不怨人來 不 怨｜天 ◎

即使句內的字數增加，仍是一句兩板，多的字就趕在一拍內唱完，尤其〈告雁〉可說是增字卻不影響點板的絕佳例證。

比較特殊的換頭是《漁樵記三・寄信》，《納書楹》調換劇本中【么篇】及【滿庭芳】的順序，且將原本的【滿庭芳】誤標爲【么篇】：

各劇本：【上小樓】→【么篇】→【滿庭芳】

納書楹：【上小樓】→【么篇】→【下小樓】〔註 33〕

〔註 33〕查元雜劇中只有【上小樓】，《納書楹曲譜》中只見此曲題【下小樓】，其餘仍題【么篇】，無從比較。在地方戲中可見如元雜劇中用一支【上小樓】，或連

因將兩支【上小樓】隔開，因此第二支【上小樓】在換頭處的音樂變化較大：

想 當日 ｜ 要休 時恁便 ｜ 索　了 ｜ 休一 ｜ 休·

此句甚長，但稍加釐析則可見本來面貌：句首應是帶白入唱，句末的「休」延長一板，如此｜索　了｜休一·　則仍是【上小樓】首二句慣用兩板。

至於第六、七句也有各四字的作法，那也不會造成音樂變化，《新譜》所舉李致遠【粉蝶兒】〈歸去來兮〉散套，《廣正》此類句法的點板爲：

｜一二 三四·｜一二 三四·｜一二 三　｜四◎

與例曲第六、七句各三字的

｜一 二 三 ·｜一 二 三 ·｜一二 三　｜四◎

點板相同。

《九宮》相同，將〈歸去來兮〉套點板如下：

｜或命 巾車·｜或棹 孤舟·｜從客 遊　｜戲◎

同樣的，《廣正》所舉三四五句的又一格：

｜一 二 三·｜一 二 三·｜一 二 三｜四◎

與例曲《西廂記 1-2·借廂》：

｜一二三四·｜一 二 三｜四·｜一 二 三｜四◎

差一板，但通常非韻腳的末字是不當板的，《納書楹西廂記》就是點成：

｜難 買 柴 薪·｜不 夠 錢 糧·｜且 備 茶一｜湯◎

再看《九宮》各譜的此段，第四句的末字是不當板的，因此可證「板」在曲牌結構的重要地位，【上小樓】並不因爲一字增減而改變音樂結構。

用【么篇】的，但通常【上小樓】、【下小樓】並舉，如《湘劇低牌子音樂》中所收錄的「粉蝶引」這一堂曲牌，劇目《岳飛傳》第 44、45 曲（頁 272）、145、147 曲（後二曲中間夾【泣顏回青板】，頁 365-367），但【下小樓】較元雜劇中的【么篇】少第六、七句。而《漢劇曲牌》（文場選集）中收錄的【上小樓】在《霸王挑車》劇中，虞姬上高崗觀陣時用之；【下小樓】在《霸王挑車》劇中，虞姬下高崗時唱，唱後及下山爲霸王幫陣。（頁 35-36）或許就動作而言是一上一下，才會如此稱呼曲牌，但若從元雜劇曲牌的句式來看，此兩曲實爲一支【上小樓】，前五句稱爲【上小樓】，後四句稱爲【下小樓】。（多用疊句）

三、劇情運用

【上小樓】是一個字多、節拍不長、韻腳不密的曲牌，嚴格說第一句也不能算韻句，【么篇】換頭既可不押韻，落音又與其他韻腳不同，那麼前八句其實只押了三韻，與其他北曲曲牌多句句韻或隔句韻相較，算是韻較疏的。這樣的句子與說話的語氣、習慣相近，應當可說【上小樓】較適合用在敘述、說明、對話的段落，少見抒情。【上小樓】也常見分段唱，被唸白或對話隔開〔註34〕，如《牆頭馬上》第四折：

（正旦李千金唱）【么篇】他把酒盞兒擎・我便把認字兒許◎

（夫人云）你看我的面皮，我替你抬舉的兩個孩兒偌大也，你認了俺者！（端端、重陽云）奶奶，你認了俺者！

（正旦唱）赤緊的陶母熬煎・曾參錯見・太公跋扈◎……

二、三句之間被求情的唸白隔開。

又如《疏者下船》第三折：

（正末楚昭公唱）【上小樓】我著你名標萬古・哪裡也相隨百步◎你待要留了嬰孩・替了親叔・救了兒夫◎你道不共族・稍似疏・何妨的從新革故◎

（旦兒云）（略）（下）（龍神云）鬼力，將夫人救上岸者。（鬼力云）理會的。（芈旋哭科，云）可惜了嫂嫂也！

（正末唱）久以後史書中又新添個節婦◎

八、九句之間被旦兒落水這段隔開，包括旦兒囑咐大王、龍神救節婦，就留第九句深深的喟嘆最後唱。除了在二三句間、八九句間被唸白隔開，也可見在五六句間隔開的，如《漁樵記三・寄信》〔註34〕【上小樓】。以上三例不管在何句間隔開，共同原則：在韻腳處將曲牌的唱截斷，接對話或是其他腳色的唸白，因此樂段尚稱完整。

經由以上的分析可以肯定【么篇】即使換頭仍與【上小樓】的音樂結構相同，那麼若用【么篇】則是反覆一次；在【中呂】套曲中，除了借用【正宮】的【脫布衫】帶【小梁州】、【么篇】也是反覆【小梁州】；借【般涉・煞】

〔註34〕下例依《元曲選》本，雖然這些唸白可能是臧晉叔所加，但當可反應當時分段唱曲牌的現象。

〔註34〕《漁樵記》尚有《息機子》本，【上小樓】曲文異，但插入唸白之處相同。〈寄信〉【上小樓】除在五六句間隔開，八九句間也隔開。

時因多用【煞】曲，反覆多次，在套中就不見單曲反覆的其他例子。不若南曲可多用【前腔】聯套，而【上小樓】雖唱節奏較緩的一板三眼，但只有四樂句，約佔十六板；若與【鬥鵪鶉】相比，兩曲雖然長短句結構不同，但一曲牌同爲三十七字，【鬥鵪鶉】因多用底板掛留音，約佔二十五板；可說【上小樓】字多腔少，便於轉接以下較快的曲牌，如【鮑老兒】、【道和】。

第四章　【中呂】曲牌分析（下）

第一節　【快活三】、【朝天子】、【鮑老兒】、【古鮑老】

一、【快活三】、【朝天子】

【快活三】爲「五◎五◎七◎五◎」四句的短曲牌，看似尋常，但在套曲中卻居音樂快慢轉變的地位，相當受注意，陳美如《帶過曲研究》已作音樂分析，筆者將進一步說明。以下先看各家提及【快活三】的節奏變化：

何良俊《曲論》：「曲至緊板，即古樂府所謂「趨」，趨者，促也，弦索中大和絃是慢板，至花和絃則緊板矣。北曲中如【中呂】至【快活三】，臨了一句放慢來接唱【朝天子】；【正宮】至【呆古都】，【雙調】至【甜水令】，【仙呂】至【後庭花】，【越調】至【小桃紅】，【商調】至【梧葉兒】，皆大和，又是慢板矣。緊慢相錯，何等節奏！南曲如【錦堂月】後【僥僥令】，【念奴嬌】後【古輪台】，【梁州序】後【節節高】，一緊而不復收矣。」（《四友齋叢說》頁 343，《曲論》頁 4-12）

吳梅《南北詞簡譜》【快活三】：「此曲首二句用快板，第三句用散板，第四句用慢板。蓋緊接【朝天子】慢唱，正北詞中抑揚緩急之妙，爲南曲所無。南曲始慢終急，北曲則始慢中急，急後復慢。而爲之過渡者，在【中呂】則【快活三】也。」（南曲中之有【賺】，亦本此意。）唯末韻須用去聲。（頁 96）

汪經昌《南北曲小令譜》【快活三】帶過【朝天子】：「【快活三】首二

句用快板，第三句用散板，第四句用慢板，音程過短。下接【朝天子】慢板曲，適相補益，而主腔全在下支，故爲『帶過』，套曲中用【快活三】亦係承前啓後，調節緩慢之過度性質。」（頁 12）

【快活三】四句有三個節奏：前兩句是較快的一板一眼，經由一句散板過接到最後一句慢唱的一板三眼〔註 1〕，以下的【朝天子】接著這個速度演唱。至於汪經昌所言「帶過」，在陳美如《元人帶過曲音樂之研究》已提出說明（頁 194），既然【快活三】與【朝天子】一短一長，一快一慢，音樂結構長度並不相等，故此帶過曲的重點是在曲幅較大的【朝天子】，【快活三】主要是起節奏的過度作用。如此一來該套的節奏變化又多了一層：散板→慢板→**快板→散板→慢板**→快板→散板，不會有所謂的「一緊而不復收」：一套曲愈唱愈快，不能在中間頓挫、轉變速度的情形；較南曲節奏更富色彩：南套通常在進入快板之後，除了極少數用【賺】的套曲之外，不再慢下來，直到收尾才唱散板。

【快活三】的過度作用不僅是在音樂方面，就劇情運用而言，因爲曲牌只有四句，又與唐詩絕句的作法不同，能承載的語意段落較少，而是類似引段，以下的一二曲才算開展這一情節段落，舉例如下：

1. 《薛仁貴》三：薛仁貴衣錦還鄉，在路上遇到伴哥，薛問到：「有個孩兒是薛驢哥，你認得他麼？」伴哥唱【快活三】回答，這才開始說及家中景況。
2. 《蘇武還鄉三・告雁》：蘇武修書之後，唱【快活三】表驚見李陵到跟前下馬，以下才是久別重逢、蘇武拒降匈奴。

再要補充說明【朝天子】音樂的特殊之處，共有十一句，可分爲四段：「二◎二◎五◎　七◎五◎　四・四◎五◎　二◎二◎五◎」此曲爲《中原音韻》定格四十首之一，且第七句第一字是務頭〔註 2〕，孔令伊《周德清小令定格中「務頭」理論之音樂分析與探討》舉該曲第六、七句曲調逐首比較，主要結論如下：

1. 務頭字絕大多數塡平聲字，陰平與陽平各半。

〔註 1〕李殿魁老師提及【快活三】一說【活三槍（腔）】，更明白標示一曲有三種節奏的音樂特色。

〔註 2〕《中原音韻》【紅繡鞋】：「二詞（【朝天子】、【紅繡鞋】）對偶、音律、語 句、平仄俱好。前詞務頭在『人』字（第七句首字）。後詞妙在『口』字（末句末字）上聲，務頭在其上。知音傑作也。」（頁 1-242）

2. 務頭字在音樂上是以跳高八度來表現、強調，但是亦可因作者在文意上強調要求或字的音律不同，將高八度音往務頭字前或往後挪動，達到重點突出的效果。（頁 59-66）

先看《新譜》所定第六、七句〔註 3〕的平仄：「十仄平平・平平平去◎（或十仄平平◎）」，這兩句因爲字數少，第六句又可不押韻，實際演唱時是緊接在一起的，若用第一種平仄，將連續出現五個平聲字，如此安排雖不合平仄相間的韻文常理〔註 4〕，但這種拗句在音樂上反而較有特色，以「撲蝶聽鶯・尋芳拾翠◎」爲例（出處待考，見《九宮》，頁 13-20），該句連用六個平聲字：

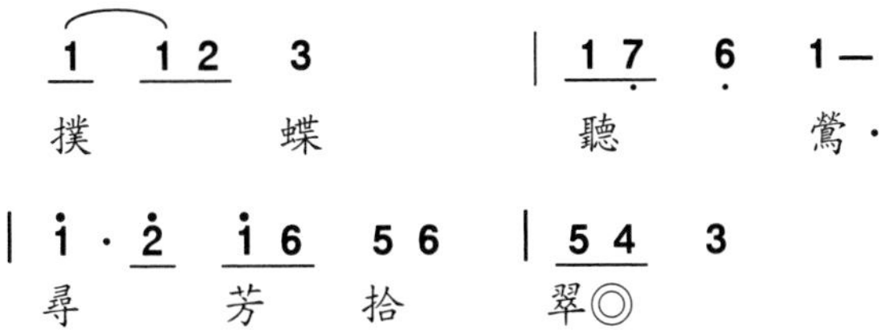

1 12 3 | 17 6 1—
撲　蝶　聽　鶯・

| i・2 i6 56 | 54 3
尋　芳　拾　翠◎

後句句首比前句句末高八度，此處也正是「務頭」，可說是因爲連用平聲字，使得音樂在此不得不大跳，否則唱不出平聲字的字調，音樂也嫌板滯，故一改前句的低腔，先高唱再下行，音樂特色也在此顯現；雖說後句可作兩種平仄，但在目前所見樂譜中仍以「平平平去◎」爲多，或許就因爲拗句的特殊音樂頗受歡迎。

《帶過曲研究》提及：「【快活三】全曲上板之樂曲有十一首，爲『快→散板→慢』之音樂形式者十八首，前一類普遍爲【快活三】單用曲，後一類多數與慢曲【朝天子】連用。」（頁 133）是以【快活三】有兩種結構方式，若觀察聯套，當可就此一現象作一解釋，以現存全套樂譜之劇本爲例，【快活三】若第三句是散板，全曲板式參考《納書楹西廂記全譜》，可有以下作法：

1.【快活三】（快→散→慢）、【朝天子】：《西廂記 1-2・借廂》、《西廂記

〔註 3〕《新譜》所舉之例與《中原音韻》同：「客去齋除・人來茶罷◎」

〔註 4〕王力《漢語詩律學》從律詩的觀點出發，舉出在律詩中不用，曲卻常用的十種非律句（頁 780）；這是以律詩爲本位的思考，若單純從自然韻律平仄協調的觀點來看，只要不像四平聲、四仄聲這種連用同一聲調的句子，像第五種：㊀仄平平仄平平、第六種：㊀仄平平仄平仄（加◯表平仄不拘）在曲中仍可入樂；曲也就是因爲多了這些平仄與慣熟的律句不同的句子，又有入聲派入平上去三聲的現象，在音樂上才有變化，因此本文也不以律詩的律句來與曲的律句相比。

2-2・請宴》、《西廂記 5-2・緘愁》、《東窗事犯二・掃秦》〔註 5〕、《後庭花》第四折、《追韓信三・點將》、《馬陵道四・擒龐》

2.【快活三】(快→散→慢)、【朝天子】、【四邊靜】：《西廂記 3-2・鬧簡》、《合汗衫》第三折、《蘇武還鄉三・告雁》、《西廂記 4-2・哭宴》(【正宮】)

3.【快活三】(一板一眼)、【朝天子】：《箭射雙鵰》、《漁樵記二・逼休》(【正宮】套)

4.【快活三】(一板一眼)、【鮑老兒】：《單刀會三・刀會》、《紅梨花三・賣花》、《張天師》第三折(【正宮】套)

5.【快活三】(一板一眼)、【鮑老兒】、【古鮑老】：《梧桐雨》第二折、《御溝紅葉》(【正宮】套)

6.【快活三】(快→散→慢)、【六么遍】、【六么序】、【六么令】、【鮑老兒】：《箭射雙鵰》

7.【快活三】(快→散→慢)、【紅芍藥】、【鮑老兒】：《薛仁貴》第三折

原則上【快活三】帶過【朝天子】，或再帶【四邊靜】時，【快活三】才會用「快→散→慢」的節奏變化，但也有兩例可能因人物豪放、劇情緊張，仍是一板一眼到底。若後接【鮑老兒】，或再接【古鮑老】，則【快活三】全曲皆一板一眼；但若【快活三】與【鮑老兒】之間尚隔其他曲牌，則【快活三】仍可用「快→散→慢」的節奏變化。爲何【快活三】短短四句卻有兩種點板方式？這應視後面連接的曲牌決定，【朝天子】屬慢唱曲，則【快活三】當放慢來銜接，【鮑老兒】應是快唱曲〔註 6〕，故【快活三】的節奏不變。如

〔註 5〕《東窗事犯二・掃秦》的【快活三】第三句仍是一板一眼，第四句（這的是屈煞了岳家父子天垂淚◎）開頭是散板，直到「父子」才上板轉一板三眼；第四句開頭的部份應是帶白，只是唱起來與第四句銜接，《納書楹》、《集成》則只有「天垂淚」三字是一板三眼。
在《元刊本》中是作【快活三】、【鮑老兒】，但《九宮》、《納書楹》、《集成》三譜皆另有一支【朝天子】取代【鮑老兒】，此處討論音樂，故以曲譜所用【朝天子】爲準。

〔註 6〕【鮑老兒】尚未見前人論述，但從該曲位於套曲後半、字多腔少的情形來看，當是快唱曲；另有《水滸傳》八十二回四美人歌舞的旁證，其中舞曲有：【醉回回】、【活觀音】、【柳青娘】、【鮑老兒】。【鮑老兒】爲其一，雖未見考訂此舞曲與北曲曲牌【鮑老兒】是否爲同一曲，但節奏風格應相近。還有，《梧桐雨》第二折唐明皇唱楊貴妃演霓裳樂舞的段落有【快活三】、【鮑老兒】、【古鮑老】、【紅芍藥】，或可爲旁證。

此可明顯看出【快活三】在套曲結構的過度性格。

二、【鮑老兒】、【古鮑老】

先看《新譜》所定〔鮑老兒〕格式，該曲可用於散套、劇套，亦入【正宮】，舉《梧桐雨》第二折爲例（頁 153-154）：

雙撮得泥金衫袖挽◎	七◎　十仄平平十仄平◎ 　或　十平十仄平平去◎
把月殿裏霓裳按◎	五◎　十仄平平去◎
鄭觀音琵琶準備彈◎	七◎　十仄平平十仄平◎ 　或　十平十仄平平去◎
早搭上鮫綃襻◎	五◎　十仄平平去◎ 前四句可做隔句對。
賢王玉笛。	四。　十平十仄◎
花奴羯鼓。	四。　十平十仄◎
韻美聲繁◎	四◎　十仄平平◎
壽寧錦箏。	四。　十平十仄◎
梅妃玉簫。	四。　十平十仄◎
嘹喨循環◎〔註 7〕	四◎　十仄平平◎ 有減去末三句者，如關漢卿《單刀會》。

此曲有【鮑老催】、【催鮑老】別名，《新譜》考證結果如下：

> 岳伯川《鐵拐李》減去末三句，王伯成《天寶遺事》「將令行疾」套減去第二、四句〔註 8〕，均題【鮑老催】，《單刀會》減句仍題【鮑老兒】；《百花亭》不減句，題【鮑老催】；《摘艷》本「癲狂柳絮」套，不減句題【催鮑老】。二者想是此章別名，惟舊譜均未及之耳。

〔註 7〕筆者按，【鮑老兒】首四句可作扇面對，第五、六句宜對，第七句歸結；第八、九句宜對，第十句歸結。

〔註 8〕筆者按，《天寶遺事．力士泣楊妃》【鮑老兒】：
誰想恁悄悄冥冥，預先做下張鴛鴦被◎
誰教你喜喜懽懽，正美裏自拆散鸞凰隊◎
特然遣趕。漁陽鎮守。防護夷狄◎
忽然變亂。把潼關攻。擊篡皇基◎
唯第一、三句不押韻，似不必列爲減句格。

南曲亦有【鮑老催】，則與此無關。（頁 153）

故此曲別名【鮑老催】、【催鮑老】，當與是否減句無關，翻檢元雜劇劇本，此曲有減末三句者〔註 9〕，且見於《元刊本》：《單刀會三・刀會》、《東窗事犯二・掃秦》、《度李岳》第四折；《息機子》〔註 10〕本《度柳翠》；其中《度李岳》更減首二句，《元曲選》補上，但仍無末三句。

先看末六句的點板情形，以不減句的《梧桐雨》第二折為例：

賢王｜玉 笛。｜花 奴羯｜鼓一。｜韻美 聲｜繁◎

壽寧｜錦 箏。｜梅妃 玉｜簫一。｜嘹喨 循｜環◎〔註 11〕

又如《箭射雙鵰》：

則見｜鞭 梢｜展 處。｜三軍 隊｜伍 一。｜前後 皆｜齊◎

則見｜一雙皂｜雕 一。｜空 中｜颭 翼。｜上下 翻｜飛◎

而少末三句的《紅梨花三・賣花》則是：

伴 的是｜和風 習｜習一。｜輕 雲｜冉 冉。｜落絮 紛｜紛◎

不論是否減末三句，後六句總是四字一逗，三句一韻段，除了韻字定在板上之外，其他兩句可以是

｜一 二｜三 四　或

｜一二 三｜四

例外的是《薛仁貴》第三折的第八句，因為襯字太多：「那廝也少不得」，故多一板；而此處連用四字六句，分為二段，雖然各句節奏不完全相同，但既是三句為一段，則用二段或一段的差別，只在是否反覆，因此所謂的減句格影響不大。

更特別的是《元刊本》的《度李岳》第四折更減首二句，《元曲選》將之補上，此是孤例，可能因為漏抄，但卻可見最短的【鮑老兒】：

呀！你一個有德行吾師卻才到來◎我這裡展腳舒腰拜◎

慌慌忙忙。窮窮苦苦。不由我喜笑盈盈◎

今天雖無法考定這就竟是本格或減句格，但卻可藉此說明【鮑老兒】的音樂結構其實是重複的兩段，亦即一二句、三四句是相同的兩段，五到十句如上

〔註 9〕《九宮》【鮑老兒】的「又一體」《太平圖》之例也是少末三句。

〔註 10〕《度柳翠》尚有《元曲選》本、《柳枝集》本，【鮑老兒】亦無後三句。

〔註 11〕此例句首減板，故一樂句只用五板。

例，也可分成兩段，可視劇情選擇要用幾段，二至四段都有，但以四段最常見，《新譜》依此定格律。

【鮑老兒】可說沒有收煞，若以四字六句這類兩段的樂句來看，【鮑老兒】的末六句實與【上小樓】的第三至第八句相像，也是兩段，點板類似，但【上小樓】有第九句作結束句，【鮑老兒】卻沒有這樣的句子，故常再接【古鮑老】或其他曲牌；即使【鮑老兒】是快板曲，也多用在套末，但尚不致就此接【尾】。

再看《新譜》所歸納【古鮑老】格律，用於散套、劇套，亦入【正宮】，舉無名氏散套爲例（頁 154-155）：

一會家綠莎上漫滾◎	四◎　十平仄去◎
恰便似一顆絳珠碾翠茵◎	七◎　十十仄平十仄去◎
一會家碧苔上但緊◎	四◎　十平仄去◎
恰便似一縷火光瑩燒痕◎	七◎　十十仄平十仄去◎
花團簇・	三・　平十仄・
錦作團・	三・　仄仄平・
香成陣◎〔註 12〕	三◎　平平去◎
趁高低，月半輪◎	六乙◎　仄平平，十仄平◎
開彩勝，肌膚微潤◎	七乙◎　十仄十，平平平去◎
撲皓齒幽蘭噴◎	五◎　十仄平平去◎

另有【么篇】換頭，僅見於無名氏散套。舉前三句爲例：「精神褪◎腮霞暈◎兩葉翠眉顰◎」是將【古鮑老】的首二句攤破爲「三◎三◎五◎」〔註 13〕，第三、四句同樣攤破，以下不變。

【古鮑老】的結構與【鮑老兒】類似，主要變化在收尾部份，【古鮑老】有三句作爲結束樂段。可說【古鮑老】將【鮑老兒】最末的四字三句易爲「六乙◎七乙◎五◎」三句以便收尾。即使兩曲首二句的句法不同，但就音樂而言當可作上下句的形式，尤其【古鮑老】的首四句似乎已不是扇面對而向一對二，三對四發展，雖然字數不同，但板位大致相同，類似流水對。這在【鮑老兒】就隱約可見，在【古鮑老】則更明顯，如《梧桐雨》第二折首四句：

〔註 12〕【古鮑老】首四句宜作扇面對。第六、七句宜對。

〔註 13〕【古鮑老】【么篇】換頭首二句宜對；第四、五句宜對。

屹 剌剌 | 撒開 紫 | 檀◎
黃旛綽 向前 | 手 拈 | 板◎
低 低的 | 叫 聲 | 玉 環 | 環◎
太 眞妃 | 笑 時 | 花 近 | 眼◎

或是《箭射雙鵰》的第三、四句：

左 手取 | 寶雕 弓打 | 兩 石 | 石◎
右 手取 | 鳳翎 箭 | 撚轉 端的 | 直◎

而【古鮑老】的五至七句雖是三字句，但點板與【古鮑老】末段的四字三句相同，因只有三字，末句不管是否押韻，皆在板上，多用

| 一 二 | 三

例如《梧桐雨》第二折：

| 紅 牙 | 柱· | 趁 五 | 香· 擊著 | 梧 桐 | 按◎

基本上不論一句是三字與四字，都佔兩板。

可惜【鮑老兒】及【古鮑老】的譜例不夠多，尤其【古鮑老】的換頭部份應是自成一段，只見一譜例。但從以上的分析大致可看出【鮑老兒】與【古鮑老】首段已有往上下句發展的趨勢，至【道和】則因是可增句格，除了首末幾句，皆用上下句；【中呂】套的快板曲大致從【快活三】開始，該曲也以齊言句爲主，或許齊言句或上下句，因節奏規整，適用於快板。

第二節　【柳青娘】、【道和】

本節重點爲《中原音韻》所言「字句不拘，可以增損」的曲牌之一 ——【道和】（頁 1-230），並兼及在聯套時一起出現的【柳青娘】；故本節先分析【道和】，次談【柳青娘】。此組曲牌通常用在套末，後接【尾】之類的曲牌結束全套，與【耍孩兒】及【煞】的聯套位置相同，但兩者不會同時出現〔註 14〕，就目前所存元雜劇來看，用【耍孩兒】收尾的較多。【道和】雖在套式中不常出現，現存曲譜也較少，但因增句的特殊性，故仍立一節討論，期能找出增句的原則及音樂特色。

〔註 14〕一套曲之內同時用【柳青娘】、【道和】及【耍孩兒】、【煞】的，目前只見《御溝紅葉》。

一、【道和】

先看《北曲新譜》所定【道和】的格律：可用於散套、劇套，須增句（以「*」表示），亦入【正宮】，以《小尉遲》爲例（頁 159-162）：

那潑奴才◎	二◎　平𠄟◎
潑奴才◎	二◎　平𠄟◎
就殺人場裡鬧垓垓◎	七◎　平平十仄仄平平◎
鬥鞭來◎	三◎　仄平平◎　第四句以下增句 所有各式增句均須每句協韻。
「教咱教咱生嗔怪◎	七◎*
教咱教咱怎擔待◎	七◎*
把鋼鞭忙向手中抬◎	七◎*
磕叉打得他連盔夾腦半斜歪◎	七◎*
直遮肥◎	三◎*
骨碌碌，眼睜開◎」	六乙◎*
看承看承似嬰孩◎	七◎　十平仄仄平平厶◎
抹著抹著遭殘害◎	七◎　十平仄仄平平厶◎
略把略把虎軀側◎	七◎　十平仄仄平平厶◎
攢住攢住獅蠻帶◎	七◎　十平仄仄平平厶◎ 第八句下增四字句，以二至八句爲度。
「哪怕他鐵打形骸◎	四◎*
銅鑄胚胎◎」	四◎*
早活挾過活挾過這逆逆逆逆賊來◎	七◎　十平十仄厶平平◎
（元曲選）	末句宜用疊字，疊法見後諸例，增句既多，不用疊字收不住也。

《新譜》已定出在第四句及第八句下增句的原則（頁 159-160），其中第四句下的增句式樣較多，即使詳列各家增法：可增七字、六乙、三字若干句的各式字數、句數組合，仍頗難掌握並「神明變化」；筆者從樂譜〔註 15〕中可見一些增句慣例，以下先逐例說明第四句下的情形，並提出筆者分析樂譜之心得：

〔註 15〕【道和】的異文較多，若談及曲譜，則曲文依《九宮》。

1. 【粉蝶兒】「意懶心慵」套〈題情〉

《新譜》將此曲的增句定爲第四句下增七字六句、六乙兩句，並以此爲例說明增句格式：「第四句下增七字句若干，以二至六句爲度，其中可攙用三字、五字、或六乙；再增六乙兩句。例如『意懶心慵』套。」（頁158-159）

若從樂譜來看，增句的第一句到第四句點板都是：

｜一 二｜三 四｜五 六｜七◎

上句末的旋律如 ｜6 5 4｜3 —

下句末的旋律如 ｜1 1 3｜1 —

雖然下句的結音較低，但並沒有結束的感覺，疊用1音，反而便於帶出以下的樂句。

增句的第五句到第八句，應都是六乙的句子，點板相同：

｜一 二｜三｜四 五｜六◎

與七字句點板的差別只在第二板究竟唱一字或兩字。因此《新譜》據《雍熙樂府》所定的「翠梧堂聽琴人鬧冗◎」、「玉清庵錯把鴛衾送◎」這兩句應非七字句，而是六乙的句子，點板與上述六乙句是相同的，如：

｜玉 清｜庵 錯把｜鴛 衾｜送◎

「錯把」二字不佔板，可說與襯字的唱法相同，快速帶過；「翠梧堂聽琴人鬧冗◎」這句在譜上則只有六字，但點板略有變化，將第一字挪前半拍：

翠｜翠 衾｜空—｜人 鬧｜冗◎

因此從音樂上來說，這四句皆是六乙句，那麼第四句下這八句增句就很清楚：就文字而言是增作七字四句、六乙四句；就音樂而言更簡明——以上下句的形式增作八句，每句四板。

2. 《箭射雙鵰》零折

《新譜》：「第四句下增五字句若干，以二、三句爲度；再增六乙句。例如《廣正》本《流紅葉》〔註16〕。」（頁160）《新譜》據《廣正》所定的增句第一、二句是：「尋思的話投機◎要尋的英雄輩◎」但《九宮》是譜成：

尋｜思起｜話投｜機◎

〔註16〕《廣正》本的《流紅葉》「則他聽的◎可早歡喜◎」實是誤題，該曲應是《箭射雙鵰》；《新譜》引《廣正》未更正。

正｜尋覓｜英雄｜輩◎

仍是六乙句的點板方式，與上例不同的是第一字不在板上，因此一句只有三板。至於第三句則將六字譜成一長腔：

共｜共扶｜持－

｜邊－｜威－｜勢－｜勢－｜勢－｜勢－｜勢◎

在以一字一音爲主的【道和】中是較特殊的，也打破通常增句一洩而下的氣勢。故本例可視爲增一組六乙上下句，第三句拖長腔〔註17〕。

3. 《御溝紅葉》零折

增句的第三、四句譜爲：

｜同觀｜池上｜景清｜幽　◎

｜細凝｜眸－｜自索｜受　◎

因爲此二句板式對稱，即使前句有七字，仍可視同六乙句的處理方式。故可視爲增七字二句，六乙二句，三字一句，末尾的三字句就像是個附帶的小結。

4. 《魔合羅》第四折

比較特別的是增句開始處多了一引句「天教張鼎」，「鼎」字佔三板，以下增六乙四句，板式略微伸縮，雖從三板到五板皆有，但仍以四板爲主，增句第四句因延長尾音，故多一板。

5. 《小尉遲》第二折

《新譜》認爲是：「第四句下增七字若干，三字一句，六乙一句。僅見《小尉遲》。」（頁160）但從樂譜上看，實可將所增第五句後的「骨碌碌」視爲襯字，因三字共佔「腮」字後的一眼，且

｜直遮｜腮◎ 骨碌碌｜眼睜｜開◎

板式是相同的。故此例應是增七字四句，三字二句。

因此第四句下增句的原則可概括如下：以增偶數句爲主，可以是三字、四字、六字、七字，而且多是以上下句的形式增句，句法相同，節奏明快，除句尾外多一字一板；上句多落 **3** 或 **1** 音，下句多落 **1** 或 **6̣** 音；視情形可在所增句的上下句前加一引句，如《魔合羅》第四折，或帶一句小結如《御溝

〔註17〕《箭射雙鵰》【道和】異文甚多，《九宮》所譜與《廣正》歧異較大，第四句下的增句只有三句；第五句至第八句處也只有三句。

紅葉》。

而在增句之間的第五到八句其實可視爲再增七字四句，這四句各本皆同，因此《新譜》並未將之視爲增句。若就音樂來看，與第四句下的增句差別不大，只是又來四句，上、下句也多落 **3** 音、 **1** 音，此處雖落 **1** 音，但 │ 6 5 6 │ 1 ◎ 並沒有結束的感覺，反而覺得層層推進，引出四字垛句，也就是第八句後的增句。

第八句後的增句則很清楚，就如《新譜》所言：「以二至四句爲度。」此處的節奏規整，除了《魔合羅》第四折不增句，其他都增四字句，常是「 │一 二│三 四◎ 」的節奏，或緊一倍的「│一二 三四◎ 」，如《小尉遲》第二折，最後一句可延長拍子，加底板。此處增句近似「垛句」，短促的音節具有層層推進的作用，引出末句收尾。

至此，筆者認爲【道和】的音樂結構可分三部份：第一至四句爲引句，中段以上下句爲主的段落是可增減的，第九句爲結束句。

引句：前四句雖每句押韻，實可視爲一個長引句，前兩句二字句表現情緒，第三句與第四句可視爲一個四、三、三的十字句，如「殺人場裡，鬧垓垓◎鬥鞭來◎」。

中段：可增句部份，其實是自由運用上下句，大抵可分三部份，包括雜言句、七字句、四字句，至四字垛句，在層層堆疊之下，將曲子推向結尾。

結束句：第九句是一個長的收尾，較一般七字句長，腔較多，方好收煞。這正好解釋《新譜》所言：「末句宜用疊字，疊法見後諸例，增句既多，不用疊字收不住也。」（頁 159）這些疊字可以擴充句子，字多才好配樂，此曲節奏快，到末句也不宜字少腔多，而有收不住的感覺，因此譜成「字多腔多」來收尾。最明顯的例子是【粉蝶兒】「意懶心慵」套，該句將「金釵轃對上青銅◎」擴充爲「何時得玉環合，金釵轃，金釵轃對上青銅◎」也譜了一個十板的長腔。

此曲應是快板曲，就套曲的基本節奏變化「散板→慢板→快板→散板」而言，在【尾】之前的【道和】當是快板；再從曲譜來看，簡明的唱腔也不致唱成一板三眼，故此曲通例應是一板一眼。附帶一提，《西游記 5-3‧借扇》在《九宮》、《納書楹》、《集成》譜都是有板無眼的快唱曲，固然是因爲鐵扇公主與孫悟空僵持不下，當時情緒高張，但也發揮【道和】快節奏的特色。

二、【柳青娘】

再看介於套內諸曲與【道和】間的【柳青娘】，既然【道和】的曲牌格律已融入上下句的作法，與其他按譜填詞的曲牌有異，那麼是否可假設【柳青娘】是其間的過渡？先看《新譜》所定【柳青娘】格律，散套、劇套，亦入【正宮】，以《箭射雙鵰》爲例（頁 157-158）：

我則見他下的戰騎◎	四◎　十平去乇◎
怎敢道，說兵機◎	六乙◎　十十仄，仄平平◎ 第二、四句可變七字。
撲的來跪膝◎	四◎　十平厶乇◎
遙望見，七重圍◎	六乙◎　十十仄，仄平平◎
則俺沙陀壯士歸伏你◎	七◎　平平仄仄十十乇◎
再誰想，高官重職◎	七乙◎　十十十，十平厶乇◎
再誰敢，耀武揚威◎	七乙◎　仄平十，十仄平平◎
情願在馬頭前。	三。　仄平平。 第八句亦可疊，與第九句均可疊可否。
親執鑾·	三·　十十厶·
親執鑾一戎衣◎	三◎　仄平平◎

首四句是扇面對，但四字句反比六字句節拍長，如《魔合羅》三四句：

卻 不你 ｜千一｜悔 一｜萬 悔｜悔◎

潑｜水 地｜怎 收｜拾◎

四字句雖然字少，反多一板。

還有一例這兩句在音樂上幾成對句，《御溝紅葉》：

覷 了這｜詩 中｜意 投｜投◎

必｜定 是個｜俊 儒｜流◎

與其將首段看作四句，不如就當兩句長對句，落音都在 **1**。第五句七字，落音在 **1**，啓第六、七兩句七乙對句，落音也在 **1**；但第六、七兩句是否只要用對句即可，未必是七乙句？《魔合羅》及《御溝紅葉》的例子剔除襯字是如此：

｜一 二｜三 四｜四◎　較七乙句

一｜二 三｜四 五｜六 七｜七◎ 只少了前面一節，這並非板數不變的例子，而是板位隨著字縮減。

第八到十句的情形與【道和】的末句同，皆是尾句，可用疊字以便收煞，實可視爲一長句，【柳青娘】在此處用了八或九板，也是一長腔，至於疊字放在第九或十句，或是像《魔合羅》不疊字，但拖腔：

｜要 一｜要 一｜要 承｜抵◎ 音樂效果是相同的。

至此應可看出【柳青娘】的結構與【道和】相似，多用上下句式，尾句的作法也相同，因不增句，不像【道和】中段連成一片，但已在曲牌格律的基礎上派生變化；與套曲前半部所用慢板曲牌相對穩定的長短句組合，在音樂結構上已有變化；這個變化應可從【鮑老兒】說起，【鮑老兒】首段多用上下句，尤其末六句，還可只用三句，其實與垛板類似，不限垛幾句；從【鮑老兒】、【古鮑老】、【剔銀燈】、【蔓菁菜】〔註18〕、【柳青娘】、【道和】這些快板曲牌來看，似乎有走向齊言句的趨勢；與板腔體曲文不同的是這些曲牌仍在曲牌長短句的框架下，除了【鮑老兒】、【道和】變化較多，每個曲牌的格律還是相當固定；而不像板腔體曲文是由板式變化所統攝，依照劇情、感情進展，自由譜寫上下句；曲牌體的這一改變，當可視爲板腔體的先驅，下文談及【耍孩兒】時將舉「道情」的例子，更可看出從增作【耍孩兒】的對句到板腔體的演變。

附帶一提，【柳青娘】之名首見於唐．崔令欽《教坊記》，據唐．馮翊《桂苑叢談》，柳青娘爲唐時善樂婦人；明．胡震亨《唐音癸籤》卷十三云：「蓋爲歌伎之名，後遂沿爲曲名」〔註19〕。在敦煌曲〈云謠集〉中已有詞作【柳青娘】〔註20〕，上下片共十句，似七言詩，格律與北曲不同；至諸宮調中所

〔註18〕本文未分析【剔銀燈】、【蔓菁菜】，【蔓菁菜】爲快板曲，此是吳梅《南北詞簡譜》所言（頁99）。

〔註19〕明．胡震亨《唐音癸籤》（台北：木鐸出版社，1982），頁138。

〔註20〕敦煌曲中的【柳青娘】，任二北定格律爲：「此調兩片，六十二字。前片『七、七、七三、七』，共五句，四平韻；後片較少一韻。」錄一首如下：青絲髻綰臉邊芳◎淡紅衫子掩酥胸◎出門斜撚同心弄。意徬徨◎故使横波認玉郎◎叵耐不知何處去。教人幾度掛羅裳◎待得歸來須共語。情轉傷◎斷卻妝樓伴小娘◎（見任二北《敦煌曲校錄》（台北：盤庚出版社，1978），頁19。林玫儀〈敦煌《云謠集》斠證〉，頁112-113，收入林玫儀《詞學考詮》，台北：聯經出版事業公司，1987。）

用〔註21〕則格律與北曲同，其間的傳承關係則尚待進一步探討。《水滸傳》第八十二回的四美人歌舞中，舞曲有：【醉回回】、【活觀音】、【柳青娘】、【鮑老兒】，【柳青娘】即爲其中一支舞〔註 22〕。雖無法確切證實元曲所歌即盛唐之音，但既然此曲有舞，當是大曲入破所唱，應可推及該曲速度較快，並爲元曲【柳青娘】乃快板曲之旁證。

第三節　【般涉・耍孩兒】及【煞】

【耍孩兒】一名【魔合羅】，原隸【般涉調】，因【般涉】曲牌甚少——《中原音韻》只列八章，散套與劇套的聯套情形不同：散套除了一般的【般涉】套，如王伯成【哨遍】「過隙駒」〈贈長春宮雪庵學士〉套（《全元散曲》頁 328），尚有【耍孩兒】及【煞】獨立聯成一套，如具史料價値的杜仁傑【耍孩兒】「風調雨順」〈莊家不識构闌〉套（《全元散曲》頁 31），劇套則已不見【般涉調】單獨成套，恐怕是曲牌太少，不易擇用及發揮，因此借入【正宮】或【中呂】套內，做爲收尾的段落，通常是借【耍孩兒】及【煞】〔註 23〕，但也有幾套還將【般涉】的的其他曲牌【哨遍】、【牆頭花】也借入，如《西蜀夢》第三折、《調風月》第二折、《薛仁貴》第三折借【哨遍】〔註24〕，《范張雞黍》第四折則借【牆頭花】，爲僅見之例。【般涉】套這樣完整借入他宮的情形實可視爲「套中之套」。

「套中之套」的立意可說不只在宮調方面，【中呂】套末的【耍孩兒】及

〔註21〕《劉知遠諸宮調・知遠走慕家莊沙佗村入舍第一》用兩支【柳青娘】（該套爲【中呂調・安公子纏令】、【柳青娘】、【酥棗兒】、【柳青娘】、【尾】），見《諸宮調兩種》頁 12-13。葉慶炳《諸宮調定律》，頁 39。

〔註22〕【柳青娘】的考證參考任半塘《教坊記箋訂》（北京：中華書局，1962），頁 75-76。

〔註23〕【煞】的數目可正數【一煞】、【二煞】……，如《替殺妻》第三折；或倒數【五煞】、【四煞】……，如《范張雞黍》第四折；數字的只是表順序，正數或倒數並沒有差別，最好的例子是《任風子》第三折，該劇的兩個版本標法不同：《元刊》本是倒數，《元曲選》本是正數，雖少一曲，但曲文內容不變。下文若同時論及【耍孩兒】及【煞】，爲清眉目，將標注【煞】在【般涉】套中的曲數及總曲數（【尾】不計），如「3/5」表示【般涉】套內有五曲，該煞爲第三曲。《元刊本》《霍光鬼諫》第二折的【耍孩兒帶四煞】雖如此標，但按格律其實只有一支【耍孩兒】。

〔註24〕以上用【哨遍】的例子皆出自元刊本，但《元曲選》的《薛仁貴》則無【哨遍】。

【煞】就劇情表現而言，也具有獨立段落的性質，常可見以回顧前事的方式收尾，也類似劇情大意，舉例如下：

1.《謝天香》四：柳永問謝天香：「我去之後，你怎生到得相公府中，試說一遍與我聽者。」可想而知從【哨遍】到【二煞】的三曲，謝天香會將進府的關鍵原由、景況，簡明扼要向柳永告白。

2.《西廂記 1-2・借廂》：張珙在殿上見到紅娘來問法事，想起鶯鶯，又聽說崔夫人治家嚴肅，自白：「這相思索是害也！」於是從【哨遍】到【二煞】六曲，總不脫想鶯鶯，怨夫人，耽相思。

3.《任風子》三：任屠在菜園子中與妻子相遇，不肯回家，還敘說自己修道之美善，休妻之後，還要她「你休煩惱，聽我說與你！」從【耍孩兒】到【二煞】六支曲子（元刻本），拋妻棄子，求道之心堅定。

《新譜》定【耍孩兒】。用於散套、雜劇。又名【魔合羅】，亦入【正宮】、【中呂】〔註 25〕。散套可做首曲，雜劇聯入套中。有【么篇】。舉王伯成【哨遍】「過隙駒」〈贈長春宮雪庵學士〉套之曲爲例，格律如下（頁 206-207）：

牽衣妻子情傷感◎	七◎　十平十仄平平仄◎
一任紅愁綠慘◎	六◎　十仄平平ㄙ𡗗◎
頓然摘脫便奔騰・	七・　十平十仄仄平平・
	第三句有作七乙者，須與第四句對。
不居土洞石龕◎	六◎　十平十仄平平◎
四時風月雙鄰友・	七・　十平十仄平平仄・
萬里乾坤一草菴◎	七◎　十仄十平十仄𡍮◎
堋鬆鬢・	三・　平平ㄙ・　散套有不協韻者，劇套無不協韻。
不分簪角・	四・　十平十仄・
焉用冠簪◎	四◎　十仄平平◎

〔註 25〕《新譜》原注亦入【雙調】，但說明：「亦入【雙調】之說，見《廣正》注文，實例僅見無名氏【新水令】〈袖簾風細〉套。」（頁 207）又，《九宮》卷七十三【黃鐘調】隻曲中收入【耍孩兒】及【煞】五例，《九宮》恐怕是誤題，因未立【般涉調】，才將這些與【黃鍾】無關的曲牌置入。如曾瑞【哨遍】〈人性善〉套，該套爲【哨遍】兩支、【耍孩兒】兩支、【煞】四支、【煞尾】，《九宮》收錄後七曲（頁 73-61 至 75）。《全元散曲》題爲【般涉調】（頁 521-522）。

而【煞】是將【耍孩兒】的前四句的扇面對換爲三句（頁 207-208）：

從釋縛．	三． 平十仄．
自脫監◎	三． 仄十平◎
紙鳶無線舟無攬◎	七◎ 十平十仄平平卜◎

由於【耍孩兒】與【煞】的後段十分相近，故吳梅《簡譜》認爲【煞】是【耍孩兒】的換頭，但鄭騫《新譜》則認爲【耍孩兒】自有【么篇】，似不必有此換頭〔註 26〕。接下來尚談及【煞】多不單用，【耍孩兒】則可單用。前人說法如此，以下進一步分析音樂，觀察此二曲是否就只有前幾句不同，落音如何？

先看結音，在目前可見的曲譜中，不管是【耍孩兒】還是【煞】，韻腳皆以落 **3** 音居多，可以是 **3 2 1 2 3** 的各種組合，如：

| **3 2 1 2** | **3** 、 **3 2 1 2** | **3**

5 6 5 4 3 的各種組合，如：

5 · 6 5 4 | **3** 、 **5 6 5 4** | **3** 、

1 6̣ 1 2 3 的各種組合，如：

1 6̣ 1 2 | **3** 、 **1 6̣ 1 2** | **3**

除了正煞 **3** 音之外，也可見側煞 **1** 或 **5** 或五度音 **6̣**，由落音來看，曲牌的段落相當穩定。

【耍孩兒】共有九句，可分爲三段：

第一段（一至四句）：七◎六◎七．六◎，扇面對，三韻。

第二段（五至六句）：七．七◎，一組對偶句，一韻。

〔註 26〕《簡譜》：「此調（【般涉．煞】）首二句爲三字對偶，而以『順時』句（第三句）承之。以下句法全與【耍孩兒】下半同，故世人以【煞】爲【耍孩兒】之換頭也。」
《新譜》：「【耍孩兒】自有【么篇】，與始調相同，似不必再有此換頭；惟無名氏「錢塘自古」套首曲爲【耍孩兒】，其下【煞】曲九支即題爲【么】，又《西游記》第二折【耍孩兒】後用【煞】一支，亦題爲【么】，又可證實吳說。但只見此二例，別無可考，吳氏所謂「世人」亦只是假託之詞；姑識於此，存疑從眾可耳。」（頁 208）
若依由簡而繁的藝術規律，可假設北曲【耍孩兒】及【煞】的時代在前，或是承襲前代的藝術形式，以下就在此基礎上論述【耍孩兒】的變化。

第三段（七至九句）：三・四・四◎，可視爲十一字的長句，一韻。

【煞】雖只有八句，也是三段：

第一段（一至三句）：三・三◎七◎，三字對偶句一組，七字一句，二韻。

第二段（四至五句）：七・七◎，一組對偶句，一韻。

第三段（六至八句）：三・四・四◎，可視爲十一字的長句，一韻。

【煞】的前三句頗像詞的過片，下片起始常用短句或一字領，【煞】與【耍孩兒】最大的區別也在此。【耍孩兒】是從沈穩的對句開始，【煞】的起始是較靈活的二個短句，以下才是長句。音樂結構同爲三段體，只有第一段不同，不論【煞】是否爲【耍孩兒】的【么篇】換頭，兩者的同質性相當高。而第三段的第一句雖只有三字，但通常末字又用底板，使這三字句有三板，在此略一延頓，暗示將要收尾，以下的兩個四字句通常共佔四板，如《西廂記 1-2・借廂》【四煞】：

非是咱｜自 誇　｜獎一｜獎・
他有 德言｜工 貌・小生有｜恭儉 儉｜溫一｜良◎

【耍孩兒】及【煞】在《廣正》只點底板，作散板唱，但從《九宮》、《納書楹》、《集成》各譜的點板來看，雖在套末，但並不全是快節奏，也非散板。這套中之套有四種節拍變化〔註 27〕：

1. 一板三眼到底：《邯鄲夢・三醉》（一支）、《長生殿・哭像》（四支）。
2. 一板三眼轉一板一眼：《西廂記 1-2・借廂》【四煞】（3/5）〔註 28〕轉、《西廂記 2-2・請宴》【三煞】（3/4）轉〔註 29〕、《西廂記 3-2・鬧簡》【二煞】（4/4）轉、《西廂記 4-3・哭宴》【二煞】（5/6）轉、《西廂記 5-2・緘愁》【四煞】（4/4）轉。
3. 一板一眼到底：《西廂記》二本楔子〔註 30〕（二支）、《獅吼記・三怕》

〔註 27〕以下劇目除《西廂記》外皆出自《集成曲譜》。附註的曲牌支數是將【耍孩兒】及【煞】一起計。

〔註 28〕由於【耍孩兒】之後的【煞】，或者正數，或者倒數，爲清楚標示轉換節拍之曲，在整個【耍孩兒】及【煞】之間的位置，另以數字標示：此處「3/5」表示該套【耍孩兒】及【煞】共有 5 曲，【四煞】爲第 3 曲。

〔註 29〕《西廂記 2-2・請宴》【二煞】末句轉至一板三眼，慢唱接【尾】。

〔註 30〕《西廂記》二本楔子雖題【耍孩兒】，但按句法實爲【煞】；類似的情形也出現在《牆頭馬上》第四折，【四煞】按句法實爲【耍孩兒】。

〔註31〕（六支）、《人獸關・演官》（四支）〔註32〕《罷宴》（二支）、《南柯記・花報》（一支）、《宵光劍・救青》（二支）、《罵曹》〔註33〕（二支）。

4. 一板一眼轉流水板：只見《紅梨記・醉皂》【一煞】（2/2）轉。

因此，【耍孩兒】與【煞】可因居於套末而快唱，也可將一般聯套由慢到快的規律，放入這套中之套，《西廂記》多屬此種情形；而一板三眼到底的，〈哭像〉是唐明皇悼念楊貴妃，心情沈重，並不適合快唱；轉流水板的一例應是〈醉皂〉的陸鳳萱醉糊塗了，才會將【一煞】唱那麼快。要再說明的是《西廂記》的部份，雖然整體而言該劇爲愛情故事，理應纏綿悱惻，似乎不太需要轉一板一眼，但《西廂記》每一套都有將近二十曲〔註34〕，比元雜劇一般的套來得長，作者固能揮灑才氣，但也要顧及演出效果，要眞一曲曲慢慢磨唱，不但演員吃不消，觀眾也提不起勁，因此，先慢唱再變快，使得劇中人物得以抒情，讓觀眾叫好，又見好就收，最後仍是快唱，不使全套鬆懈下來，也不怕觀眾生厭。吳梅《顧曲塵談・原曲・要聯套數》的一段話兼及演員及觀眾，正好解讀此種情形：

> 牌名之聯貫總宜布置停勻，不致太多太少，否則，少則謂之悶撒，多則謂之絮叨。（悶撒、絮叨，元人方言。）一則唱不彀，座客不及細聽，而已畢曲矣；一則唱不動，所謂鐵嗓鋼喉才能成事也。二者交譏，則套數要宜留意矣。元人散曲，往往有長至二十支者，此因歌者可以稍事休息，雖長不致費力，若劇中則至多不過十二三支而已。（頁81）

當然若覺得【煞】太多了，也不妨拿掉幾曲不唱，第二章所述【耍孩兒】增

〔註31〕《獅吼記・三怕》【耍孩兒】首句疊句，頭三個字唱一板三眼，以下皆一板一眼。在【三煞】（4/6）與【二煞】（5/6）間插入土地乾念南曲【梨花兒】，且六曲皆由不同腳色演唱。

〔註32〕《人獸關・演官》以淨唱爲主，丑也唱幾句，該劇中的【耍孩兒】及【煞】分成數段，經常唱一小段就停下來演習一大段官場儀節。

〔註33〕《罵曹》的【耍孩兒】首句是一板三眼，以下皆一板一眼。

〔註34〕鄭騫〈《西廂記》作者新考〉提出《西廂記》爲晚期作品的原因之一爲「多用長套」，最長的一套有二十曲。每用【耍孩兒】,【煞】曲也不少，因此這類套式一定不短，五本中用【耍孩兒】的套分別是：1-2〈借廂〉二十曲，二本楔子十一曲，2-2〈請宴〉十六曲，3-2〈鬧簡〉十九曲，4-3〈哭宴〉十九曲，5-2〈緘愁〉十九曲，《西廂記》中最長的五套恰都用【耍孩兒】及【煞】。（頁166-617、178-182）

減情形就可見例證，各【煞】的音樂基本相同，可說是單曲反覆，因此究竟用幾支【煞】並不影響全套的音樂結構。【耍孩兒】及【煞】這樣反覆運用，與南曲中用單曲反覆的組套方式相像，如【懶畫眉】、【桂枝香】〔註 35〕。

【耍孩兒】不但是元曲中的常用曲牌，山西耍孩兒戲曲劇種更以之命名，運用【耍孩兒】曲牌的劇種更多，此在姚藝君〈戲曲音樂曲牌【耍孩兒】的形態研究〉〔註 36〕已說明；而在說唱系統的「道情」中更可見與【道和】類似的增句變化（詳見第五章第三節「【耍孩兒】的變化」），李殿魁老師提示這類的曲牌可能與「說唱→彩唱→戲劇」的發展有關，或許雜劇是吸收了說唱【耍孩兒】的原形，並固定下來；諸宮調中已見【耍孩兒】，《劉知遠》、《董西廂》是用【般涉調・耍孩兒】一支，格律與北曲同，但用兩片〔註 37〕；《天寶遺事》則已與元雜劇的格律相近，【耍孩兒】只用一片，可連用【煞】，但仍聯入【般涉調】中，〔註 38〕，未像元雜劇借入【中呂】或【正宮】套中。

第四節　【正宮・白鶴子】

一、曲牌格律

【白鶴子】隸【正宮】，可入【中呂】，是【中呂】常用的借宮之曲；看似詩的齊言句在音樂上亦具特色，故立一節討論。先看《新譜》所定格律，該曲用於小令、散套、雜劇；有【么篇】，須連用；舉鮑天祐《史魚尸諫》爲

〔註 35〕以【懶畫眉】爲主的劇目如《連環計・梳妝》用四支【懶畫眉】、二支【朝天子】（《集成》振集卷一）；《玉簪記・琴挑》，用四支【懶畫眉】、二支【琴曲】、四支【朝元歌】（《集成》振集卷五）。以【桂枝香】爲主的如《牧羊記・小逼》用【臨江仙】、【駐馬聽】、【虞美人】（以上是不同人物上場的【引子】）、四支【桂枝香】、【沽美酒帶太平令】、【駐馬聽】（《集成》金集卷四）。

〔註 36〕姚藝君〈戲曲音樂曲牌【耍孩兒】的形態研究〉，《中國音樂學》1993：4 頁 114-131。

〔註 37〕《劉知遠諸宮調》中〈知遠走慕家莊沙佗村入舍第一〉最末用一支【般涉調・耍孩兒】（後接【尾】，見《諸宮調兩種》，頁 16）、〈君臣弟兄子母夫婦團圓第十二〉第二段也用一支【耍孩兒】（後接【尾】，頁 69）。
《董西廂》卷一用【般涉調・耍孩兒】一支，聯入【般涉】套中（【般涉調・哨遍】、【耍孩兒】、【太平賺】、【柘枝令】、【牆頭花】、【尾】，《西廂記》頁 2）。

〔註 38〕《天寶遺事》中〈遺事引〉用【耍孩兒】及四支【煞】（其中【四煞】就格律應是【耍孩兒】，見《諸宮調兩種》，頁 101）；〈祿山偷楊妃〉用【耍孩兒】及二支【煞】（其中【耍孩兒】就格律應是【煞】，頁 167-168）。

例（頁32）：

四邊風凜冽·	五· 十平平仄仄· 或 平平仄仄平·
一望雪模糊◎	五◎ 十仄仄平平◎ 或 仄仄平平仄◎
行過小溪橋·	五· 十仄仄平平·
迷卻前村路◎	五◎ 十仄平平去◎

首兩句或均用甲式或均用乙式，須一致。但乙式用者甚少。《中原音韻》云：「末句必用仄仄平平去，上聲屬第二著。」今按第一字用平者亦不少，末字上聲亦未見其例。不連用【么篇】者僅見《馬陵道》劇。此章在一套中可用至十曲，第二曲以下皆題【么篇】〔註39〕。

這並非近體詩的絕句，就押韻而言，近體詩只押平聲韻，偏偏【白鶴子】末句皆押去聲韻；近體詩第三句不押韻，但【白鶴子】則可押可不押；再說【白鶴子】若用甲式平仄，那就平仄韻通押，也不合近體詩格律。但【白鶴子】確易與絕句相混，請看明·朱有燉「詠秋景有引」：

> 予秋初有〈詠秋景〉詩一首，自吟自和，客有哂余者曰：「非詩也，此乃曲中之【白鶴子】也。」予令人以【白鶴子】腔歌之，而音調正與之協，予遂續成四首，共前五首焉。乃歎古詩亦曲也，今曲亦詩也，但不流入於穠麗淫傷之義，又何損於詩曲之道哉！（《全明散曲》，頁278）

可以看出【白鶴子】與詩的形式確實相像，雖不合近體詩格律，但腔調既可與【白鶴子】相協，則可見以詩入曲的情形，在曲中這一近詩的齊言句曲牌〔註40〕，不論句法或音樂皆與其他長短句組成的曲牌不同，聯入套中也可

〔註39〕筆者按，【白鶴子】第二曲以下也有少數不題【么篇】，極易與其他曲牌相混：

標【二】、【三】：如《西廂記》第二本楔子共有三支【白鶴子】如此標，且將二支【般涉·煞】連帶標爲【四】、【五】。

題【二煞】、【三煞】……：如《西廂記5-2·緘愁》有五支【白鶴子】如此標，但此【煞】並非【般涉】或【正宮】之【煞】，這樣題會造成誤解，如施德玉〈北曲曲牌聯套類型之再探討——以《董西廂》、《太古傳宗琵琶調西廂記》爲範疇〉（台北：復興劇藝學刊22，1998.1，頁103-122），在討論【煞】時卻將【白鶴子】作【煞】討論（頁112-116）。題爲【煞】或許是因【白鶴子】與【般涉·煞】皆可連用多支吧！

題【白鶴子】：如元明之際的雜劇《延安府》第三折有五支【白鶴子】如此標。

〔註40〕元曲【雙調·雁兒落】也是一個似詩的曲牌，五字四句，且因爲「四句宜作兩對。」（新譜，頁285）看來更像律詩的頷聯及頸聯，但同樣是押仄聲韻。

見較特別的用法。

二、劇情運用

【白鶴子】聯入套中的位置較自由，可在套曲前段【粉蝶兒】、【醉春風】、【迎仙客】後，如《冤家債主》第三折、《金錢記》第三折；可在套曲後段【上小樓】之後，如《西廂記 5-2・緘愁》；所用曲數也頗自由，從一支到六支皆可，以下舉出【白鶴子】內容及用法：

1.《梧桐雨》第四折連用四支（【正宮】套，存譜）：唐明皇閒行追憶舊時情景。
2.《御溝紅葉》連用兩支（【正宮】套，存譜）：韓翠蘋自言去年送紅葉事，卻瞥見紅葉、墨跡依然如新。
3.《西廂記》二本楔子連用三支（【正宮】套，存譜）：惠明唱自己可勇猛殺出送信。
4.《西廂記 5-2・緘愁》連用五支〔註41〕（入【中呂】套）：張珙猜鶯鶯寄物之意（瑤琴、玉簪、斑管、裹肚、襪子
5.《冤家債主》第三折用兩支（入【中呂】套）：張善友唱陰府神祇及古來能斷陰之人。
6.《漢宮秋》第四折用兩支（入【中呂】套）：漢元帝因雁聲思昭君。
7.《襄陽會》第三折用一支（入【中呂】套）：此爲徐庶吩咐眾將的一段，與【上小樓】、【十二月】、【堯民歌】內容類似。
8.《魔合羅》第四折連用六支【白鶴子】（入【中呂】套）：此處的情節是張鼎問案，簡短的曲牌，一支問一樁事，十分俐落。
9.《金錢記》第三折用兩支（入【中呂】套）：韓飛卿回憶夢境中與柳眉兒相會，埋怨被鶯啼、風聲驚醒。
10.《馬陵道》第二折用一支（【正宮】套）：孫臏臨刑見龐涓盟咒假慈悲。
11.《獨角牛》第三折連用二支（【正宮】套）：獨角牛在打擂台前說雙方情勢。
12.《劉弘嫁婢》第二折用兩支（入【中呂】套）：讚賞蘭孫「一個好孝順的姐姐。」

〔註41〕此外，元明之際無名氏《十探子》連用五支【白鶴子】，一次來兩個探子，李圭不懼權勢，呵斥責打之後搶出去，更是將【白鶴子】用於全相同的劇情段落，簡短的曲牌正可見李圭行事明快。

最特別的用法是《西廂記 5-2・緘愁》中張珙一支【白鶴子】猜一物的緣故，十分工整，《梧桐雨》也是類似用法，《西廂記》第二本楔子、《獨角牛》的【白鶴子】，不管幾支，用的是類似重疊的手法加強語氣。但其他的例子就未必這樣固定，即使《魔合羅》以問案爲主，也包括抒情段落；其他的例子，用法就不那麼特別，尤其是《襄陽會》，同樣分派軍務，大抵視內容長短來選擇曲牌。而敘述多樣事物的情節段落也不是非用【白鶴子】不可，最明顯的例子就是《紅梨花三・賣花》，三婆數唱竹葉、桃花、海棠花、楊柳，但並不是用四支【白鶴子】，而是用一般【中呂】常見的曲牌【迎仙客】、【紅繡鞋】、【石榴花】、【鬥鵪鶉】、【快活三】、【鮑老兒】，劇作家也可選擇用較多的篇幅、不同的音樂來表現。在元曲中除了【煞】、【白鶴子】會連用多支，尙有【商調・醋葫蘆】亦常連用，如：《黃粱夢》第二折連用十支、《冤家債主》第三折連用三支、《翫江樓》零折連用五支。這樣重複同一段較短的音樂在套中也是相當鮮明的段落。

三、音樂分析

《廣正》與《九宮》所舉的【白鶴子】範例皆出自《衛靈公》第四折，點板十分規律，句句皆是：

一二｜三　四　｜五

以兩字一板爲原則，末字在板上，首二字不當板。但【白鶴子】也有其他的點法，如《梧桐雨》四：

他管　一靈兒｜瀟　灑　｜長　安　｜道◎

就是兩字一板，當然這句要如此點板的原因之一是襯字較多，即使不佔板，正字也無法放入前一板的眼上，故兩字一板。目前僅見《漢宮秋》第四折將四字放入一板內，以維持一句兩板：

待　向前怕｜塞北　雕弓｜硬◎

該劇中的兩支【白鶴子】共八句，就將以上所舉的三種點板法都用上。變化最多的應是《西廂記》第二本楔子的三支，一句可多至四板，因將末字延長一板，故該句多一底板，如：

手　扳得｜忽剌　剌　｜天　關　｜撼　—　｜撼◎（第三支）

或只將末字延長一板，前面不動，如：

排 陣腳將｜眾 僧 ｜安 ・ （第一支）

以上是北曲板可增減的一個例證，從此類全牌字數規整的曲牌最易看出，且不定哪一句都可以用上述的板式，各本【白鶴子】的板數表列如下：

劇　目	第一句	第二句	第三句	第四句	合　計
漢宮秋四	3	3	2	2	10
	2	2	2	2	8
梧桐雨四（【正宮】套）	2	2	3	2	9
	2	2	3	3	10
	3	2	2	2	9
	3	2	2	2	9
御溝紅葉（【正宮】套）	3	2	3	3	11
	2	3	2	2	9
西廂記二本楔子（【正宮】套）	廾3	3	2	3	11
	3	3	3	4	13
	2	4	4	4	14
衛靈公四	2	2	2	2	8
	2	2	2	2	8

乍看之下一句的板數可相差一倍，看似甚多，其實只是句首、句末多點一板，因爲五字句本身佔的板就少，才會有這種板數相差一倍的情形出現。一句在句首或句末差一或二板，那麼理論上【白鶴子】從八板到十六板都有可能，目前所見最短的是《衛靈公》第四折第一支的八板，最長的是《西廂記》第二本楔子的第三支【白鶴子】，共有十四板，因第一句仍是《廣正》所定基本板式兩板。因此《廣正》所定只是基本板式，在在可見增減之例，總不見北曲像南曲可以說【懶畫眉】有十三板〔註 42〕。雖說【白鶴子】近詩，但入曲之後可多加襯字，仍是曲的作法，畢竟五言詩的句子並不會如此頻繁的加襯。

【白鶴子】爲一規整的曲牌，除了點板相當規律：以兩字一板爲原則，幾不用底板，各句的落音也相當規則，四句結音分別是：

首句 **5 6** 、第二句 **2** 、第三句 **6** 、第四句 **1 7̣ 6̣**

〔註 42〕《崑曲曲牌及套式範例集・南套》:「【懶畫眉】全牌有十三個正板，其中頭板十二個，底板一個。」（頁 352）

此曲聯入【中呂】套中，但結音與其他曲牌落的 **3** 音不同，仍用【正宮】慣落的 **6** 或 **6** 音。各曲落音雖同，但節奏不定，以末句爲例，可以是 **1 7 6**（《衛靈公》） 或是 **1 7 6 | 6** （《西廂記》二本楔子），與點板相應，結音相同，但可依節奏伸縮；【白鶴子】當可爲北曲「死腔活板」作一簡明的註腳。

第五章　北曲格律及其變化

第一節　曲牌的「字」與「板」

就曲牌格律而言，句法、韻腳最能凸顯一曲的結構，這是就文字而言；若就音樂而言，與句法相應的是點板，與韻腳相應的則是結音。經由不同的點板，能使相同字數的句子有各種不同的語氣及表現；經由相同結音的呼應能使腔句在發展變化之後回歸本格，不致散落。在這樣的概念下，筆者重新思考曲牌格律中常見的一些問題，如：襯字、增字、又一體、死腔活板，是否能透過點板獲致更明快的解法？畢竟曲是合樂的文體，若能配合音樂來解讀，當更易掌握全貌；若就閱讀、誦唸的觀點而言，固可欣賞文字，用輕重疾徐將襯字、句法讀出，但仍有缺憾。以下將逐項說明。

一、襯　字〔註1〕

自來分清曲文正襯就困擾學者，「常用詞語在此曲屬正格在彼曲成襯字」〔註2〕得視句法而定；所謂「襯不當板」、襯字「只能加於句首及句中……句中襯字須加於句子分段之處。」〔註3〕若該曲已點板，配合句法，那麼即使是長句，也很容易分辨。

〔註1〕上文分析【迎仙客】時亦提及襯字，可供參照。

〔註2〕葉慶炳〈〈元雜劇的規律及技巧〉讀後〉頁150，《中外文學》9：3，1980.8。

〔註3〕鄭騫〈論北曲之襯字與增字〉，收入《龍淵述學》（台北：大安出版社，1992），頁133。

如《西廂記 4-3・哭宴》【上小樓】之【么篇】末句：

但得 一個 | 並頭 蓮 煞強 強如 | 狀 元 及一 | 第一 ◎

此句正字七字，但本例卻有十四個字，在句首及句中皆加襯，首三字的前後皆加襯。

又如《單刀會三・訓子》【石榴花】：

玳 筵前 | 前 擺 列著都是 | 英 雄將 | 將 ◎

若純就語意，可能會斷爲「玳筵擺列英雄將◎」，但因「前」字當板，故可將句首的「玳」視爲襯字，而襯字快唱也可從「著都是」看出，三個字要在半拍唱完。

一般而言，襯字多在句首，句中的常是語助詞之類，如：把、的、也、著、兒，原因何在？曾永義認爲：

> 音步停頓處自然形成音節縫隙，首句開頭爲音節將啓，各句的開頭不是上文的句末就是韻腳，其音節縫隙最大，故曲中加襯，多半在句子開頭。〔註 4〕

這是從文字音步的停頓處而言，若從樂譜來看就更清楚了，通常句末會延長拍子，這延長的空隙則正好置入下一句的襯字。

如《單刀會三・訓子》【鬥鵪鶉】的首四句：

安 排下 | 打 鳳 | 牢 籠 | 籠 ・
準 備著 | 天 羅 | 羅 地 | 網 一 | 網 ◎
哪 裏有 | 待 客的 | 筵 席 | 席 。
盡 都是 | 殺 人 | 人殺 人的 | 戰 場 | 場 ◎

因此，每句的末字雖佔一板半或二板，但第二板的時值大部分是用來安置下一句的句首襯字，此處的音值較長，這樣襯字固然是快唱，但也不致讓演員趕唱不及了！

還有一些例子，因爲襯字太多，不得不酌加一板，以免倉促，徐大椿《樂府傳聲・定板》提及：

> 若北曲則襯字極多，板必有不能承接之處，中間不能不增出一板，

〔註 4〕見〈《九宮大成譜》的又一體——以【仙呂調】隻曲爲例〉（收入曾永義《參軍戲與元雜劇》），頁 323。

此南之所以有定，而北之所以無定也。（頁 7-181）

如《梧桐雨》第二折的【紅繡鞋】第四、五句：

為甚教｜寡人｜醒醉｜眼・

妃子｜暈嬌｜顏◎

《廣正》的點板兩句皆是　｜一二｜三　，白樸既將此寫成對句，更應用同樣的板式，爲何《九宮》如此點板？除了遷就襯字，演出時唐明皇總是要大氣，不能將「寡人」擠在半拍唱過，因此多點一板，顯出氣派、陶醉。

又如《西廂記 2-2・請宴》的【三煞】的末三句：

｜越顯｜得　一｜文　風｜盛一・

受｜用足　足｜珠圍翠繞｜繞・

結果了｜黃卷卷｜青　一｜燈一◎

前兩句句首的襯字都佔板，第一句還佔了兩板，這樣的例子不多，畢竟已牽動樂句結構；或是記譜時將撤慢近乎散唱的部份按一般節奏點上板眼所致？

還有一種情形，看似襯字在板上，但應當說是用襯字拖腔，襯字的字位還是在原來正字之處。

如《西廂記 5-2・緘愁》【上小樓】之【么篇】末句：

則是一張｜忙不及一｜印赴期的｜的一　咨一｜示一◎〔註 5〕

句中的「的」爲襯字，但其實當板的仍是「期」字，該字底板掛留之處，當爲便於歌唱，改以音近之「的」。

還要說明的是在論及北曲襯字時常舉關漢卿【南呂・一枝花】「攀出牆朵朵花」〈不伏老〉套的【尾】說明北曲多用襯字，雖該曲今無存譜，但按套曲的慣例，【尾】是散唱，故此曲即使多加襯字，譜曲演唱時問題不大，也不致影響曲格；原本散板的自由度就高，既然曲子將結束，只要結音穩定，不致天馬行空，那麼也就無須計較了。

二、增字、減字、疊字

而「增字」雖使字數增加，但並不影響原句法的單雙句式，也不影響點

〔註 5〕【上小樓】末句爲七字句，此例是增一字攤破爲上四下四的八字句：「忙不及印，赴期咨示◎」，與下段「歡天喜地，謹依來命」的情形相同。

板。

如《西廂記 2-2 請宴》【上小樓】、【么篇】的末句：

那｜五臟 神 ｜願 隨 ｜隨 鞭 ｜鐙 — ｜鐙 ◎

則見他｜歡天 喜地｜謹 依 ｜依 來 ｜命 ◎

【上小樓】的末句是七乙句，第二例增一字攤破爲「歡天喜地」，仍是雙式句，且點板相同，惟第一例韻字上多一板。

也有「減字」不減板的例子，如【上小樓】之【么篇】換頭多將第一句的四字換爲三字，就文字格律而言少一字，但音樂結構不變：

請 字兒｜不曾 出 ｜聲 ◎ （《西廂記 2-2 請宴》）

第 一來｜爲 壓 ｜驚 ・ （《西廂記 2-2 請宴》）

差別只在第一板究竟是唱三字或二字，第一句皆佔兩板。故同一句即使就閱讀觀點而言字數不同，但在音樂上點板相同，也就沒有差別〔註 6〕，如此一來襯字、增字、減字的變化可從點板一目了然，也清楚究竟是否因此改變結構而有「又一體」。

在樂譜中還可見句中「疊字」的情形，上文分析【迎仙客】時已說明疊字加底板的變化情形；不過一般而言句中的疊字應屬演唱上的變化，推想會有較特別的身段表演，但疊唱的部份仍是在原曲的節奏內，並未出格，以下先舉幾個例子：

1. 《單刀會三・訓子》【鬥鵪鶉】第四句：《元刊本》爲「則是個殺人戰場◎」；《脈望館》、《納書楹曲譜》則爲「則是個殺人殺人的戰場◎」。
2. 《追韓信三・點將》【鬥鵪鶉】第二句：《元刊本》爲「好豁達波開基至尊◎」；《納書楹曲譜》則爲「暢好是豁達豁達的至尊◎」。【鬥鵪鶉】第四句：《元刊本》爲「自臨渭濱◎」；《納書楹曲譜》則爲「自臨自臨至渭濱◎」。
3. 《蘇武還鄉三・告雁》【鬥鵪鶉】第四句：「是長安建都建都得這地面◎」《雍熙樂府》、《納書楹曲譜》皆疊「建都」二字。
4. 《馬陵道四・擒龐》【上小樓】末句：《脈望館》爲「怎知馬和人死在今

〔註 6〕這並不是泯滅一板之內字數不同造成的聲情差異，此處強調的是「同一曲牌的同一句」並不會因爲一二字的差異，而產生音樂上的變化；否則七字句用兩板或四板，聲情是不同的。此尚得自黃志民老師的啓發。

夜◎」;《納書楹曲譜》則爲「怎知道馬和人死在死在今夜◎」。

除了〈告雁〉一例，其他的都可說是《納書楹曲譜》在演唱時的處理，而疊字如何不影響原句點板？以〈訓子〉【鬥鵪鶉】第四句爲例：

盡都是｜殺 人｜人殺 人的｜戰 場｜場◎

【鬥鵪鶉】的第四句通例在第二字、第四字下底板，因此所疊的兩個字剛好置入第二字的底板後。再舉同一句不疊字之例，如《西廂記 1-2・借廂》：

｜有一心一｜心・待 聽一｜講一 一 一｜講◎

這不就是《廣正譜》【鬥鵪鶉】第四句的兩種點板方式：

｜一二｜二｜三四｜四◎ 或

｜一二｜二三｜四｜四◎

若疊字則可選用第一種，方便在第二字後安插；當然並不是非如此點不可，主要藉此說明疊字雖在曲文、表演上產生變化，但未影響點板，音樂也不會因此大爲改觀。

三、點板變化

在分析【中呂】曲牌之後，可見同樣句法，在不同曲牌點板有別之例，如同爲四字句，【鬥鵪鶉】與【上小樓】就不同，整體而言【鬥鵪鶉】下的板較多，多用底板，可多如：

｜一二｜二三｜四｜四◎

【上小樓】則可少至四字一板，如：

｜一二三四・

正是前人概說點板分別牌調之證〔註 7〕。

也有不同曲牌中的某幾句點板相同，如字數

三三四◎ 、 四四四◎ 或 三三三◎

這樣的段落在【上小樓】、【鮑老兒】及【古鮑老】中均可見，點板以

｜一二三｜一二三｜一二｜三◎

〔註 7〕可參考第二章第二節「音樂分析理論依據」,《九宮・北曲凡例》、《樂府傳聲・定板》皆提及。

爲主，四字則可略微挪緊些，只要韻字在板上即可；但此段在各曲牌的運用互異，【上小樓】在中段，【鮑老兒】在尾段，各曲牌中其他段落亦不同，故仍可分清牌調。

雖說北曲死腔活板，但並非可任意點板，否則《廣正》譜也無從點板，或是將同樣句式點相同的板。但同一曲牌點板的變化確比南曲多，以下整理【中呂】曲牌常見的點板變化，並舉例說明。

1、句首部份

因句首可加襯字，故襯字常置於前一句的眼上，正字可從板上起，但若本句無襯字，爲使節奏更緊湊，句首的正字也可置於前一句的眼上，如《西廂記・1-2 借廂》的四支【煞】曲第一、二句，此處是三字對句，【五煞】、【四煞】與【三煞】點板同：

想著他 眉兒 ｜淺 淺 ｜描 ・
臉兒 ｜淡 淡 ｜妝— ◎ （【三煞】）

但【二煞】卻作：

院 ｜宇深 ・
枕簟 ｜涼 ◎

就比前例各少一板，此是句首點板可變化之例〔註 8〕。

2、句尾部份

常見的情形是末字除原本的板位，還延長一板，此增加的板當也可爲下句的襯字準備，這樣可稍微舒緩，不必趕唱下一句，如《西廂記 2-2・請宴》【四煞】的第三到五句：

新 婚 ｜燕 爾—— ｜安— 排— ｜慶——— ｜慶 ◎
你 明 博 得 ｜跨 鳳—— ｜乘— 鸞— ｜客——— ｜客 ・
我到 晚來 臥 看 ｜牽— 牛— ｜織— 女— ｜星——— ◎

後兩句雖是對句，但因第五句的襯字多，第四句多下一底板，第三句也是因爲襯字多加一底板。然觀《西廂記 5-2・緘愁》【四煞】第四、五句就是：

〔註 8〕附帶說明，此曲前五句皆壓縮板位，表現張珙焦急的情緒，但到最後一句卻又多用板，唱出一腔無奈，是變化較多之例。

｜孤身 去客｜三　千｜里 ·

｜一日 歸心｜十　二｜時 ◎

此例沒有襯字，且前四字在一板之中，故一句僅有三板。句首、句尾點板的變化散見於各曲牌中，實是北曲點板變化的大宗。

3、帶白入唱，多下底板

在討論【迎仙客】時已舉例，又如《東窗事犯二·掃秦》【鬥鵪鶉】末句：

恁 做的事｜事事 做的來｜藏 頭｜頭噯 露｜尾— ◎

此帶白是元刊本所無，當是演出時為了烘托呆行者（瘋僧）故作玄虛、傻氣所增，該劇較多這樣的帶白。此句在帶白中間下正板，將八字迴文分成兩部份，就不再下底板，此也是較特別的例子。

關於北曲「死腔活板」的問題，上文論【白鶴子】時已舉例說明，由於是五字句，句首、句末各增一板，板數就多了一倍，因此每句之間板數的差異較顯著；下例是選取樂譜最多的【上小樓】及【么篇】，可見各曲板數差異甚少，統計各樂句的點板數如下（【上小樓】有四韻，依此分為四樂句）：

劇　　目	第一二句	三四五句	六七八句	第九句	合計
〈歸去來兮〉套	4	4	4	4	16
	4	4	4	3	15
單刀會三	4	4	4	4	16
	4	4	4	散	
牆頭馬上四	4	4	4	3	15
	4	4	4	4	16
西廂記 1-2·借廂	4	4	4	4	16
	2	4	3	3	12
西廂記 2-2·請宴	4	4	4	5	17
	4	4	4	4	16
西廂記 3-2·鬧簡	4	4	4	2	14
	3	4	4	3	14
西廂記 5-2·緘愁	4	4	4	3	15
	4	4	4	4	16
漢宮秋四	4	4	4	4	16
	3	4	4	4	15

薛仁貴三	5	4	4	4	17
合汗衫三	3	5	4	3	15
	4	4	4	4	16
後庭花四	4	4	4	4	16
紅梨花三・賣花	4	4	4	3	15
	4	4	4	4	16
倩女離魂三	4	4	4	3	15
	4	4	4	3	15
追韓信三・點將	4	4	4	3	15
	4	4	4	3	15
馬陵道四・擒龐	4	4	4	5	17
	4	4	4	4	16
蘇武還鄉三・告雁	4	4	4	4	16
	4	4	4	4	16
漁樵記三・寄信（變化較多）	4	4	4	3	15
	6	5	4	2	17
西廂記 4-3・哭宴（【正宮】套）	散	4	4	3	
	4	4	4	3	15
張天師三（【正宮】套）	4	4	4	4	16
舉案齊眉二（【正宮】套）	4	4	4	3	15
	4	4	4	3	15

【上小樓】一樂句以四板最常見，其次是三板或五板，也符合上文所舉句首減板、句末增板的原則，其他的像是句首或句末散唱，一句二板或六板的都是罕見之例，故可說明北曲的點板還是相當固定的，「活板」也並非可任意活動，隨意下板，而是與南曲相比較有彈性，但變化紛亂的可說是少數特例。

以上所述為基本原則，但音樂是流動的藝術，為了適應舞台演出，總免不了會有一些特殊的挪移情形，此不贅述。若就曲牌可「變」之處而言，筆者認為是曲牌中的同一句可以根據襯字、情緒、帶白的需要，在「**句首**」及「**句末**」酌增一板；「不變」的是「**句內**」即使字數略有增損，但因是同樣的點板原則，曲牌結構不變，在這樣的關照下，「又一體」之例可供參考，但無須強加分別，下節將進一步舉例印證。這樣的點板原則可用沈寵綏《度曲須知・弦律存亡》的一句話來說：「至其間有得力關捩子，則全在一板之牢束。」

（頁 5-241）關乎一曲結構的重要之處，如【鬥鵪鶉】句中下底板之類，則不可移易，其餘樂句連接處，略微騰挪可便於搬演。

第二節　再論「又一體」

自《廣正》立「又一格」，區分文字增損之句，《九宮》承之，遂使一曲牌下有多種作法，反增困惑，《新譜》已進一步釐清舊譜的文字增益情形，順此觀念筆者在上文已舉例說明文字損益之處就譜曲演唱並無影響；因以點板爲核心，配合韻腳的落音，只要板位相同，段落的語氣相同，即使字數略有損益亦不影響本格，從這個角度來看，許多「又一體」應無「體」的含意，而是舉證其他可以通用的作法。以下將依曲牌說明，因《廣正》的「又一體」較少，且已分見於曲牌分析處，爲清眉目，本節將以《九宮》爲主，並整理【中呂宮】曲牌的「又一體」種類〔註 9〕。

一、曲牌舉例

【粉蝶兒】（頁 13-1、13-2）

《九宮》第二闋「小扇輕羅」〔註 10〕除了襯字較多，最大的不同是疊第一句，《九宮》認爲：「首句作疊，惟合套中有此。」（頁 13-2）此疊句例在元人雜劇中未見，暫不論是否只有南北合套中才會作疊句，筆者認爲可以從「疊唱」的觀點考量，即是唱法的變化勝過作法的變化，此例是這樣唱的：

```
廾              56   543      1  1
                小   扇       輕 羅◎
6   56   543   12   43212    1  1
描  不   上    小   扇       輕 羅◎
```

旋律的走法相同，只是多了三個襯字，把原來的腔拆爲前後兩段，中間新譜幾個腔供「小扇」唱，而第一個韻句的曲文、同音反覆依然出現兩次，不致誤認爲已是下一個韻句，就音樂而言，疊不疊句仍可算是同一體，只是表現

〔註 9〕《九宮》中許多例曲出自明清雜劇、傳奇，但既列入「又一體」之例，爲明與正格並無二致，仍就北曲格律說明，至於是否晚期的品在某句習用增字、攤破、減字，則尚無法論及。

〔註 10〕此套曲作者異說甚多，據謝伯陽《全明散曲・明人散曲有關作品作者異名表》統計，該套曲在各種選本中共出現八種題名。（頁 5662）

力較強。

《納書楹曲譜》南北合套疊唱的例子更能說明問題，如：《風雲會・送京》〔註11〕（外集卷一，頁1457）、《（俗增）紅梨記・解妓》（外集卷二，頁1619）、《金雀記四・玩燈》〔註12〕（補遺卷三，頁2039）、《一文錢・濟貧》（補遺卷三，頁2123），疊法更清楚，通常是將襯字低唱，疊句的腔幾乎相同，以〈送京〉爲例：

廾				i̇ 7	6 5 4 3	2	2
				野	曠	天	高◎
6̣	7̣	6̣	5 6	2̇	6 5 4 3	2	2
極	目	處	野		曠	天	高◎

《集成曲譜》中《漁家樂・刺梁》（振集卷七，頁945）、《風雲會・送京》（玉集卷六，頁789）、《滿床笏・祭旗》（振集卷八，頁1255）也是如此，以〈刺梁〉爲例：

廾				i̇ 7	6 5 4 3	2	2
				翠	黛	鳳	翹◎
6̣	7̣	6̣	2̇		6 7 6 5 4 3	2	2
奴	非	是	翠		黛	鳳	翹◎

不過也有【中呂】合套而【粉蝶兒】首句不疊的例子，最著名的是《長生殿二十四・驚變》，原著、曲譜及今天崑曲折子戲都不疊，或許因爲洪昇從白樸的《梧桐雨》第二折改益幾字，承元人不疊之例。在《納書楹曲譜》更見不是合套而疊唱之例：《浣紗記・（俗增）誓師》：「未脫戎衣。十年來未脫戎衣。」（補遺卷一，頁1827）不論變化如何，與南北合套有無絕對關係，仍不脫【粉蝶兒】定格。

第三闋《牟尼和・渡海》〔註13〕「秋水海中天」，《九宮》云：「首句作五字，係變體。」（頁13-2）其實四字句攤破爲五字，按鄭騫〈論北曲之襯字與

〔註11〕此出自李玉的《風雲會》傳奇第十七齣，劇本【粉蝶兒】首句已作疊句（或許此本是演出本，或根據演出情形加疊。）；參《全明傳奇續編》，台北：天一出版社，1996。

〔註12〕此曲在原著即作疊句：「燈市無雙⊙看了這燈市無雙⊙」（《六十種曲》第八冊，《金雀記》頁8）

〔註13〕出自《牟尼和二十六・蘆渡》。《納書楹曲譜》外集卷一，頁1417收有全套樂譜。

增字〉，仍是雙式音節〔註 14〕，符合增字原則的第六條：「四字句增一字變爲五乙，上三下二或上一下四。」（頁 138）這種句式不變的增字句，《九宮》實可不必另立一體。再說此曲是散板，原本就節奏自由，此類一字之差是不會影響音樂結構的。末兩闋是《董西廂》諸宮調，與北曲格式略異，就不討論。

【醉春風】（頁 13-2 至 13-4）

《廣正譜》各格的主要差別，皆是在第四句上，疊一字、疊二字、疊三字，或是疊二字的不同疊法，這些作法上的變化十分豐富，但既不出疊句之法，音樂表現又如此鮮明，這些在不影響音樂格律情況下的增字，似不必皆立爲又一體，《廣正譜》在「疊三字又一格」〔註 15〕（《東窗事犯二・掃秦》）云：「三字襯作三句，然只你〔作〕三字看。」即使有變化，音樂幅度較長，但仍不脫原本一字句的面貌，參照《新譜》所舉第四句（一字句）變化之例，更可明白《廣正譜》所舉應該視爲作曲時可供參考的一些變化。

再來看看《九宮》【醉春風】的「又一體」，其實也可不必分，第二闋〔註 16〕「七國謀臣諂」與第一闋〔註 17〕「悲慘未停歇」的差別是第四句多疊一字；第四闋〔註 18〕「羞畫遠山眉」「惟第四句減一字。」而這更說不上是又一體了，因爲從「早一時消禁了酒。」到「枉了想。」只是襯字多寡不同，只因《九宮》未確實將第四句視爲一字句，誤分正襯，以致認爲「宵禁了酒」比「枉了想」多一字，列爲「又一體」；第三闋《燕青博魚》第三折，從第二句開始上板，首二句各從五字句增爲六乙：「艾葉紋藤席淨，桃花瓣石枕冷。」，符合「增字原則」第八條：「五字句增一字變爲六乙，上三下三。」（頁 138）〔註 19〕爲六字折腰句式；末句「徹骨毛索性」既然「索」字不在板上，此處應當語助詞使用，能否直接視爲襯字？那「又一體」也沒有存在的必要了！

〔註 14〕「句式之究竟爲單爲雙，即視其下段所含之字數爲定。」（頁 129）

〔註 15〕此例即前引《北曲新譜》提及之《東窗事犯二・掃秦》，請參見前引《北曲新譜》，該譜所舉多加襯字的例子與《廣正譜》同。

〔註 16〕此爲元・曾瑞【醉春風】「七國謀臣諂」〈清高〉套，見《雍熙樂府》卷七，頁 1134、《全元散曲》頁 510。

〔註 17〕無名氏【粉蝶兒】「送客江頭」〈白居易琵琶行〉套，見《雍熙樂府》卷六，頁 893、《全明散曲》頁 5325-5327。

〔註 18〕貫雲石【醉春風】「羞畫遠山眉」套，見《全元散曲》頁 385。

〔註 19〕詳鄭騫〈論北曲之襯字與增字〉，《龍淵述學》（台北：大安出版社，1992），頁 119-144。

【叫聲】（頁 13-4、13-5）

第三、四闋出自《燕青博魚》第三折，雖列爲增字增句格，但只是《九宮》未分清正襯，將句首的襯字混入正字中，以第三闋爲例，正字應只有：「橫飲兩三巡◎酩酊△酩酊△猶未醒◎一盞盞都是甕頭清◎」

第五闋出自《東坡夢》第三折，也是列爲增字增句格，但《九宮》的句讀並未斷爲兩句，最大的變化是原本七字的第二句成爲：「赤律律起一陣劣風△劣風△不由人不悚然驚凜然恐◎」即使《九宮》已標出一些襯字，但「起一陣」實也是襯字，句末的六個字也是從三字句增字攤破而得，這樣一來，這長句只要不標點成「赤律律起一陣劣風，劣風。不由人不悚然驚，凜然恐。」也就不致誤認爲是兩句了！由於此例是散唱，節奏自由，即使襯字多達十字，也不會趕唱不及，只是很容易就唱成兩句，固然是正格，但總不是一個好例子。

第六闋出自《魔合羅》第四折，不同之處也在第二句：「可撲魯推擁階前跪」（依《元刊本》，唯加襯字、將「廳」易爲「階」），《九宮》的說明略微複雜：「將疊句兼三字句，并作七字一句，此體鮮見，爲變體，不足爲法。」（頁 13-5）其實就是第二句沒有句中藏韻、疊字，但仍然是七字句，藏韻字上的結音也是他曲常用的 **3** 、$\underset{\cdot}{5}$ 音，這確是特例，《元曲選》則改爲：「可撲魯擁推△擁推△階前跪◎」

【迎仙客】（頁 13-26、13-27）

第二闋是無名氏傳奇，「句法稍異」的原因之一是《九宮》未將襯字悉與剔出，如首二句正字應是：「暫聽得小黃鸝梢樹鳴・雙粉蝶舞風輕◎」其二是最末二句，原來的　四◎五◎　成爲救尾對：「捲簾時放入那遠山青◎教人奚囊收拾些陽春兒景◎」〔註 20〕，但「奚」在板上，使末句多一板。

【紅繡鞋】（頁 13-17 至 13-19）

《九宮》正襯之誤在於將第四、五句的三字句當作五字句，《中原音韻》例曲雖有五字，首二字當爲襯字；《北詞廣正譜》舉《天寶遺事》爲例，也是三字句；故第五闋《天寶遺事》之例反是正格句法，並非減字格。

除了各句正襯未清之外，第三闋的散曲例也不應稱爲「增句格」，因首二

〔註 20〕或是將末二句視爲七字救尾對亦可：「捲簾時放入那遠山青◎教人奚囊收拾些陽春兒景◎」雖非工對，但亦是將原句增字而得。

句是將原本的三字增爲六字攤破：「泛遠水　舟搖搖以輕颺，送征帆　風飄飄而吹衣◎」當板的字只在「舟、颺、風、衣」，故該段只是字多腔少，並未出格。

第四闋散曲例的第四、五句，《九宮》所謂的「句法異」只是將原來的三字句增爲四字：「冷落了蜂媒蝶使・稀疏了燕侶鶯朋◎」依舊是一句兩板。這類誤於正襯、句法不清的情形在《九宮》俯拾可見，幸而有點板可供參照，尚不致全然混淆，以下將不再列舉此類情形。

【石榴花】、【鬥鵪鶉】〔註21〕（頁13-6至13-10）

除了增減字之外，常見的「又一體」是疊句格，這兩曲變化最大之處在疊句，分析曲牌時已說明疊法及節奏變化，此處將進一步舉南曲變化之例說明。

此種疊句法在元人作品中未見，多了一句，變化較大，雖說容易分辨，但還是影響整體結構，《九宮》在【中呂・朝天子】後有較詳細的說明：

> 第四闋（按，《浣紗記十四・遊臺》「往江干水都」）句法較前體大同小異，與南【正宮・普天樂】做合套，因中間疊字疊句〔註22〕，度曲者易其腔板，故似與本調不合。（頁13-21）

在【粉蝶兒】、【鬥鵪鶉】的說明也強調「惟合套中有此。」（頁13-2）、「係合套格。」（頁13-10），那麼可否說與南曲關係密切？上文論及【粉蝶兒】、【醉春風】、【石榴花】、【鬥鵪鶉】的疊句體時已初步說明，此處略說明南曲的情形。南曲常見的疊句曲牌如【仙呂・桂枝香】、【南呂・一江風】：

【桂枝香】：《簡譜》舉《療妒羹》「魂還非謬」爲例，疊第五句「臨川淚流」（題【桂花香】，頁334）。再以《琵琶記・賞荷》的兩曲爲例，元刊本不疊第五句「一彈再鼓・」、「思歸別鶴・」，但《風月錦囊》本〔註23〕、《六十種曲》本則已見疊句，《集成》（金集卷三）亦唱疊句，且疊句幾乎比原句翻高八度唱，音樂效果突出。

【一江風】：《簡譜》舉《西樓記》「意闌珊」爲例，疊第八句「藍橋咫尺間◎」，並說明「該句應疊」（頁430）。但《六十種曲》本的《西樓記十三・

〔註21〕【鬥鵪鶉】《九宮》以第六句非六字句者爲減句格，可詳上文曲牌分析所舉《廣正》之例，皆因第六句作三字或四字而起，但仍是一句兩板。

〔註22〕【朝天子】的疊句爲疊唱末句一次。此外，第九、十句看似疊句，但實是將二字句增爲四字句後，連用相同的兩句；若視爲疊句，則與曲牌句數不合。

〔註23〕參見高明原著、錢南揚校注、李殿魁補校注《琵琶記》（台北：里仁書局，1998），頁158、164。

疑謎》該句卻未疊。《集成》〈拆書〉（金集卷六）的該句是疊唱，以結音來說最後翻高五度。

從以上幾個例證應可推測，原是不疊句的，但因爲疊唱慣了，以致作者或刊刻者也將疊句寫上；韻句與非韻句皆可疊，或許用疊句加強語氣，故放在韻句上。而北曲除了像【中呂・醉春風】第四句會疊一句、【正宮・叨叨令】第五、六句用定格「也麼哥」這樣的定格疊法之外，幾不見疊句，當可說是北曲南唱的一個例證。而疊句重要的是第二句，若有長腔也是譜在第二句，如〈拆書〉的【一江風】第一個「間」只有兩拍（正板的頭兩拍），第二個「間」則有八拍（一正板、一贈板）。

【上小樓】（頁 13-11 至 13-14）

最後〔註 24〕舉《九宮》所謂「【上小樓】體，字句增減各異，不能悉舉，今收九闋，以備選用。惟第九闋止用在合套中，純北套中無此體。」（頁 13-14）說明；乍看會以爲【上小樓】是「又一體」最多的曲牌，但其實只有五例，除最後出自《雍熙樂府》之南北合套只有一曲外，其餘皆有【么篇】。

先看最後一例無名氏【粉蝶兒】「小扇輕羅」套的疊句格，從該曲可見南北合套之【上小樓】可將第三、六句疊唱，也就是疊四段中第二、三段的第一句；同前舉【粉蝶兒】之例，疊唱之句會高唱，此例約高五度。

再看《天寶遺事・哭楊妃》之例，該例爲諸宮調，雖然《天寶遺事》中的曲牌已與元曲的格律相近，但【上小樓】卻是例外，不單此例，其他幾曲【上小樓】在第二、三段都尚未固定是三句，而可見兩句、三句穿插出現。

而其他的三例，《九宮》定爲「又一體」的原因之一是首二句可見三字或四字，如第二闋、第四闋、第六闋的【么篇】換頭，但上文已說過同是一句兩板，並不影響結構。其二是第六、七句由原來的三字句易爲四字句，如第三闋、第四闋、第六闋、第九闋，與首二句的情形相同，三字句與四字句並無點板之異，只是字位不同而已。同理，第三、四闋朱有燉《仗義疏財》的末句增一字攤破爲：「扭扭捏捏，騎鞍驀勝。」同是三或四板，也並非「又一體」。

〔註 24〕其他【中呂】曲牌也有「又一體」，但或是正襯、句法不清；或是像【朝天子】也有疊句；或是像【鮑老兒】少末三句（參曲牌分析）；或是像【道和】字句不拘可以增損，在分析曲牌已逐一說明；此處就不再一一舉例。

二、變化情形

1、增減字數但不影響點板

【粉蝶兒】「秋水海中天」（牟尼和）首句增一字。

【醉春風】「艾葉紋藤蓆淨」（燕青博魚）「紋」字不當板，可視爲襯字。

【紅繡鞋】「早則功成名遂」（天寶遺事）第四、五句作三字爲減字格，但《廣正》以此曲爲正格，再看《九宮》所舉前兩闋正格的第四、五句首二句雖爲五字句同是兩板，不論增字或減字皆屬同一格。

【鬥鵪鶉】「地久天長」（【粉蝶兒】「心緒著迷」套）第六句減兩字，但仍與例曲同點兩板。

2、疊句格：

出自【粉蝶兒】「小扇輕羅」南北合套者：

【粉蝶兒】「小扇輕羅」曲，疊唱第一句。

【石榴花】「採蓮人和採蓮歌」曲，疊第六、八句前半。

【鬥鵪鶉】「急管繁絃」曲，非韻句皆疊。

【上小樓】「那一窩」曲，疊第三、六句

出自【醉春風】「七國謀臣詔」套者：

【醉春風】「七國謀臣詔」曲，疊唱第四句兩次。

3、減　韻：

【叫聲】「虎狼惡公人」曲（魔合羅，九宮），第二句句中未藏韻。

其中增減字的問題在曾永義〈《九宮大成北詞宮譜》的又一體〉〔註25〕已就不影響單雙句式來說，筆者進一步配合點板說明，呈現句式、字數的變化仍在板的限制範圍內，板不動，曲牌的架構仍舊，也就不須像張深之《正北西廂祕本》〔註26〕那樣不厭其煩注出何處何字增損，畢竟只要合樂，四個字是唱一板，三個字也唱一板，在音樂當無顯著差異，仍是同樣結構。

因此，筆者擬大膽提出舊譜中許多「又一體」其實是不具「體」的錯誤

〔註25〕曾永義〈《九宮大成南北詞譜》的又一體——以【仙呂調】隻曲爲例〉，收入《參軍戲與元雜劇》頁 315-337。筆者在第一章第二節「研究範圍」《九宮大成譜》部份（頁 6）也提及該文。

〔註26〕明末刊本，國家圖書館藏。

概念：多數是因字數增減差異而強分「又一體」，並不因此產生足以另立一個格式的充分條件，這些增字、減字、攤破的確是句法上的變化，但是在不影響音樂結構的前提下產生，或許只能說是造句騰挪的例子。甚至《九宮》還會舉罕見的特例，若是爲了增廣「又一體」，那更可以說這些「體」只是舉證同一曲牌的其他可能作法，難以成爲體式。故「又一體」的判定，不可祇靠字數多寡，更要參酌音樂結構變易與否。

「又一體」的疊字及疊句情形還可以從「南北曲交化」來說明。先就南曲影響北曲而言：

季國平《元雜劇發展史・北劇與南戲的交流爭勝》提及：

1. 插入南曲：北套中加入插曲性質的南曲，不入套、換韻，爲非主腳插科打諢。
2. 北套南化：自南北調合腔至南北合套，但北主南從。
3. 突破一人主唱：從體制而言，不再只有正旦、正末任唱，且可用合唱、輪唱、接唱的方式。（頁 370-371）

再從北曲影響南曲的層面來說，凌景埏〈南戲與北劇之交化〉〔註 27〕所論，傳奇中的北曲可分三類：

1. 單用北曲：插曲性質或用於首尾。
2. 南北合套：包括南北曲相間的合套，及一套中南北曲前後互用。
3. 整套北曲：似元雜劇北套，但多用南曲引子，聯套已有變化。

曾永義〈也談「南戲」的名稱、淵源、形成和流播〉〔註 28〕將「北曲化、文士化、崑曲化」作爲從永嘉戲文到傳奇的發展變化歷程。

但從本節的分析，更可以爲「北套南化」提出一點與音樂相關之處：就唱法而言，南北合套中的北曲南唱，多用疊字及疊句，這樣的疊法常使得音樂也得有相應的變化（疊唱之句通常會翻高唱），疊句的重點是在疊唱之句，一疊之後則與原本北曲曲牌的格律略有不同，這樣的變化經常在南北合套時出現。

〔註 27〕凌景埏〈南戲與北劇之交化〉，《諸宮調二種》（台北：里仁書局，1985），頁 305-341。

〔註 28〕曾永義〈也談「南戲」的名稱、淵源、形成和流播〉，收入曾永義《戲曲源流新論》頁 115-183，可參頁 172 之表。

第三節　【耍孩兒】的變化

上文已討論【中呂】套末經常聯入的【般涉・耍孩兒】、【煞】，在北曲中【耍孩兒】、【煞】的格律還相當穩定，但在說唱、地方戲曲中，可見與元曲【般涉・煞】格律相近的八句體的【耍孩兒】，並在八句的基礎上派生變化，以下將以道情、山西耍孩兒戲曲劇種〔註 29〕爲例，參考武藝民《中國道情藝術概論》、一非《耍孩兒》音樂、姚藝君〈戲曲音樂曲牌【耍孩兒】的形態研究〉〔註 30〕撰寫，並舉板腔體劇種京劇之例補充說明。

一、「道情」重複對偶句

元曲的【耍孩兒】及【煞】格式還相當固定，但民間道情、耍孩兒戲就在此基礎上變化，且混同兩者，變化的途徑有二：一如道情，重複第二段的對偶句，擴大曲幅；二如耍孩兒戲，在非韻句插入其他曲調，使曲牌內涵更豐富。

先看「道情」的情形，參考武藝民《中國道情藝術概論・【藍關腔】－【耍孩兒】的形成與演變》（頁 331-343），武氏認爲：

> 【耍孩兒】的詞式結構爲八句三段體，第四、七句要求轉轍，以突出其段落規範。這支曲牌的獨特之處在於兩點：其一，是第一、二兩段均爲三句式結構(由兩個上句和一個下句組成)，藝人稱之爲「三條腿」。其二，是第一段的前兩句爲六字句（每三字爲一詞組）。以此形成該曲牌獨具特色的結構特徵。詞例如下：
>
> 【耍孩兒】
>
> （A段）終南山，是吾家，

〔註 29〕《中國戲曲志・山西卷》載（山西）耍孩兒（戲）：又稱「咳咳腔」，流行於晉北大同、懷仁、應縣、山陰一帶。其淵源待考。以其詞格「一曲八句，四七句倒轍兒（即換韻）」爲據，一說爲金、元【般涉調・耍孩兒】遺響，一說成於明、清俗曲。據應縣北樓口村關王廟樂樓「大清道光十三年六月二十四日」題壁考察，耍孩兒在道光年間已在晉北廣泛流行，所題劇目「《對聯珠》、《金木魚》、《獅子洞》」等至今仍爲常演劇目。（頁 123）

〔註 30〕姚藝君〈戲曲音樂曲牌【耍孩兒】的形態研究〉，《中國音樂學》1993：4，頁 114-131。該文爲姚君中國音樂學院 1993 年屆碩士論文的縮寫稿，原文約十二萬字。

常靜之《中國近代戲曲音樂研究・亂彈諸腔・柳子》（北京：人民音樂出版社，2000，頁 62-63）也略微提及。

臘月天，四季花，
茅庵草舍無冬夏。
（B段）仙桃仙果般般有，　＊轉轍句
仙家洞裡開仙花，
洞門以外葡萄架。
（C段）出家人修眞養性，　＊轉轍句
誰愛他富貴榮華。　（錄自《韓湘子全傳》）（頁 331-332）

B段與C段同爲七字句，但B段是上四下三的七字句，C段則是上三下四的七乙句。雖然道情與北曲的【耍孩兒】皆爲三段體，但其實句法與【煞】更像——八句，首二句是三字對偶句，雖段落分法不甚相同，本節因探討的重點在變化，故不說明細部同異。道情的【耍孩兒】擴張手法是維持原來的首尾架構，擴充中段，因此全篇看起來幾是齊言句，彷彿板腔體的七字句，但仍可見曲牌架構，清光緒十三年刊本《藍關九度》中可見：

【耍孩兒】

A段：內院裡，點仙莊，
黃金屋，白玉堂，
瑤池閬院從天降。
B段：瑪瑙石鋪無垢池，
珊瑚柱子玳瑁梁，
琉璃隔扇透光亮。
B段：歌館樓台琉璃瓦，　（擴充段）
琴堂淨舍碧玉墻，
玉宇瓊樓廣無量。
B段：纓絡垂珠檐下掛，　（擴充段）
金鈴玉馬響叮噹，
珍珠燈籠掛成行。
B段：紫英石砌錦香路，　（擴充段）
門窗戶鋪七寶裝，
水晶簾掛在門樓上。
B段：沈香交椅黃金釘，　（擴充段）
車梁棹蹬烏金鑲，

馬牙下臥獅子象。

B段：琴棋書畫千秋古，　　（擴充段）

瑤草琪花萬年香，

玉樹層層花開放。

B段：隨身帶來逍遙地，　　（擴充段）

世上如意仙家莊，

東土西方無兩樣。

C段：請進來諸親官友，

會一會門人天堂。

（錄自《藍關九度》第十四卷〈還家〉）（頁 334-335）

理論上B段還可以一直擴充下去，可視為不嚴謹的鼎足對，多作幾對，音樂跟著循環，只要最後歸結到C段收尾即可。試看B段的第二到第五，描摹的內容、性質相近，直到最後一個B段才略微不同，有收尾的意思，那麼反過來，少幾個B段也不會傷筋動骨，這個B段，其實就是同類可擴張曲牌的中段；類似的擴張作法在京劇中也可見，《四郎探母・坐宮》楊四郎唱的【西皮慢板】有四個「我好比」〔註 31〕，但譚鑫培御前承應時卻可唱到三十六個〔註 32〕，正是此類句法相同的句子可視需要增刪。

由道情中可見【耍孩兒】已逐漸發展上下句，往板腔體的方向走，這雖

〔註 31〕《四郎探母・坐宮》楊四郎唱的【西皮慢板】：「楊延輝坐宮院自思自嘆。想起了當年事好不慘烈。我好比籠中鳥有翅難展。我好比虎離山受了孤單。我好比南來雁失群驚散。我好比淺水龍困在沙灘。」（頁 82-83）見劉菊禪《四郎探母全集》，上海：上海戲報社，1938。台北：傳記文學出版社，1974。

〔註 32〕唱《四郎探母》背楊家將　某次傳差，戲目有鑫培與孫怡雲之《四郎探母》。慈禧既至，命即扮演。時怡雲因患泄瀉未能及時趕到，旨意已下，又不能延誤，譚氏當時一面急命人出宮催孫，一面扮戲出場，命執事者：俟孫到時，暗送一信，扮好後再送一信。當時後台各伶，均替譚擔憂，因催孫往返約十里，最少須三刻至一小時，即使立刻趕至後台，最快亦須二十分至半小時，方能扮好，無論如何馬後，亦難敷演。豈知譚氏出場，念完引子定場詩之後，由楊令公七星廟招親起，直念到李陵碑令公進蘇武廟時，孫方趕到，執事者暗送一信，譚始叫起，開唱【慢板】轉【二六】，唱到三十六個「我好比」，而不錯轍，執事者報孫已扮好，譚方轉【哭頭】收住。終場後，慈禧傳譚問曰：「我叫你唱《探母》，你怎麼背起楊家將來啦？臨完了，又唱了幾十個「我好比」，這是怎麼一回事兒　？」譚據實回奏求恕，慈禧嘉其聰敏，賞銀二百兩、綵緞兩疋、御用鼻煙一大包，其敏給多類此云。（頁 16）見劉菊禪《譚鑫培全集・譚鑫培昇平署承值雜記》，上海：上海戲報社，1940。台北：傳記文學出版社，1974。

在元曲中未見，但【道和】增句的手法與此道理相同，就音樂結構而言確有可能，當可視爲曲牌體走向板腔體的一種方式。最有意思的是，道情擴張【耍孩兒】的手法不像元曲是多做幾支【煞】曲，而是將數隻曲子疊合爲一，擴充一曲的中段，雖然曲幅龐大，但仍應視作一支曲牌。《中國道情藝術概論》又提到【耍孩兒】在元雜劇中形成七種變體，舉《西廂記 4-3・哭宴》爲例說明：

> 在一個標準結構的基礎上，派生出來的幾種變化形式，其中的第三、四【煞】基本上維持的是【耍孩兒】的原有體式。第五【煞】僅僅是調換了段落順序（二、三段互換），第二【煞】則是字數的增減，第一【煞】只是調整了第一、二句的句式結構。這些結構我們從以下詞例中均可看到，只有序歌（署名【耍孩兒】者）和【煞尾】才眞正突破了【耍孩兒】的原有格式。（頁 336）

這並不全然正確，首先【耍孩兒】的第一段本就與【煞】不同（詳上），【煞尾】本就是另一曲牌，與【耍孩兒】、【煞】無關；至於【煞】的部份，筆者有個疑惑，究竟Ｂ與Ｃ段的分野是在句數或句式？元曲的【煞】很清楚，中段就是七字對偶句一組，但《中國道情藝術概論》中的其他【耍孩兒】的例子大致可看出Ｂ段是七字三句，Ｃ段是七乙二句，但在分析元曲時似未釐清句法，卻認爲【五煞】是Ｂ段與Ｃ段調換，如此元曲的【煞】是否全部都不符合ＡＢＣ段的順序？元曲【耍孩兒】或【煞】中段的對偶句不才是與道情Ｂ段結構最相像之處？何必Ｂ段就是三句，Ｃ段就是二句？這點尙待進一步探討。

二、山西耍孩兒戲【平曲子】在第四、七句插入其他曲調

另外一種【耍孩兒】的變化方式是在第四、七句不押韻處，插入其他曲調，以山西耍孩兒戲爲代表，在耍孩兒戲中將之稱爲【平曲子】，唱腔組成爲〔註 33〕：

〔註 33〕《耍孩兒音樂》：「【平曲子】共八句，八句又稱爲一股。八句中的一、二、五、八句基本相同。一句稍有變化，看起來與二、五、八句略有不同。二、五、八句有時因唱詞的多寡和劇情發展的要求，曲調上也有所變化；但變化不大。三、六句相同，有時曲調也有變化。四、七句【平曲子】中的變化句子，四、七句沒有固定的唱腔，而是根據戲劇情節的變化，可自由的加入不同的唱腔構成四、七句。這種新唱腔的加入，是很自由的，但也有它的規律和範圍。

第一段三句：一二三◎

第二段三句：四五六◎

第三段三句：七八◎

第四、第七句不押韻，是變化句，也是一段的開頭。第三、六句押韻，故曲調較近。第二、五、八句同爲各段的第二句，第八句並未因押韻而有特殊曲調，第一句雖不押韻，但不像第四、七句可以插入其他唱腔，但曲調仍有變化。通常第四、七句插入的是各類「撥子」，如《富春樓》陳三兩唱〔註34〕：

（一）聽鳳仙說一聲

（二）陳三兩喜在心

（三）上樓去（四妹妹）覷分明◎

（四）【喜撥子】一頂絨巾他那頭上戴頭上戴（四妹妹）

（五）青布靴子腳上登

（六）身穿藍衫（四妹妹）甚齊整◎

（七）【半撥子】將貨郎喚到院中（四妹妹呀）

（八）到院中細問分明◎　（《耍孩兒音樂》，頁173-179）

音樂一到【撥子】明顯不同，較富色彩；插入的曲調有時不只一句，而是一段，比如《獅子洞》豬八戒、美女對唱〔註35〕：

（一）（豬）我娶妳個小娘子，

（二）（女）我嫁你個豬相公◎

（三）（合唱）自己說親（小娘子／豬相公）自己成◎

（四）【梅花撥子】（豬）咱夫妻回到高老莊，恩恩愛愛過一生。四季果盡情用，甜梨酸棗桃梅杏。（娘子呀！）越思越想越高興呀！

（五）（女）（呆子呀，）呆子那裡枉高興，豈知我乃他師兄◎

（六）（豬）邁開大步（小娘子）快如風◎

（七）【垛撥子】（女）老孫我低頭暗思量，師弟娶經心不眞，師傅

一般的加入四、七句的唱腔分爲兩部份：一部份是「喜的」，另一部份是「苦的」。「喜的」多用於喜劇、鬧劇和愛情劇等。「苦的」多用於悲劇。凡是四、七句用的唱腔，只能用於四、七句，不能獨立存在。」（頁99）

〔註34〕爲使曲文更明白可識，在援引時不將耍孩兒戲特色的咳咳、呀啊等語助詞錄入。

〔註35〕《中國戲曲志・山西卷》頁333-336亦收此曲，插入的曲調相同，曲詞略有差異。

呀休怪地子戲弄人。

（八）（豬）娘子快快行！（女）走不動了我那豬相公◎　（《耍孩兒音樂》，頁185-190）

插入的曲調愈多、愈豐富，【平曲子】唱段的承載力就愈強，但這樣插入曲調的方式仍嚴守曲牌規範，絕不動韻句，第一句也不插，以見曲牌本格；插入曲調也只在每一段的開頭，後面仍回到曲牌的原格上。這個情形有點類似在分析【上小樓】時所談每段之後可插入念白，【上小樓】是曲牌不動，但插入唸白，聽起來已與一氣呵成唱完【上小樓】不同；【平曲子】則是在將第四、七句整句用別的曲調，彷彿是把可能插入的唸白用不同的曲調唱出。總之，同中求異可說是【平曲子】的特色。

以下引姚藝君〈戲曲音樂曲牌【耍孩兒】的形態研究〉的結論爲本文作結，因本文僅將【耍孩兒】作爲二節，並未提出新的結論，而是多方舉例，並與【道和】的增句變化類比，說明曲牌體與板腔體在音樂結構的差異及可能的過度。姚文除了說明曲牌變化方式有「向板腔化的上下句子轉化的趨勢」（頁129），更提出【耍孩兒】結構體制方面有1. 保持曲牌原型；2. 向板腔化轉型。前者以南北曲系爲主，後者多爲地方戲曲劇種。分別有三種情況：第一、以曲牌形式出現（如北曲）；第二、兼有曲牌與板腔之特徵（如道情、【平曲子】）；第三、以板腔形式出現的板腔型（全用上下句）〔註36〕。（頁131）

第四節　從北曲看戲曲音樂的發展

此節可說是因小見大，本文其實只探討【中呂】宮的曲牌，並不能代表北曲的全貌，但【中呂】既是一常用宮調，也有北曲中較特別的帶過曲、可增減曲牌，至少可呈現北曲中顯著的現象，以下試就所見論之。

一、上下句

通常談及上下句時說的都是板腔體齊言句的音樂，但在事實上北曲曲牌

〔註36〕姚文所言的三種情形，除最末一種因筆者尚未見較豐富的樂譜資料，暫時從缺之外，本節所舉道情、耍孩兒戲之例就是要強調從曲牌到板腔體之間可能的變化。

長短句中也有上下句存在，比如少數的齊言句曲牌：【正宮・白鶴子】是五言四句；【正宮・脫布衫】是七乙四句；【中呂・十二月】是四字六句；【雙調・雁兒落】是五字四句；或是以齊言句爲主的曲牌：【正宮・叨叨令】七句，前四句是七字四句；【中呂・堯民歌】六句，前四句也是七字四句。鄭西村《崑曲音樂與塡詞》提到「南北曲曲牌以**韻——韻段**爲組成單元」（甲稿，頁 16），就多所舉例，並且除了齊言句之外，將屬同一詞段的句子也分出上下句，析爲「單句型句組成的韻」、「複句型句組成的韻」〔註 37〕兩類。擇取【中呂】曲牌爲例：

單句型，以【鬥鵪鶉】爲例〔註 38〕：

1.　（上句）俺這里僊酒延年・
　　（下句）不強如清茶漱口◎
2.　（上句）俺對著綠水青山。
　　（下句）不強如野盤路宿◎
3.　（上句）壺里乾坤只自由◎
　　（下句）並無他，半點愁◎
4.　（上句）我問甚暑往寒來・
　　（下句）一任天長地久◎

就如筆者上文所言，可將【鬥鵪鶉】平分爲四段，道理就是如此，即使字數不同，但上下句的關係仍在。

複句型，以【醉春風】爲例：

1.　（上句）燒盡御爐香・
　　（下句）再添黃串餅◎
2.　（上句）想娘娘似竹林寺不見半分形・
　　（下句）則留下這個影◎影◎
3.　（上句）未死之時・
　　（下句）在生之日・我可也一般恭敬◎

【醉春風】有七句，即使第四句疊唱仍屬下句，最末三句的上下句較不明顯，

〔註 37〕單句型指一上句對一下句，複句型指上下句由不只一句組成。

〔註 38〕原書所舉的例子是《漁家樂・刺梁》（《崑曲音樂與塡詞》頁 32-33），該曲爲南北合套中所用北曲，上文已說明疊句情形，爲清眉目，將例曲換爲《新譜》所舉《心猿意馬》第三折之【鬥鵪鶉】。

但已隱含此意。複句型比較讓人困擾的是究竟要將哪些句合併爲一個上句或一個下句，如【醉春風】的末三句，既是散板，若把前兩句唱成上句，末句唱成下句也無妨，畢竟北曲的上下句不若板腔體明顯，只是有這樣的趨勢。而這樣的上下句雖未必是工整的對句，有時還字數參差，但除了較特別的音樂處理，上句與下句的板數多相同或相差一板，在點板變化的原則之下，或因上句句首不當板，或因下句句末延長，經由板的調配拉近彼此的差異，就與上下句更相像；如【石榴花】的第一二句，句式爲「七◎五◎」：

	大－ 師 ───	問－ 行－	藏－ ◎
小 生	仔 細 － －	訴－ 衷－	腸－ ◎

就將兩句的板數調成一樣。通常曲的韻較詩密，詩是兩句一韻，但曲經常句句押韻，韻密的程度可以從樂句來看，幾乎三或四板就是一韻、一樂句，而一句又有句首、句末兩板的變化，在這樣的情形下很容易就把兩句的板數拉齊，往上下句的方向走。

二、增　句

《中原音韻》提及字句不拘可以增損的曲牌有十四章，本文暫只就【中呂·道和】說明，該曲有相當明顯的增句，在一個引段，就如【導板】之後，雖有定格的七字四句，但其實也可視爲增句的一部份，於是【道和】除了首尾之外，中間是由字數不等，但以上下句形式寫成的增句；而【鮑老兒】有所謂的減句體，也就是去掉末三句，但換個角度想，減句體的何嘗不能是正格？那麼多三句的反是增句了，只是增的位置是在曲末而非中間；【柳青娘】的情形則是將曲牌融入上下句，末句譜一個長尾句，雖未增句，但與【道和】結構相像。這幾個例子暗示著如果曲牌持續這樣發展，以上下句的形式構成樂段，不受曲牌格律的限制，那麼板腔體的雛形就出現了！

而此類增句的情形，李師殿魁指出，可能與高腔的「滾」關係密切，雖說高腔的「滾」具有解釋的作用，與下一句唱詞的關係密切，而【道和】的增句更多的是以近似排比的句法加強語氣，如《魔合羅》第四折中的增句：「天教張鼎，忽使機脫災危◎啜脫出是和非◎難支吾難支對◎難分說難分細◎」

在北曲曲牌中又如【滾繡球】也當與「滾」有關，此例的情形與【鮑老兒】相似，先看《新譜》【滾繡球】的說明：

> 第一、二、三、四句與第五、六、七、八句分爲兩段，句法相同，故名【滾繡球】。偶有減去第五、六、七、八句者，如：《莊周夢》、《黃鶴樓》兩劇，及無名氏「減風流添憔悴」套，殊失「滾」字之意，且作者極少，不必從。（頁 25）

現在大家熟悉的【滾繡球】是十一句體的，也就是相同的四字句兩段，再加上七字對句、四字一句。如果「滾」都是重複前段，是後加的，可有一個段落重複：【滾繡球】可重複前段四句，【鮑老兒】則可重複末段三句，當是因爲加「滾」的較受歡迎，成爲慣例，今日所見北曲中不「滾」的反而是特例了。但今日所見北曲中的「滾」或「增句」位置相當固定，並不像高腔高度加滾那樣自由：

> 這可能就是「腔無定譜」，句句均可拆散加滾，但整個音樂從起頭、開展、變化、收煞，仍有它一定結構上的音樂美的要求。……「加滾」是機動的，看師父的解讀、安排，配上靈活的音樂處理。〔註 39〕

在【道和】也可見這樣的情形，最明顯的如《魔合羅》第四折增句起始處的「天教張鼎」，先來一個長的預備腔引起注意再開始「滾」。若與【耍孩兒】及【煞】並觀，【耍孩兒】在北曲中雖句式相當穩定，但道情及其他劇種則可重複作中段的對偶句，或用插入其他腔調的方式來處理可以加滾的段落，在一段中總是有領句、結束句；中間部份無論如何增句、加滾、變化，最後仍會回到原格收束；在【道和】就是用一個長尾句扣住連綿的增句，該尾句使落音及收束更趨穩定，才不致全曲漫渙無章法。

筆者在閱讀劇本時發現無名氏《漁樵記》將一曲牌分段演唱的情形相當普遍，各本皆如此，筆者猜想若用高腔演唱，定會將中間的那些念白精簡處理成「滾」〔註 40〕，一氣呵成，以《漁樵記三・寄信》【迎仙客】的前三句爲例：

〔註 39〕李殿魁〈「滾調」再探〉，見《明清戲曲國際研討會論文集》（台北：中研院文哲所籌備處，1998），頁 732、736。

〔註 40〕高腔中將唸白處理成「滾」、「放流」的例子，如湘劇高腔的《琵琶記・伯喈思鄉》，在《玉谷新簧》本加【滾】的基礎上，進一步將大量唸白處理成在腔句之前所唱的字多腔少、帶朗誦性的「放流」。《湘劇高腔音樂研究・弋陽腔滾唱與湘劇放流》一節中（頁 26-32），將元本《琵琶記》與《玉谷新簧》、湘劇近期抄本的演唱作一比較說明，筆者由此而猜想《漁樵記三・寄信》在高腔可能出現的變化。

（正末張撇古唱）【迎仙客】我則見那公吏一字兒擺．那父老每兩邊分◎

（云）無一時則見那西門骨剌剌的開了，我則見那骨朵衙杖，水罐銀盆，茶褐羅傘，那五明馬上坐著的呵，（劉二公云）可是誰那？（張云）我買賣忙，不曾看，我忘了也。（劉二公云）我央及你波，那做官的可是誰？（張云）等我想。哦，我想起來了也。

（唱）是你那前年索了休離的喚做朱買臣〔註41〕。

那幾個四字句，正好可作【垛板】，最後再以一句長腔說出「朱買臣」，或許場上氣氛會更熱烈！

三、字句結構

在北曲曲牌中經常可見依韻分段，在小段間插入念白，如上文所舉【上小樓】，這固然會支解曲牌的完整結構，減弱音樂的連續性，但較便於劇情安排；北曲中基本是乾唸，在京劇可見解決方案，即使中斷的是結構較自由的上下句，但爲使音樂的感覺連貫，常會加入【行弦】、【啞笛】，反覆演奏直到對話結束。

而這樣將曲牌分段演唱的情形，洛地《詞樂曲唱》提及，到了南曲崑腔經魏良輔改良之後，更是發揮「依字聲行腔」的極致，形成只唱字句，而不見完整的曲牌結構：

> 「曲唱」腔句末（韻）字字腔後無過腔，腔句的末結處、與唱段的末結處、與曲牌的末結處全然無異。……曲牌的結煞並**沒有任何終止性**的結構。……每一腔句後皆可接唸白，使曲牌的文句在唱中成爲一句、一句的畸零腔句。……將曲分解成一個、一個的「字」來唱，就其本質可以說是一種「字唱」。（頁 182-183）

此應就是徐大椿《樂府傳聲．底板唱法》所說的意思：

> 南曲惟引子用底版，北曲則底版甚多。何也？蓋南曲之板以節字，不以節句；北曲之板以節句，不以節字。節字則板必繁，節句則一句一板足矣。惟議論描寫，及轉折頓挫之曲，亦用實板節字，然亦不若南曲之密。（頁 7-182）

徐大椿強調「南曲之板以節字，北曲之板以節句。」用節字、節句說明南北曲之板的差異；而北曲雖然也有板以節字的情形，但不若南曲突出。今天所

〔註41〕此引《元曲選》本，《古今雜劇》本是王鼎臣得官。

見北曲雖只有散板才一句下一底板，但通例以三四板節制一句，如此北曲之板對音樂的約束力確較偏重在樂句上，而不單是著眼於句中之字。

一般北曲曲牌通常每個正字所佔的板眼相差不會太大，句首常有襯字故字多腔少，句末若當韻，還可再下底板，常字少腔多；但同爲曲牌體的高腔即使唱北曲曲牌，也與崑腔的唱法不同，而是將句首與句末處理成不同的唱法，如《湘劇高腔音樂研究》所言，在處理長句時就運用了「以流輔腔」的手法：

> 如果像崑曲那樣，把長句詞的各個字均勻分散在大腔的各個腔節上，不但妨礙觀眾聽清楚唱詞，眾人幫腔也難以進行。這也就促使高腔在爲長句安腔時，必須用它特有的方式，即「先字後腔」的原則。也就是把長句唱詞先用放流性的方式唱完大部分，然後在末兩三字上入腔，或者在重複的詞句上入腔。這個入腔之處，也正是幫腔進入的地方。這樣，字既容易聽清楚，腔也好展開，幫腔也順利。這可說是高腔腔句的獨特結構方法之一。(頁 38-39)

湘劇高腔採用先以似朗誦性的方式將多數字唱出，在一句的最後加入幫腔，並形成一個長腔；固然這樣的結構方式與幫腔的進入有關，但更使原本曲牌「句」以板爲框架的結構變爲以「腔」爲主，因此湘劇藝人是以「腔」爲描述曲牌〔註 42〕的方法之一，而不若南曲用「板」。

因此可略爲說明曲牌體的三種發展徑路：

1. 以北曲爲代表，維持曲牌結構，以「句」爲主。
2. 以南曲爲代表，崑曲調用水磨，以「字」爲主。
3. 以高腔爲代表，爲便幫腔進入，以「腔」爲主。

〔註 42〕「藝人們常以腔的多少來定曲牌的規格，記住腔數的多少也是記住曲牌的要點。」(《湘劇高腔音樂研究》頁 37)

第六章　結　論

第一節　【中呂】曲牌及聯套現象

先將上文所分析的曲牌整理摘要如下，按照常用的聯套順序，但【正宮・白鶴子】置於最後，【柳青娘】、【道和】或【耍孩兒】、【煞】是套末常用曲牌，除了《御溝紅葉》兩段都用，其他套曲只用一段，且以用【耍孩兒】、【煞】的居多。

曲牌 用途	【粉蝶兒】 散套、雜劇首曲	【醉春風】 散套、雜劇	【叫聲】 散套、雜劇
常用節奏	散板	套首－散板；套中－上板	套首－散板；套中－上板
結音傾向	1 1　與　1 5̣4̣3̣　交替	3	3
樂段結構	三句、五句（三二）	二句、二句、三句	三句短曲牌
曲牌特色	套首，襯字少，易見本格。 韻字結音　1、3̣	第四句只一字，用上聲，可多加襯字，可疊句。 末三句結音一句比一句低	第二句句中藏韻。 常配合特效、身段表演。
其　　他	散板句末可加鑼分句（二三鑼）。 每套首曲韻腳旋律相同。	／	／

曲牌 用途	【迎仙客】 小令、散套、雜劇	【紅繡鞋】 小令、散套、雜劇	【石榴花】 散套、雜劇
可用節奏	散板、一板三眼	一板三眼	一板三眼
結音傾向	$\underset{\cdot}{3}$或$\underset{\cdot}{5}$	3　或從 3 上揚	3
樂段結構	三句、二句、二句	三句(二一)、三句(二一)	二句、三句、二句、二句
曲牌特色	第三句末字是務頭。 曲調較縹緲自由。	末字是務頭，上聲。曲末尾音上揚。 曲調較縹緲自由。	音樂十分穩定、規整，常用二字或四字均分一板。較舒緩。
其　　他	說明曲有定板。	下接精彩段落。	合套用疊句格，疊第六、八句前半。

曲牌 用途	【鬥鵪鶉】 散套、雜劇	【上小樓】 小令、散套、雜劇	【快活三】 小令、散套、雜劇
可用節奏	一板三眼、南北合套用一板一眼	一板三眼、偶見一板一眼	一板一眼、或轉散板再轉一板三眼
結音傾向	3	$\underset{\cdot}{5}$	1 或 5
樂段結構	二句、二句、二句、二句	二句、三句、三句、一句	四句短曲牌，二句、二句
曲牌特色	四字句譜長腔，句中底板掛留音。末韻快收以接略快的【上小樓】等曲。	前三韻字多腔少，末韻只一句收尾。 經常分段插入唸白或對話。。	下接【朝天子】時曲內轉節奏。 下接【鮑老兒】時全曲一板一眼。
其　　他	說明四字句點板。 合套用疊句格，疊三句非韻句。	【么篇】文字換頭，音樂不變。 字多腔少，轉接較快的曲牌。	在套曲結構中具過渡性質。

曲牌 用途	【朝天子】 小令、散套、雜劇	【鮑老兒】 散套、雜劇	【古鮑老】 散套、雜劇
可用節奏	一板三眼	一板一眼	一板一眼
結音傾向	1 或 3	1 或 3	1 或 3
樂段結構	三句、二句、三句、三句	四句(扇面對)、三句、三句	四句(扇面對)、三句、三句
曲牌特色	第六七句間連用五個平聲字，拗句，第七句首字是務頭，常高八度唱。	結構可視爲兩段重複。 曲末未收煞，接其他曲牌。	改易【鮑老兒】末三句，使具收尾作用。
其　　他		也有無末三句者。	往上下句發展的趨勢。

曲牌 用途	【柳青娘】 散套、雜劇	【道和】 散套、雜劇	【般涉・耍孩兒】 散套、雜劇
可用節奏	一板一眼	一板一眼	一板三眼、一板一眼
結音傾向	1	上句 3　下句 1	3 或 5
樂段結構	四句、二句、結束句	引句、增句（上下句）、結束句	四句、二句、三句
曲牌特色	介於一般曲牌與可增句曲牌間。 尾句與【道和】作法相同。	須增句，增數組字數不等的上下句	【耍孩兒】及【煞】：中間的對句可再多做幾組，如道情。
其他	多用上下句式。	／	與多支【煞】用於套末，較獨立段落。

曲牌 用途	【般涉・煞】 散套、雜劇	【正宮・白鶴子】 小令、散套、雜劇
可用節奏	一板三眼　或轉一板一眼	一板一眼
結音傾向	3 或 5	6
樂段結構	三句、二句、三句	四句短曲牌，二句、二句
曲牌特色	山西耍孩兒戲【平曲子】是八句體，不押韻的四、七句，插入其他曲調。	仄煞，非絕句。可一曲說一事。
其他		死腔活板之例。

曲牌與曲牌間的過接，較明顯的例子，如【粉蝶兒】韻句交替出現的旋律有餘韻不絕之感，故緊接【醉春風】；而【醉春風】末三句逐句降低的結音，不正暗示著抒情告一段落；【紅繡鞋】曲末尾音上揚，方便進入劇情高潮；【鬥鵪鶉】的尾音也很短，方便接以下速度漸快的曲牌；【上小樓】可說是一板三眼曲中曲幅較短的曲牌，中段的四字六句通常分爲兩段，一段在四板內唱完，再配上尾句，略一頓挫，以下通常就可接一板一眼的曲牌；【鮑老兒】更可說是沒有結束句，因此通常會再接【古鮑老】；而【叫聲】、【快活三】、【白鶴子】這三個短曲牌在音樂、劇情上都起著過接、引導的作用；曲牌大抵如此環環相扣，再配合節奏變化，聯套的規模如此。再從帶過曲有平帶、兼帶的情形來說，除了【快活三】帶【朝天子】之外，大部分的【中呂】曲牌可說是以平帶的方式結合成曲段，曲段與曲段間才有非平帶的情形，如任何曲牌與【叫聲】間；【鬥鵪鶉】與【上小樓】間；【上小樓】與【快活三】間；【鮑老兒】後若接【耍孩兒】也非平帶。

【中呂】套曲的節奏變化，雖具一般套曲「散板→慢板→快板→散板」

的音樂前進方式，但最值得注意者乃爲【快活三】，如本文第四章第一節的分析，【快活三】的節奏，視後面銜接曲牌，而有兩種節奏：若是【快活三】接【鮑老兒】，因【鮑老兒】爲快曲子，則【快活三】唱一板一眼；若是【快活三】接【朝天子】，因【朝天子】爲慢曲子，作爲過度的【快活三】，四句之中，經常前二句用一板一眼，第三句用散板，第四句用一板三眼，吳梅特別評述此種情形「正北詞中抑揚緩急之妙，爲南曲所無。」（《南北詞簡譜》，頁96）而其緩急，遂使【中呂】套曲的節奏變化，在快板與散板之間，又添一重，成爲：「散板→慢板→快板→**散板→慢板→快板**→散板」，即使散唱僅有一句，後接的慢曲子僅一至數曲，但若爲長套，則【快活三】及其後之曲段，確具跌宕起伏之效，如《西廂記 1-2．借廂》。

吳梅在《顧曲麈談》提到曲牌聯套「曲音之卑亢宜調」〔註 1〕，故套中諸曲的音域，不致相差過大，也不可能急曲、慢曲緊密相連，現存樂譜之套式，當無音程高下不協之情形。從本文分析【中呂】曲牌來看，既勾勒出【粉蝶兒】套曲牌節奏快慢相接的情形，若再配合劇情，則知聯套並非不可改易〔註 2〕，《套式匯錄》羅列各家套式後，就雜劇套式說明如下：

> 雜劇所用套式甚少重複者，散曲則有若干作品，其套式完全相同。此亦因劇套須配合排場，排場變化，套式隨之；散套則抒情寄意，全類詩歌，故一個套式可多次使用，例如「【南呂．一枝花】、【梁州第七】、【尾聲】。」之一式是也。（〈序例〉第四條，頁 4）

輔以音樂分析之後，更可見套式變化除了配合排場，就音樂而言，本就有這樣的可能。至於芝庵〈唱論〉論各宮調音樂特色，提及「【中呂宮】唱，高下閃賺。」（頁 1-160）原因之一或爲此套曲節奏多變；此爲本文分析【中呂】套曲所見聯套現象，元雜劇各宮調套曲，是否皆具〈唱論〉標舉之音樂現象，則尚待進一步分析。

第二節 牌、套與劇情之表現

關於元雜劇情節結構與音樂表現之關係，顏天佑舉《竇娥冤》爲例，曾

〔註 1〕見吳梅《顧曲麈談．原曲．論南曲作法》，頁 68-72，此處雖然說的是南曲，但也可推想北曲。

〔註 2〕曲牌的聯接慣例，或許因明人尊崇北曲，奉若神明，以致常亦步亦趨。

提到：

> 隨著情節的演變，作者更賦予了各個場次不同的戲劇強度。如果進一步觀察的話，這種強度與曲套的運用似已存在著某種程度的關聯了。(《元雜劇八論》，頁 145-146)

雖未進一步申論，但提到套曲與整體劇情的關係，就文中所列套曲、場次和情節大要表來看，至少四套曲凝練了劇情發展的四個主要段落，且一套曲之中在時間上都是連續的，即使如第二折以【南呂．隔尾】分別家中與官府，仍是一氣呵成。這樣的場子若按排場理論來說則是「主場」，在游宗蓉《元雜劇排場研究》雖將該套曲分爲兩個排場，但仍皆是「主場」(頁 277)；但再看書中所分析元雜劇各折的其他例子，幾乎多以一套曲爲一主場，套曲的結構涵蓋了劇情的主要發展。然而即使同一時間、地點，情感也有轉折，那麼這在套曲中如何因應？以下試舉例說明。

以《梧桐雨》第二折〔註 3〕來說，此折劇情可分爲兩個段落，以崑劇折子戲的說法就是小宴、驚變，從開場的御園飲宴，到驚聞安祿山破潼關，這在套曲中可怎麼處理？從【粉蝶兒】到【紅繡鞋】是歡樂的，接著以快板曲【剔銀燈】、【蔓菁菜】承之，表達唐明皇不悅的情緒，責怪李林甫慌亂，最後再以【普天樂】唱一腔無奈。配合劇情來看，這一套乍看奇怪的【中呂】套曲——不見常用的【上小樓】、在套曲前半就用【快活三】，乃是因爲此套雖以楊貴妃霓裳樂舞爲中心，還得演後段的驚變，因此宴飲的段落不長，很快就進入樂舞的部份，此時節奏轉快，因此不用較慢的【石榴花】、【鬥鵪鶉】，而用快節奏的【快活三】、【鮑老兒】等。

而與這套較類似的是《東堂老》第三折〔註 4〕，但曲牌更少，【剔銀燈】、【蔓菁菜】還緊承在套首後。從劇情來看，東堂老唱【叫聲】時遇見揚州奴，怒不可遏，自然會以較快的【剔銀燈】、【蔓菁菜】置前，較易配合激動的情緒，這一折的套曲也見好就收。

再以《蘇武還鄉三．告雁》〔註 5〕爲例，此套可分爲兩個段落，一是蘇武

〔註 3〕《梧桐雨》第二折聯套爲：【粉蝶兒】、【叫聲】、【醉春風】、【迎仙客】、【紅繡鞋】、【快活三】、【鮑老兒】、【古鮑老】、【紅芍藥】、【剔銀燈】、【蔓菁菜】、【滿庭芳】、【普天樂】、【啄木兒尾】。

〔註 4〕《東堂老》第三折聯套爲：【粉蝶兒】、【醉春風】、【叫聲】、【剔銀燈】、【蔓菁菜】、【紅繡鞋】、【滿庭芳】、【尾煞】。

〔註 5〕《蘇武還鄉》第三折的聯套爲：【粉蝶兒】、【醉春風】、【迎仙客】、【石榴花】、

寫血書，此處《納書楹曲譜》就比《雍熙樂府》本多出一支【石榴花】，極寫蘇武刺血修書，當可深化蘇武的個性，藉由修書、告雁，舞台上即使只有一個人仍是豐滿的，節奏順當，故突破聯套慣例；二是與李陵相見，從【快活三】開始，節奏與劇情同時變化，此短曲牌加上變化的節奏，正是蘇武驚疑的情緒，見面之後義正詞嚴，故用慢唱的【朝天子】，一字一句來責備。

再就墨本與台本比較，可看出因演出需要增減改變之例，目前可見變化最大的是《東窗事犯二．掃秦》，先說套首出場的部份〔註 6〕，各種演法如下：

元刊本	／	／	【粉蝶兒】
九宮	／	【粉蝶兒】	【粉蝶兒】
納書楹	／	／	【粉蝶兒】
遏雲閣〔註 7〕	【出隊子】	【偈】－波羅蜜	【粉蝶兒】
當代〔註 8〕	／	【偈】－波羅蜜	／

原本的出場很單純，就是瘋僧開唱【粉蝶兒】「垢面瘋癡」曲，如《納書楹》所錄者；但後世的演出本，或以爲如此尚不足以凸顯地藏王菩薩化身的瘋僧形象，故《九宮》所錄，乃在【粉蝶兒】套之前，新增一支插曲性質的【粉蝶兒】「叫喚瘋僧」曲，押庚青韻，與本套所用齊微韻不同；但連唱兩曲【粉蝶兒】，畢竟缺乏變化，《遏雲閣》在【粉蝶兒】套曲前，新增兩支插曲：先是秦檜上場所唱表現氣派的南曲【出隊子】「三公之位」曲，再是瘋僧上場所唱暗諷秦檜、曲調介於說唱之間的【偈】「波羅密」曲，文字雖然俚俗，氣氛卻活潑生動；不過，當代的演出本，或以爲出場段落太長，刪節爲由瘋僧唱【偈】開啓套曲，雖然簡潔，卻破壞【粉蝶兒】套曲的完整性。

再有《漁樵記三．寄信》雖是張撇古一人獨唱，到劉二公家報信，但原本「自我介紹」的部份只有【粉蝶兒】一支，《納書楹曲譜》多了插曲性質的

【石榴花】、【鬥鵪鶉】、【快活三】、【朝天子】、【四邊靜】、【上小樓】、【上小樓】、【煞尾】（《納書楹》本。）

〔註 6〕套末的部份在第二章分析【耍孩兒】增減時已說明，此不重複。

〔註 7〕《遏雲閣曲譜》、《集成曲譜》所唱的曲牌相同。清．王錫純輯《遏雲閣曲譜》，同治九年（1870）成書，上海著易堂印行（1920）、台北文光圖書影印（1965）。〈掃秦〉爲最末一齣，但誤題爲《精忠記》。

〔註 8〕此用的是江蘇省崑劇院范繼信一九九八年底在台北新舞台演出本。

【正宮・端正好】、【滾繡球】，押齊微韻，與【中呂】套員文韻不同，讓張撇古可以盡興自述貨郎買賣，並沿街叫賣到劉二公家，過接較爲自然。

演出本常見將曲牌刪繁就簡，如《單刀會三・訓子》就將劇本中【快活三】以下曲子刪去，在【上小樓】之後即是【尾】，使最精彩的〈刀會〉能更快登場。但若是情感、表演需要，也可增加曲牌，如〈告雁〉及〈掃秦〉。但這些增刪其實並未影響套曲結構，那麼聯套與劇情究竟關聯性如何？

筆者從上文的分析中推求，應可說聯套音樂的完整性是在曲牌過接中完成，每一個曲牌除了曲詞、劇情，還帶有「**節奏上的意義**」，且節奏的轉變通常是以二至六曲爲一個段落，視套之長短而定。必須聲明的是：每支曲牌雖有主要節拍，中間轉換之例不多，但開頭及結尾之處，爲了銜接順暢，常小有變化，如【迎仙客】雖是一板三眼曲，若承散板曲而下，則首句可散唱；套末之曲若下接散板的【尾】，或諸曲牌間不連唱，則末句形同散唱了，故除了【快活三】這樣曲中轉節奏的曲牌，就套曲而言，節奏的變化是在多支曲牌之間漸次過接完成，不致太過急促，以現存六套板眼完整的元雜劇【中呂】套曲爲例，〔註9〕簡示如下：

劇目、總曲數	節　拍　及　曲　數〔註10〕							
訓子〔註11〕 9	廾❷	4/4❻	廾❶					
借廂 20	廾❷	4/4❻	2/4❷	快活三	4/4❺	2/4❷	廾❶	
請宴 16	廾❷	4/4❷	2/4❸	4/4❶	快活三	4/4❹	2/4❷	廾❶
鬧簡 19	4/4❸	快活三	4/4❸	2/4❷	4/4❽	2/4❶	廾❶	
緘愁 19	廾❷	4/4❹	2/4❺	快活三	4/4❺	2/4❶	廾❶	
掃秦〔註12〕11	廾❷	4/4❹	2/4❷	快活三	4/4❶	廾❶		

〔註9〕大小眼完整的樂譜爲《納書楹《西廂記》全譜》,【中呂】套曲有:《西廂記1-2・借廂》、《西廂記2-2・請宴》、《西廂記3-2・鬧簡》、《西廂記5-2・緘愁》;《集成曲譜》,【中呂】套曲有:《單刀會三・訓子》、《東窗事犯二・掃秦》。

〔註10〕以「廾」表散板,「2/4」表一板一眼,「4/4」表一板三眼。「4/4❻」表一板三眼有六曲。

〔註11〕〈訓子〉原應有快板曲，但因《納書楹》將【上小樓】、【么篇】以下的快板曲刪去，故該套的節奏變化不顯。

〔註12〕在【粉蝶兒】前的兩曲節奏是:【出隊子】一板一眼,【偈】有板無眼。元刊本在【快活三】後還有【耍孩兒】及【三煞】、【二煞】，若唱大抵也是一板三眼。無此二曲節奏轉變較快，也並非行不通。

最關鍵者乃是：套曲音樂雖頗具完整性〔註13〕，但其結構與推進方式，如「散→慢→快→散」的音樂節奏間架，難免限制劇情鋪排與敘事手法，如難以適應甫開場就緊張刺激的劇情；但實際的套曲運用，仍有彈性空間，【中呂】經常入套的二、三十支曲牌中，除了套首、套末的散板曲往往固定沿用，中段一板三眼、一板一眼的諸曲，次序先後雖有慣例，如【石榴花】、【鬥鵪鶉】，乃是先唱音樂規整的【石榴花】，再接以四字短句爲主，節奏略快之【鬥鵪鶉】；但在不影響音樂結構的前提下，只要不是抽掉轉變節奏的曲牌，如【快活三】等，或是將通常置於套末的曲牌移前，如自爲情節段落、具套中之特性質的【耍孩兒】及【煞】諸曲，則一個音樂段落之中，實際的曲牌數量及安排次序，常見變動，現存元雜劇【中呂】套式，全然相同者僅見一例；〔註14〕故只要不與一般審美習慣衝突，如【中呂】套首不用【粉蝶兒】，直接唱【醉春風】、【迎仙客】等散板曲，缺少套曲標誌的首曲，確實難以接受，但若少【醉春風】，即使罕見，但就音樂推進而言，則並無不可；若能掌握套曲音樂布局的原則，將不再迷失於花樣繁多的套式之中，分析聯套，甚至以北套創作，將更具自由伸展之空間。

以上所論乃是分析現存【中呂】套曲及部分【正宮】、【般涉】曲牌，以北曲崑唱的樂譜爲對象，作出的推論；各宮調套曲情節結構與音樂關係，可能大抵與【中呂】套曲相類，但詳情尚待日後探討及驗證：而本文探討的乃是崑曲所唱的北曲，若日後能再討論高腔所唱北曲，或許將有更多發現，並見曲牌體在不同聲腔系統的存留與發展。

〔註13〕尤其北曲自元雜劇定一人主唱之例，即使明清雜劇、傳奇中的純北套（南北合套除外），也幾乎都是一人主唱全套曲，統一了腳色、音色。

〔註14〕據鄭騫《北曲套式匯錄詳解》，劇套套式相同者，僅無名氏《降桑椹》第三者與無名氏《符金錠》第三折（頁95）。

參考書目

一、劇本、曲集（略依作品年代排序）

1. 〔金〕董解元、〔元〕王實甫：《西廂記》（董王合刊本），台北：里仁書局，1980。
2. 凌景埏、謝伯陽編：《諸宮調兩種》，台北：里仁書局，1985。
3. 鄭騫：《校訂元刊雜劇三十種》，台北：世界書局，1962。
4. 徐沁君：《新校元刊雜劇三十種》，北京：中華書局，1980。
5. 寧希元：《元刊雜劇三十種新校》，蘭州：蘭州大學，1988。
6. 徐征編：《全元曲》，石家莊：河北教育出版社，1998。
7. 隋樹森編：《全元散曲》，台北：台灣中華書局，1969。
8. 〔明〕臧懋循編：《元曲選》，台北：台灣書局，1983 二版。
9. 隋樹森編：《元曲選外編》，台北：台灣中華書局，1967。
10. 楊家駱編：《全元雜劇初編》，台北：世界書局，1962。
11. 楊家駱編：《全元雜劇二編》，台北：世界書局，1962。
12. 楊家駱編：《全元雜劇三編》，台北：世界書局，1963。
13. 楊家駱編：《全元雜劇外編》，台北：世界書局，1963。
14. 趙景深：《元人雜劇鉤沈》，上海：上海古典文學出版社，1956。
15. 〔明〕張祿：《詞林摘艷（明嘉靖刊本）》，台北：鼎文書局，1972。
16. 〔明〕郭勳：《雍熙樂府（明嘉靖刊本）》，台北：西南書局，1981。

二、曲譜、樂譜（略依作品年代排序）

1. 〔明〕朱權：《太和正音譜》，台北：學海出版社，1981。

2. 〔清〕王正祥：《十二律京腔譜》，清康熙二十三年刻本，1684、台北：學生書局，1984。
3. 〔清〕王正祥：《新定宗北歸音京腔譜》，清康熙二十五年刻本，1686、《續修四庫全書》編纂委員會編：《續修四庫全書》第1753冊，上海：上海古籍出版社，2002。
4. 〔清〕李玉：《北詞廣正譜》，台北：學海出版社，1998。
5. 〔清〕周祥鈺等：《新定九宮大成南北詞宮譜》，台北：學生書局，1987。
6. 〔清〕葉堂：《納書楹曲譜》，台北：學生書局，1987。
7. 〔清〕葉堂：《納書楹《西廂記》全譜》，台北：學藝出版社，1983。
8. 王季烈、劉富梁：《集成曲譜》，上海：商務印書館刊印，1925、台北：古亭書屋影印本，1969。
9. 吳梅：《南北詞簡譜》，台北：學海出版社，1997。
10. 羅錦堂：《北曲小令譜》，香港：寰球文化服務社，1964。
11. 汪經昌：《南北曲小令譜》，台北：台灣中華書局，1965。
12. 李殿魁：《元散曲定律》，台北：文化大學中文所博士論文，1971。
13. 鄭騫：《北曲新譜》，台北：藝文印書館，1973。
14. 葉慶炳：《諸宮調定律》，台北：輔仁大學人文學報3-5期。
15. 魏服周自述：《川劇嗩吶崑曲曲牌》，重慶市音樂工作組油印本，北京：中國藝術研究院戲曲所資料室藏，1954。
16. 湖北省戲曲工作室、武漢市文化局戲曲研究室合編：《漢劇曲牌（文場選集）》，北京：音樂出版社，1957。
17. 江西省戲曲學校蒐集整理：《江西弋陽腔曲譜》，油印本，1959，北京：中國藝術研究院戲曲所資料室藏。
18. 劉道生唱、朱奇平記譜：《祁陽戲高腔曲牌》，湖南省戲曲工作室油印本，北京：中國藝術研究院戲曲所資料室藏，1959。
19. 一非記錄整理：《耍孩兒音樂》，太原：山西人民出版社，1962。
20. 湖南省戲曲研究所、湖南省湘劇院合編：《湘劇低牌子音樂》，北京：人民音樂出版社，1991。
21. 王守泰：《崑曲曲牌集套書範例集·南套》，上海：上海文藝出版社，1994。
22. 王守泰：《崑曲曲牌集套書範例集·北套》，上海：學林出版社，1997。

三、民國以前戲曲論著及校注（略依作品年代排序）

1. 〔宋〕張炎撰、鄭文焯斠：《詞原斠律》，清光緒年間書帶草堂叢書本。
2. 〔宋〕張炎撰、蔡楨疏證：《詞源疏證》，台北：學海出版社，1988。

3. 〔元〕芝庵：《唱論》，《中國古典戲曲論著集成》第一集，北京：中國戲劇出版社，1959。
4. 〔元〕周德清：《中原音韻》，《中國古典戲曲論著集成》第一集，北京：中國戲劇出版社，1959。
5. 〔元〕夏庭芝著，孫崇濤、徐宏圖箋注：《青樓集箋注》，北京：中國戲劇出版社，1990。
6. 〔元〕鍾嗣成、賈仲明著，馬廉校注：《錄鬼簿新校注二卷》，北京：文學古籍刊行社，1957。
7. 〔元〕鍾嗣成著，王鋼校訂：《校訂錄鬼簿三種》，鄭州：中州古籍出版社，1991。
8. 〔明〕李開先：《詞謔》，《中國古典戲曲論著集成》第三集，北京：中國戲劇出版社，1959。
9. 〔明〕何良俊：《四友齋叢說》（萬曆足刻本），北京：中華書局，1959。
10. 〔明〕何良俊：《曲論》（古學匯刊本），《中國古典戲曲論著集成》第四集，北京：中國戲劇出版社，1959。
11. 〔明〕王驥德著，陳多、葉長海注釋：《王驥德曲律》，長沙：湖南人民出版社，1982。
12. 〔明〕沈德符：《萬曆野獲編》，北京：中華書局，1959。
13. 〔明〕沈寵綏：《弦索辨訛》，《中國古典戲曲論著集成》第五集，北京：中國戲劇出版社，1959。
14. 〔明〕沈寵綏：《度曲須知》，《中國古典戲曲論著集成》第五集，北京：中國戲劇出版社，1959。
15. 〔清〕李漁：《閒情偶寄》，《中國古典戲曲論著集成》第七集，北京：中國戲劇出版社，1959。
16. 〔清〕徐大椿：《樂府傳聲》，《中國古典戲曲論著集成》第七集，北京：中國戲劇出版社，1959。
17. 周貽白：《戲曲演唱論著集釋》，北京：中國戲劇出版社，1962。
18. 任訥：《作詞十法疏證》，台北：西南書局，1972。
19. 傅惜華：《古典戲曲聲樂論著叢編》，北京：人民音樂出版社，1983。
20. 陳多、葉長海選注：《中國歷代劇論選注》，長沙：湖南文藝出版社，1987。

四、專書（依作者筆劃排序）

1. 中國戲曲志編輯部：《中國戲曲志·山西卷》，北京：文化藝術出版社，1990。
2. 孔令伊：《周德清小令定格中「務頭」理論之音樂分析與探討》，台北：藝術學院傳藝所碩士論文，199。

3. 王力：《中國詩律研究》，台北：文津出版社，1970。
4. 王力：《漢語詩律學》，香港：中華書局香港分局，1973。
5. 吉川幸次郎著、鄭清茂譯：《元雜劇研究》，台北：藝文印書館，1987。
6. 朱昆槐：《崑曲清唱研究》，台北：大安出版社，1991。
7. 何爲：《戲曲音樂散論》，北京：人民音樂出版社，1986。
8. 吳姍姍：《元雜劇中的通俗結構》，台南：成功大學中文所碩士論文，1996。
9. 吳梅：《顧曲麈談》，台北：台灣商務印書館，1988。
10. 吳梅著、王衛民編：《吳梅戲曲論文集》，北京：中國戲劇出版社，1983。
11. 李修生：《元雜劇史》，南京：江蘇古籍出版社，1996。
12. 李國俊：《北曲曲牌研究》，台北：文化大學中文所博士論文，1989。
13. 李惠綿：《王驥德曲論研究》，台北：台灣大學出版委員會，1992。
14. 李曉：《比較研究：古劇結構原理》，北京：中國戲劇出版社，1989。
15. 汪經昌：《曲學例釋》，台北：台灣中華書局，1984。
16. 周維培：《曲譜研究》，南京：江蘇古籍出版社，1997。
17. 季國平：《元雜劇發展史》，台北：文津出版社，1993。
18. 林文俊：《北雜劇曲牌——王西廂【雙調·新水令】套曲牌音樂研究》，台北：文化大學藝術所碩士論文，1994。
19. 林玫儀：《詞學考詮》，台北：聯經文化事業公司，1987。
20. 林智莉：《現存元人宗教劇研究》，台北：台灣大學中文所碩士論文，1998。
21. 林鶴宜：《晚明戲曲劇種及聲腔研究》，台北：學海出版社，1994。
22. 武俊達：《崑曲唱腔研究》，北京：人民音樂出版社，1987。
23. 武俊達：《戲曲音樂概論》，北京：文化藝術出版社，1999。
24. 武藝民：《中國道情藝術概論》，太原：山西古籍出版社，1997。
25. 施德玉：《北曲中可增減曲牌的研究》，台北：生韻出版社，1988。
26. 洛地：《詞樂曲唱》，北京：人民音樂出版社，1995。
27. 洛地：《戲曲與浙江》，杭州：浙江人民出版社，1991。
28. 范長華：《元代報冤類雜劇研究》，高雄：高雄師大國文所博士論文，1995。
29. 孫玄齡：《元散曲的音樂》，北京：文化藝術出版社，1988。
30. 徐扶明：《元代雜劇藝術》，上海：上海文藝出版社，1981。
31. 涂宗濤：《詩詞曲格律綱要》，天津：天津人民出版社，1980。
32. 張九、石生潮合著：《湘劇高腔音樂研究》，北京：人民音樂出版社，1981。
33. 曹安和：《現存元明清南北曲全折（齣）樂譜目錄》，北京：人民音樂出版社，1989。

34. 許子漢：《元雜劇聯套研究——以關目排場爲論述基礎》，台北：文史哲出版社，1998。
35. 許之衡：《曲律易知》，台北：台北郁氏印獎會，1979。
36. 連波：《戲曲作曲》，上海：上海音樂出版社，1989。
37. 陳美如：《元人帶過曲音樂之研究》，台北：師大音樂所碩士論文，1995。
38. 傅惜華：《元代雜劇全目》，北京：作家出版社，1957。
39. 曾永義：《中國古典戲劇的認識與欣賞》，台北：正中書局，1991。
40. 曾永義：《參軍戲與元雜劇》，台北：聯經出版公司，1992。
41. 曾永義：《詩歌與戲曲》，台北：聯經出版公司，1988。
42. 曾永義：《論說戲曲》，台北：聯經出版公司，1997。
43. 曾永義：《戲曲源流新論》，台北：立緒文化事業公司，2000。
44. 曾達聰：《北曲譜法——音調與字調》，台北：文史哲出版社，1979。
45. 游宗蓉：《元雜劇排場研究》，台北：文史哲出版社，1998。
46. 馮沅君：《古劇說彙》，台北：學海出版社，1985。
47. 黃炫國：《元曲小令譜別體例釋》，台北：政大中文所碩士論文，1986。
48. 楊蔭瀏：《中國古代音樂史稿》，北京：人民音樂出版社，1981。
49. 葉長海：《王驥德曲律研究》，上海：中國戲劇出版社．上海，1983。
50. 趙景深：《讀曲隨筆》，上海：上海文藝出版社，1999。
51. 齊曉楓：《元代公案劇研究》，台北：輔仁大學中文所碩士論文，1975。
52. 劉吉典：《京劇音樂概論》，北京：人民音樂出版社，1993。
53. 潘麗珠：《元曲選》百種雜劇情節結構分析，台北：師大中文所博士論文，1991。
54. 鄭西村：《崑曲音樂與填詞》，台北：學海出版社，2000。
55. 鄭騫：《北曲套式彙錄詳解》，台北：藝文印書館，1973。
56. 鄭騫：《景午叢編》，台北：台灣中華書局，1972。
57. 鄭騫：《龍淵述學》，台北：大安出版社，1992。
58. 盧元駿：《曲學》，台北：黎明文化事業，1980。
59. 盧冀野：《廣中原音韻小令定格》，上海：上海中華書局，1937。
60. 龍沐勛：《倚聲學（詞學十講)》，台北：里仁書局，1996。
61. 龍沐勛：《唐宋詞格律》，上海：上海古籍出版社，1978。
62. 應志遠：《元雜劇音樂研究》，台北：文大藝術所碩士論文，1990。
63. 顏天佑：《元雜劇八論》，台北：文史哲出版社，1996。
64. 羅錦堂：《中國戲曲總目彙編》，香港：萬有圖書公司，1966。

65. 羅錦堂：《元人雜劇本事考》，台北：順先出版社，1967。
66. 譚帆、陸煒：《中國古典戲曲理論史》，北京：中國社會科學院出版社，1993。
67. 嚴敦易：《元劇斟疑》，北京：中華書局，1960。

五、單篇論文（依作者筆劃排序）

1. 李林德：〈曲牌體音樂中「旋律母題記憶」之審美作用——以〈絮閣〉「醉花陰套曲」爲例〉，《長生殿》的文學、音樂與表演藝術研討會，《中國文哲研究通訊》11：1，2001.3，頁 31-38。
2. 李殿魁：〈《九宮大成》所收關漢卿散曲曲譜之探討〉，收入關漢卿國際學術研討會編輯委員會編：《關漢卿國際學術研討會論文集》，台北：文建會出版，1994，頁 409-478。
3. 李殿魁：〈「滾調」再探〉，收入華瑋、王瑷玲主編：《明清戲曲國際研討會論文集》，台北：中研院文哲所籌備處，1998，頁 715-776。
4. 汪志勇：〈元散曲中的帶過曲研究〉，收入汪志勇：《談俗說戲》，台北：文史哲出版社，1991。
5. 周紅雷：〈論字位對戲曲唱腔的制約能量〉，《中國音樂學》1994：2，頁 112-123。
6. 林鋒雄：〈李開先與元雜劇——兼論明代嘉靖隆慶年間元雜劇之演唱與流傳〉，《漢學研究》6：1=11，1988.6，頁 425-437，收入林鋒雄：《中國戲劇史論稿》，台北：國家出版社，1995，頁 33-62。
7. 武俊達：〈北曲曲牌【天淨沙】和「眞元之聲」的探索〉，《中國音樂學》1996：2，頁 39-54。
8. 姚一葦：〈有關元人雜劇搬演的四個問題〉拾綴，《中外文學》13：2=146，1984.7，頁 60-64。
9. 姚藝君：〈戲曲音樂曲牌【耍孩兒】的形態研究〉，《中國音樂學》1993：4，頁 114-131。
10. 胡忌：〈獨占鼇頭——《長生殿》中北曲的魅力〉，《長生殿》的文學、音樂與表演藝術研討會，《中國文哲研究通訊》11：1，2001.3，頁 21-30。
11. 張林：〈沈璟不是復古派——兼談楊蔭瀏《中國古代音樂史稿》的過失〉，《中國音樂》2000：4，頁 31-33。
12. 郭英德：〈論元雜劇的戲劇衝突〉，《戲曲研究》15，1985.9，頁 77-94。
13. 傅雪漪：〈元曲的音樂〉，《復興劇藝學刊》10，1994.10，頁左 11-16。
14. 游宗蓉：〈元雜劇上下場詩探究〉，《中國文學研究》13，1999.5，頁 115-140。
15. 黃翔鵬：〈《新訂九宮大成南北詞宮譜簡譜示意本》題記〉，《中國音樂學》，1998：3，頁 5-10。

16. 葉慶炳：〈〈元雜劇的規律及技巧〉讀後〉，《中外文學》9：3，1980.8，頁149-151。
17. 路應昆：〈黄翔鵬先生譯【鞓紅】〉，《中國音樂學》1998：3），頁 11-15。
18. 鄭騫：〈元雜劇異本比較〉（第一組），《國立編譯館館刊》2：2，1973.12，頁 1-45。
19. 鄭騫：〈元雜劇異本比較〉（第二組），《國立編譯館館刊》2：3，1973.12，頁 91-138。
20. 鄭騫：〈元雜劇異本比較〉（第三組），《國立編譯館館刊》3：2，1974.12，頁 1-46。
21. 鄭騫：〈元雜劇異本比較〉（第五組），《國立編譯館館刊》5：2，1976.12，頁 1-56。
22. 鄭騫：〈元雜劇異本比較〉（第四組），《國立編譯館館刊》5：1，1976.6，頁 1-39。
23. 鄭騫：〈論北曲之襯字與增字〉，《幼獅學誌》11：2，1973.6，頁 1-17，收入鄭騫：《龍淵述學》，台北：大安出版社，1992，頁 119-144。
24. 羅錦堂：〈元曲崑唱與崑唱元曲〉，《古典文學》7（下）1985.8，頁 743-757。
25. Crump, James I.著、廖朝陽譯：〈元雜劇的規律及技巧〉，《中外文學》9：3，1980.8，頁 126-148。

六、其　他

1. 李殿魁、林佳儀、陳美如、高嘉穗、劉佳佳：「戲曲曲譜檢索系統」（http://210.241.82.1/qupu/），宜蘭：國立傳統藝術中心委託計畫，2007。

附錄一　鄭騫、嚴敦易對元雜劇作者的探討

鄭騫〈元劇作者質疑〉（收入《景午叢編》上，頁 317-325）：舊題關漢卿之《裴度還帶》應爲明．賈仲名作；舊題白樸之《東墻記》實爲元末明初之《東墻記》，非白樸舊作；舊題鄭光祖之《三戰呂布》應爲明代伶工增換武漢臣原著；以下幾本應爲明代伶工所編之歷史故事劇：舊題關漢卿之《五侯宴》、舊題李文蔚之《蔣神靈應》、《澠池會》、舊題鄭光祖之《伊尹耕莘》、《智勇定齊》、《老君堂》、舊題劉唐卿《降桑椹》；並考訂今本《金錢記》應爲石君寶而非喬吉之作；《酷寒亭》應爲花李郎之作，《趙氏孤兒》第五折爲後人所添，《黃鶴樓》非朱凱之作。

鄭騫〈西廂記作者新考〉（收入《龍淵述學》，頁 145-205）：從題目正名與《錄鬼簿》不同、折數特多而《錄鬼簿》未注明、多用長套、不守元雜劇一人獨唱的成規、體製篇幅極像《西遊記》及《嬌紅記》、曲文屬元劇末期風格六項考訂，則《錄鬼簿》王實甫名下著錄的《西廂記》，亦即王作原本，久已失傳，從明朝到現在見的《西廂記》，其作者既非王實甫，更不是關漢卿，而是元末明初的一個失名作家，其中可能有若干部份因襲實甫原作。（頁 173）

嚴敦易《元劇斟疑》大抵從「題目正名」的異同，情節內容的淵源，地理、歷史、社會制度的說明以及文字的風格、體制的遞變等方面，提出問題，從而徵引了大量的歷史資料與曲籍著錄，作出推論和印證，以期求得比較滿意的結論（見出版說明）。嚴敦易在書中常並陳幾種觀點，互相論說，待後人進一步論證，但此後考據成果不多，故以下依《元劇斟疑．後記》所疑的範

圍，檢出與時代、作者相關的，整理今傳本各劇目如下〔註1〕：

（一）不是元人所作而是明人手筆的：

11《裴度還帶》非關漢卿之作，應爲賈仲明，非元劇。

24《玉壺春》非武漢臣作，應是賈仲明，非元劇。

26《曲江池》晚於高文秀《打瓦罐》，現存非石君寶原本，可能襲自朱有燉，爲明中葉作品。

28《還牢末》非李致遠、馬致遠之作，關目似《酷寒亭》，但包容更多，該是明代流行的水滸故事。

29《碧桃花》非元人舊作，或許是賈仲明之作。

33《生金閣》今本非武漢臣《提頭鬼》，可能是明代無名氏作品。

36《抱妝盒》非元代作品，應是明弘治後所作而嫁名於元人。

37《馮玉蘭》不見於《錄鬼簿續編》，是明代作品。

42《張天師》非吳昌齡的《張天師夜祭辰鉤月》，朱有燉有《張天師明斷辰勾月》翻案，今本《張天師》仿朱作，應爲明雜劇。

43《東坡夢》非吳昌齡作，可能是楊景賢《待子瞻》的本來面目或改題。

44《張生煮海》非元人舊本，明初人僞託。

45《疏者下船》的《元曲選》本非元刊本的改本，當是襲用元本的另一雜劇撰作，爲明中葉內廷伶工所作，應入明代無名氏。

46《伍員吹簫》非李壽卿作，應是明中葉內廷伶工所作，應入明無名氏戰國故事劇。

50《符金錠》應是明中葉的宋代故事劇，非元劇。

51《藍彩和》與《心猿意馬》並非一本，當係明初作品。

52《小尉遲》爲自創故事，較晚出，應爲明初作品。

62《箭射雙鵰》爲明中葉五代故事雜劇，伶工假借附會爲白樸所撰。

64《射柳蕤丸》爲明代教坊伶工編演按行，非《正音譜》之《打毬會》。

67《梧桐葉》是李唐賓入明後所作。

77《劉行首》應是楊景賢增潤無名氏《劉行首》再作。

80《雲窗夢》的四折可分別摘離，散套化，應成于明初。

〔註1〕劇目前的數字爲原書編次。以下的歸納是筆者就各篇論證略爲分類，未必切合嚴敦易本意，有些劇目可能因作者的時代斷限而兼含二種情形，不再特別說明。

（二）不是明人所作而是元人手筆的：

5《諸葛論功》應是尚仲賢之作。

9《村樂堂》應入元無名氏。

30《漁樵記》爲元代作品，不晚於明初。

31《謝金吾》爲元末無名氏。

32《貨郎旦》是元代中晚期作品。

34《兒女團圓》可能爲高茂卿之作，則是元劇。

49《誤入桃源》今存王子一本或許是陳伯將撰作，如此則是元劇。

65《陳州糶米》若是陸登善《開倉糶米》則是元末所作。

（三）對於作者的攷訂有出入的：

2《東墻記》作者白樸的說法應是「不盡可靠」或「完全不可靠」。

3《老君堂》非鄭光祖之作，應列入古今無名氏劇作中

4《翫江亭》非戴善甫之作，應列入無名氏。

12《三戰呂布》應爲武漢臣之作。

15《劉夫人慶賞五侯宴》非關漢卿之作，應列入古今無名氏五代故事。

17《黃鶴樓》非朱凱之作，應入無名氏，爲伶工按行之本

18《黃花峪》爲晚出之作，應列入古今無名氏。

21《千里獨行》爲旦本，晚出之作，非孫季昌套曲中所記，或爲內府本三國故事。

23《三奪朔》是尚仲賢作，《單鞭奪槊》或許是關漢卿的《敬德降唐》。

25《魯齋郎》非關漢卿作，應是元代初中期人，失載名氏

27《酷寒亭》今本非楊顯之所作旦本，而是花李郎所作末本。

35《崔府君冤家債主》非鄭廷玉作，可能是無名氏《鬧陰司》。

38《勘頭巾》爲模擬《魔合羅》之作，不晚於明初。

39《留鞋記》非曾瑞《才子佳人誤元宵》，元末明初無名氏的作品。

40《蝴蝶夢》非關漢卿作品，無名氏作。

47《羅李郎》今本非張國賓作，係元明間無名氏手筆，至遲不晚於明初。

48《百花亭》受戲文影響而撰製，或爲宣德以降之事。

53《桃花女》作者存疑（王曄或元無名氏），作於明初，比賈仲明早。

55《七里灘》作者應爲宮天挺而非張國賓。

56《東窗事犯》爲金仁傑或孔文卿之作尚難論定。

68《楊貴妃》未必是岳伯川作，或係代言體的詠馬嵬事的散套，似非雜劇。

70《度柳翠》大約多分是李壽卿的《臨歧柳》(《古名家》本是《四聲猿》之《翠鄉夢》第二折改題)。

74《破窯記》爲王實甫作仍有可疑，但與馬致遠《薦福碑》無關。

75《販茶船》所存【粉蝶兒】「浪靜風恬」是套曲，非王實甫《販茶船》佚文；【醉花陰】「雪浪銀濤大江迥」則可能是紀君祥《販茶船》第四折。

76《夢天台》非演劉晨、阮肇事，或與楊景賢《盧時長老天台夢》有關，但無確證。

（四）原是湊合而成，實非原作，假借名目，張冠李戴的：

1《圯橋進履》只存部份原著。

6《鎖魔鏡》的第四、五折非元無名氏之作。

7《復奪衣襖車》爲雜湊之作。

8《莊周夢》爲湊綴之作，非史九敬仙原作。

10《襄陽會》爲伶工改本。

13《存笑打虎》可能是湊合之作，或存《李存孝誤入長安》殘曲。

14《漢公卿衣錦還鄉》雜有舊本，內府按行。

16《謁魯肅》爲伶工按行，雜湊舊本。

19《延安府》爲伶工按行，爲求熱鬧而湊合。

20《降桑椹》若爲元人舊本，則第五折是伶工爲按行熱鬧而增設。

22《伊尹耕莘》爲按行本，或從鄭光祖舊本改編。

23《非衣夢》非關漢卿舊作，伶工按行時有不少改動甚至重編。

54《連環計》今存爲伶工按行本，但根柢爲元人舊作。

69《燕青博魚》粗疏脫漏，爲按行本，或許從《燕青射雁》竄潤刪易之本。

71《雙獻功》與《雙獻頭》非一劇，今本《黑旋風雙獻功》是明代編撰的水滸故事劇，至遲在明永、宣之際。

72《鴛鴦塚》爲明劇作家郝經作，今存佚曲可能有元代湯舜民、金文質的混淆在內。

73《昊天塔》非朱凱《孟良盜骨》，乃無名氏伶工編演楊家將宋代故事。

78《題紅怨》：今存「秋香亭上正歡濃」是以《御溝紅葉》爲題的散套爲主，襲入《正音》的【柳青娘】、【道和】（旦本）；《正音》所存三曲恐怕有旦末本之別，一本可能出自李文蔚《于祐之金水題紅怨》（末本）。

79《虎頭牌》演元制而非金制，今本已被伶工潤飾過。

84《赤壁賦》不免按行潤改，可能襲自元代末期趙文寶《醉寫【滿庭芳】》。

85《周公攝政》：元刊本是鄭光祖所作無疑義；明中葉流傳的《周公攝政》則可能是金仁傑《周公旦抱子設朝》，該本或許是《輔成王周公攝政》的改編增訂本，爲「喜春來按」。

以上所董理的結果並非定論，元雜劇文獻資料難徵，今天所見的明刊本、明鈔本也難說尚存多少元人面貌，就如《元劇斟疑》所說：「因爲傳世元劇，大部分均已經過了後來的增刪修改，所以除去元刊本以外，不易體察他眞正的原來面目。」（頁 454）本文討論的是元雜劇的套曲，雖是劇本中變化較少的，但爲謹慎，仍將前人對元雜劇的作者探討說明如上。

附錄二　現存元雜劇版本及各折宮調表

	元刊雜劇三十種	改定元賢、詞套	脈望館鈔校雜劇	古名家雜劇	息機子元人雜劇選	陽春奏	顧曲齋元人雜劇選	元明雜劇	元曲選	古今名劇合選	雍熙樂府	正音譜、廣正譜	各折所用宮調及首曲			
													第一折	第二折	第三折	第四折
唐明皇秋葉梧桐雨（白樸）		改二	古				＊	古	＊	酹			仙呂・八聲甘州	中呂・粉蝶兒	雙調・新水令	正宮・端正好
裴少俊牆頭馬上（白樸）			古					古	＊	柳			仙呂・點絳唇	南呂・一枝花	雙調・新水令	中呂・粉蝶兒
董秀英花月東墻記（白樸）			于										仙呂・點絳唇	正宮・端正好	中呂・粉蝶兒	四越調五雙調
韓翠蘋御水流紅葉（白樸）（殘折）											三	二	正宮・端正好			
李克用箭射雙雕（白樸）（殘折）											三		中呂・粉蝶兒			
老莊周一枕蝴蝶夢（史樟）			于										仙呂・點絳唇	南呂・一枝花	正宮・端正好	雙調・新水令
秦脩然竹塢聽琴（石子章）							＊	古	＊	柳			仙呂・點絳唇	中呂・粉蝶兒	正宮・端正好	雙調・新水令
黃桂娘秋夜竹窗雨（石子章）（殘折）												廣	仙呂・點絳唇			

	元刊雜劇三十種	改定元賢、詞套	脈望館鈔校雜劇	古名家雜劇	息機子元人雜劇選	陽春奏	顧曲齋元人雜劇選	元明雜劇	元曲選	古今名劇合選	雍熙樂府	正音譜、廣正譜	各折所用宮調及首曲			
													第一折	第二折	第三折	第四折
救孝子賢母不認屍（王仲文）									*				仙呂・點絳唇	正宮·端正好	中呂・粉蝶兒	雙調・新水令
同樂院燕青博魚（李文蔚）			內						*	酹			大石・六國朝	仙呂·點絳唇	中呂・粉蝶兒	雙調・新水令
破苻堅蔣神靈應（李文蔚）			內										仙呂・點絳唇	南呂·一枝花	越調·鬥鵪鶉	雙調・新水令
張子房圯橋進履（李文蔚）			內										仙呂・點絳唇	南呂·一枝花	正宮・端正好	雙調・新水令
關大王單刀會（關漢卿）	*		*										仙呂・點絳唇	正宮·端正好	中呂・粉蝶兒	雙調・新水令
關張雙赴西蜀夢（關漢卿）	*												仙呂・點絳唇	南呂·一枝花	中呂・粉蝶兒	正宮・端正好
閨怨佳人拜月亭（關漢卿）	*												仙呂・點絳唇	南呂·一枝花	正宮・端正好	雙調・新水令
詐妮子調風月（關漢卿）	*												仙呂・點絳唇	中呂·粉蝶兒	越調·鬥鵪鶉	雙調・新水令
感天動地竇娥冤（關漢卿）			古						*	酹			仙呂・點絳唇	南呂·一枝花	正宮・端正好	雙調・新水令
杜蕊娘智賞金線池（關漢卿）			古				*			柳			仙呂・點絳唇	南呂·一枝花	中呂・粉蝶兒	雙調・新水令
望江亭中秋切膾旦（關漢卿）			息		*								仙呂・點絳唇	中呂·粉蝶兒	南呂・一枝花	雙調・新水令
溫太眞玉鏡台（關漢卿）			古							柳			仙呂・點絳唇	南呂·一枝花	中呂・粉蝶兒	雙調・新水令
趙盼兒風月救風塵（關漢卿）			古	*					*				仙呂・點絳唇	商調·集賢賓	正宮・端正好	雙調・新水令
錢大尹智勘緋衣夢（關漢卿）			古*				*						仙呂・點絳唇	南呂·一枝花	越調·鬥鵪鶉	雙調・新水令
錢大尹智寵謝天香（關漢卿）			古				*		*				仙呂・點絳唇	南呂·一枝花	正宮・端正好	中呂・粉蝶兒
包待制三勘蝴蝶夢（關漢卿）			古	*					*				仙呂・點絳唇	南呂·一枝花	正宮・端正好	雙調・新水令
包待制智斬魯齋郎（關漢卿）			古						*				仙呂・點絳唇	南呂·一枝花	中呂・粉蝶兒	雙調・新水令
劉夫人慶賞五侯宴（關漢卿）			內										仙呂・點絳唇	南呂·一枝花	正宮・端正好	四商調　五雙調
山神廟裴度還帶（關漢卿）			*										仙呂・點絳唇	南呂·一枝花	正宮・端正好	雙調・新水令
狀元堂陳母教子（關漢卿）			內										仙呂・點絳唇	南呂·一枝花	中呂・粉蝶兒	雙調・新水令

	元刊雜劇三十種	改定元賢、詞套	脈望館鈔校雜劇	古名家雜劇	息機子元人雜劇選	陽春奏	顧曲齋元人雜劇選	元明雜劇	元曲選	古今名劇合選	雍熙樂府	正音譜、廣正譜	各折所用宮調及首曲			
													第一折	第二折	第三折	第四折
鄧夫人苦痛哭存孝（關漢卿）			內										仙呂・點絳唇	南呂・一枝花	中呂・粉蝶兒	雙調・新水令
崔鶯鶯待月西廂記（王實甫）一本													仙呂・點絳唇	中呂・粉蝶兒	越調・鬥鵪鶉	雙調・新水令
崔鶯鶯待月西廂記（王實甫）二本													仙呂・八聲甘州	中呂・粉蝶兒	雙調・新水令	越調・鬥鵪鶉
崔鶯鶯待月西廂記（王實甫）三本	明弘治十一年（1498）金臺岳家刻奇妙全相注釋西廂記等												仙呂・點絳唇	中呂・粉蝶兒	雙調・新水令	越調・鬥鵪鶉
崔鶯鶯待月西廂記（王實甫）四本													仙呂・點絳唇	越調・鬥鵪鶉	正宮・端正好	雙調・新水令
崔鶯鶯待月西廂記（王實甫）五本													商調・集賢賓	正宮・端正好	越調・鬥鵪鶉	雙調・新水令
四丞相歌舞麗春堂（王實甫）			古						⁎	酹			仙呂・點絳唇	中呂・粉蝶兒	越調・鬥鵪鶉	雙調・五供養
呂蒙正風雪破窯記（王實甫）			內										仙呂・點絳唇	正宮・端正好	中呂・粉蝶兒	雙調・新水令
韓彩雲絲竹芙蓉亭（王實甫）(殘折)		一									三		仙呂・點絳唇			
信安王斷沒販茶船（王實甫）(殘折)											三		中呂・粉蝶兒			
破幽夢孤雁漢宮秋（馬致遠）			古				⁎		⁎	酹			仙呂・點絳唇	南呂・一枝花	雙調・新水令	中呂・粉蝶兒
西華山陳摶高臥（馬致遠）	⁎	改	古		⁎	⁎			⁎				仙呂・點絳唇	南呂・一枝花	正宮・端正好	雙調・新水令
江州司馬青衫淚（馬致遠）		改	古				⁎		⁎	柳			仙呂・點絳唇	正宮・端正好	雙調・新水令	中呂・粉蝶兒
半夜雷轟薦福碑（馬致遠）			古						⁎	酹			仙呂・點絳唇	正宮・端正好	中呂・粉蝶兒	雙調・新水令
呂洞賓三醉岳陽樓（馬致遠）		一	古						⁎				仙呂・點絳唇	南呂・一枝花	正宮・端正好	雙調・新水令
馬丹陽三度任風子（馬致遠）	⁎		內						⁎	酹			仙呂・點絳唇	正宮・端正好	中呂・粉蝶兒	雙調・新水令
開壇闡教黃粱夢（馬致遠）			古						⁎				仙呂・點絳唇	商調・集賢賓	大石・六國朝	正宮・端正好
臨江驛瀟湘夜雨（楊顯之）							⁎		⁎	柳			仙呂・點絳唇	南呂・一枝花	黃鐘・醉花陰	正宮・端正好
薛仁貴衣錦還鄉（張國賓）	⁎								⁎				仙呂・點絳唇	商調・集賢賓	中呂・粉蝶兒	雙調・新水令
相國寺公孫汗衫記（張國賓）	⁎		⁎						⁎				仙呂・點絳唇	越調・鬥鵪鶉	中呂・粉蝶兒	雙調・新水令
羅李郎大鬧相國寺（張國賓）			⁎	⁎				古	⁎				仙呂・點絳唇	南呂・一枝花	商調・集賢賓	雙調・新水令

	元刊雜劇三十種	改定元賢、詞套	脈望館鈔校雜劇	古名家雜劇	息機子元人雜劇選	陽春奏	顧曲齋元人雜劇選	元明雜劇	元曲選	古今名劇合選	雍熙樂府	正音譜、廣正譜	各折所用宮調及首曲			
													第一折	第二折	第三折	第四折
鄭孔目風雪酷寒亭（花李郎）								古	*				仙呂・點絳唇	越調・鬥鵪鶉	南呂・一枝花	雙調・新水令
地藏王證東窗事犯（孔學詩）	*								*				仙呂・點絳唇	中呂・粉蝶兒	越調・鬥鵪鶉	正宮・端正好
便宜行事虎頭牌（李直夫）									*				仙呂・點絳唇	雙調・五供養	雙調・新水令	正宮・端正好
楚昭公疏者下船（鄭廷玉）	*		內						*				仙呂・點絳唇	越調・鬥鵪鶉	中呂・粉蝶兒	雙調・新水令
看錢奴買冤家債主（鄭廷玉）	*		息	*					*				仙呂・點絳唇	商調・集賢賓	中呂・粉蝶兒	雙調・新水令
包待制智勘後庭花（鄭廷玉）			古						*				仙呂・點絳唇	南呂・一枝花	雙調・新水令	中呂・粉蝶兒
布袋和尙忍字記（鄭廷玉）			息		*				*				仙呂・點絳唇	南呂・一枝花	雙調・新水令	中呂・粉蝶兒
宋上皇御斷金鳳釵（鄭廷玉）			于										仙呂・點絳唇	中呂・粉蝶兒	南呂・一枝花	雙調・新水令
崔府君斷冤家債主（鄭廷玉）			*						*				仙呂・點絳唇	商調・集賢賓	中呂・粉蝶兒	雙調・新水令
說鱄諸伍員吹簫（李壽卿）									*				仙呂・點絳唇	南呂・一枝花	中呂・粉蝶兒	雙調・新水令
月明和尙度柳翠（李壽卿）					*				*	柳			仙呂・點絳唇	南呂・一枝花	中呂・粉蝶兒	雙調・新水令
鼓盆歌莊子嘆骷髏（李壽卿）（殘折）											三		仙呂・點絳唇			
冤報冤趙氏孤兒（紀君祥）	*								*	酹			仙呂・點絳唇	南呂・一枝花	雙調・新水令	中呂・粉蝶兒
陳文圖悟道松陰夢（紀君祥）（殘折）											雍		仙呂・點絳唇			
好酒趙元遇上皇（高文秀）	*		于										仙呂・點絳唇	南呂・一枝花	中呂・粉蝶兒	雙調・新水令
黑旋風雙獻頭（高文秀）			*						*				正宮・端正好	南呂・一枝花	雙調・新水令	中呂・粉蝶兒
劉玄德獨赴襄陽會（高文秀）			內										仙呂・點絳唇	越調・鬥鵪鶉	中呂・粉蝶兒	雙調・新水令
須賈誶范雎（高文秀）					*				*	酹			仙呂・點絳唇	南呂・一枝花	正宮・端正好	雙調・新水令
保成公徑赴澠池會（高文秀）			內										仙呂・點絳唇	中呂・粉蝶兒	正宮・端正好	雙調・新水令
周瑜謁魯肅（高文秀）（殘折）											三		（已佚）	南呂・一枝花	（已佚）	（已佚）
陶朱公范蠡歸湖（趙明道）（殘折）		四									三		（已佚）	（已佚）	（已佚）	雙調・新水令

	元刊雜劇三十種	改定元賢、詞套	脈望館鈔校雜劇	古名家雜劇	息機子元人雜劇選	陽春奏	顧曲齋元人雜劇選	元明雜劇	元曲選	古今名劇合選	雍熙樂府	正音譜、廣正譜	各折所用宮調及首曲			
													第一折	第二折	第三折	第四折
都孔目風雨還牢末（李致遠）			*					古					仙呂・點絳唇	商調・集賢賓	雙調・新水令	中呂・粉蝶兒
降桑椹蔡順奉母（劉唐卿）			內										仙呂・點絳唇	商調・集賢賓	中呂・粉蝶兒	四正宮　五雙調
李太白貶夜郎（王伯成）	*	一											仙呂・點絳唇	南呂・一枝花	中呂・粉蝶兒	雙調・新水令
河南府張尹勘頭巾（孫仲章）			古	*					*				仙呂・點絳唇	南呂・一枝花	商調・集賢賓	雙調・新水令
散家財天賜老生兒（武漢臣）	*								*	酹			仙呂・點絳唇	正宮・端正好	越調・鬥鵪鶉	雙調・新水令
李素蘭風月玉壺春（武漢臣）					*				*				仙呂・點絳唇	南呂・一枝花	中呂・粉蝶兒	雙調・新水令
包待制智賺生金閣（武漢臣）			息		*				*				仙呂・點絳唇	越調・鬥鵪鶉	南呂・一枝花	雙調・新水令
神龍殿欒巴噀酒（李取進）（殘折）											三	廣	南呂・一枝花、（正宮・端正好）、雙調・新水令			
呂洞賓度鐵拐李岳（岳伯川）	*								*	酹			仙呂・點絳唇	正宮・端正好	雙調・新水令	中呂・粉蝶兒
羅公遠夢斷楊貴妃（岳伯川）（殘折）											三		正宮・端正好			
梁山泊李逵負荊（康進之）									*	酹			仙呂・點絳唇	正宮・端正好	商調・集賢賓	雙調・新水令
沙門島張生煮海（李好古）									*	柳			仙呂・點絳唇	南呂・一枝花	正宮・端正好	雙調・新水令
晉文公火燒介子推（狄君厚）	*												仙呂・點絳唇	南呂・一枝花	中呂・粉蝶兒	越調・鬥鵪鶉
謝金蓮詩酒紅梨花（張壽卿）				*		*	*	古	*	柳			仙呂・點絳唇	南呂・一枝花	中呂・粉蝶兒	雙調・新水令
花間四友東坡夢（吳昌齡）									*				仙呂・點絳唇	南呂・一枝花	正宮・端正好	雙調・新水令
張天師斷風花雪月（吳昌齡）									*				仙呂・點絳唇	南呂・一枝花	正宮・端正好	雙調・新水令
諸宮調風月紫雲亭（石君寶）	*												仙呂・點絳唇	南呂・一枝花	中呂・粉蝶兒	雙調・新水令
李亞仙花酒曲江池（石君寶）							*		*				仙呂・點絳唇	南呂・一枝花	中呂・粉蝶兒	雙調・新水令
魯大夫秋胡戲妻（石君寶）									*				仙呂・點絳唇	正宮・端正好	中呂・粉蝶兒	雙調・新水令
李太白匹配金錢記（石君寶）		二					*	古	*	柳			仙呂・點絳唇	正宮・端正好	中呂・粉蝶兒	雙調・新水令
包待制智勘灰欄記（李潛夫）									*				仙呂・點絳唇	商調・集賢賓	黃鐘・醉花陰	雙調・新水令

	元刊雜劇三十種	改定元賢、詞套	脈望館鈔校雜劇	古名家雜劇	息機子元人雜劇選	陽春奏	顧曲齋元人雜劇選	元明雜劇	元曲選	古今名劇合選	雍熙樂府	正音譜、廣正譜	各折所用宮調及首曲			
													第一折	第二折	第三折	第四折
張鼎智勘魔合羅（孟漢卿）	＊		古	＊					＊	酹			仙呂・點絳唇	黃鐘・醉花陰	商調・集賢賓	中呂・粉蝶兒
漢高皇濯足氣英布（尚仲賢）	＊								＊				仙呂・點絳唇	南呂・一枝花	正宮・端正好	黃鐘・醉花陰
洞庭湖柳毅傳書（尚仲賢）							＊		＊	柳			仙呂・點絳唇	越調・鬥鵪鶉	商調・集賢賓	雙調・新水令
尉遲恭三奪槊（尚仲賢）	＊												仙呂・點絳唇	南呂・一枝花	雙調・新水令	正宮・端正好
尉遲恭單鞭奪槊（尚仲賢）			＊					古	＊				仙呂・點絳唇	正宮・端正好	越調・鬥鵪鶉	黃鐘・醉花陰
海神廟王魁負桂英（尚仲賢）(殘折)											雍	廣	雙調・新水令			
陶學士醉寫風光好（戴善甫）			古			＊			＊				仙呂・點絳唇	南呂・一枝花	正宮・端正好	中呂・粉蝶兒
柳耆卿詩酒翫江樓（戴善甫）(殘折)											三		商調・集賢賓			
蘇子瞻風雪貶黃州（費唐臣）			于										仙呂・點絳唇	正宮・端正好	越調・鬥鵪鶉	雙調・新水令
輔成王周公攝政（鄭光祖）	＊												仙呂・點絳唇	中呂・粉蝶兒	越調・鬥鵪鶉	雙調・新水令
醉思鄉王粲登樓（鄭光祖）		三	古					古	＊	酹			仙呂・點絳唇	正宮・端正好	中呂・粉蝶兒	雙調・新水令
梅香騙翰林風月（鄭光祖）			息				＊		＊	柳			仙呂・點絳唇	大石・念奴嬌	越調・鬥鵪鶉	雙調・新水令
迷青瑣倩女離魂（鄭光祖）		三	古				＊		＊	柳			仙呂・點絳唇	越調・鬥鵪鶉	中呂・粉蝶兒	黃鐘・醉花陰
虎牢關三戰呂布（鄭光祖）			內										仙呂・點絳唇	雙調・新水令	中呂・粉蝶兒	正宮・端正好
耕莘野伊尹扶湯（鄭光祖）			內										仙呂・點絳唇	中呂・粉蝶兒	正宮・端正好	雙調・新水令
醜齊后無鹽破連環（鄭光祖）			＊										仙呂・點絳唇	中呂・粉蝶兒	越調・鬥鵪鶉	雙調・新水令
程咬金斧劈老君堂（鄭光祖）			內										仙呂・點絳唇	中呂・粉蝶兒	黃鍾・醉花陰	雙調・新水令
死生交范張雞黍（宮天挺）	＊		息		＊				＊	酹			仙呂・點絳唇	南呂・一枝花	商調・集賢賓	中呂・粉蝶兒
嚴子陵垂釣七里灘（宮天挺）	＊												仙呂・點絳唇	越調・鬥鵪鶉	正宮・端正好	雙調・新水令
蕭何月夜追韓信（金仁傑）	＊												仙呂・點絳唇	雙調・新水令	中呂・粉蝶兒	正宮・端正好
承明殿霍光鬼諫（楊梓）	＊												仙呂・點絳唇	中呂・粉蝶兒	正宮・端正好	雙調・新水令

	元刊雜劇三十種	改定元賢、詞套	脈望館鈔校雜劇	古名家雜劇	息機子元人雜劇選	陽春奏	顧曲齋元人雜劇選	元明雜劇	元曲選	古今名劇合選	雍熙樂府	正音譜、廣正譜	各折所用宮調及首曲			
													第一折	第二折	第三折	第四折
忠義士豫讓吞炭（楊梓）			古					古					仙呂・點絳唇	正宮・端正好	越調・鬥鵪鶉	中呂・粉蝶兒
下高麗敬德不伏老（楊梓）			*										仙呂・點絳唇	中呂・粉蝶兒	越調・鬥鵪鶉	雙調・新水令
李太白匹配金錢記（喬吉）				*			*		*	柳			仙呂・點絳唇	正宮・端正好	中呂・粉蝶兒	雙調・新水令
杜牧之詩酒揚州夢（喬吉）		改一二		*				古	*	柳			仙呂・點絳唇	正宮・端正好	南呂・一枝花	雙調・新水令
玉簫女兩世姻緣（喬吉）		改一三		*	*		*	古	*	柳			仙呂・點絳唇	商調・集賢賓	越調・鬥鵪鶉	雙調・新水令
陳季常悟道竹葉舟（范康）	*								*				仙呂・點絳唇	雙調・新水令	南呂・一枝花	正宮・端正好
王妙妙死哭秦少游（鮑天佑）（殘折）											二	廣	正宮・端正好零曲、雙調・新水令			
持漢節蘇武還鄉（周文質）（殘折）											二		（已佚）	（越調）	中呂・粉蝶兒	雙調・新水令
孝義士趙禮讓肥（秦簡夫）			內息		*				*				仙呂・點絳唇	正宮・端正好	越調・鬥鵪鶉	雙調・新水令
東堂老勸破家子弟（秦簡夫）			息		*				*	酹			仙呂・點絳唇	正宮・端正好	中呂・粉蝶兒	雙調・新水令
晉陶母剪髮待賓（秦簡夫）			于										仙呂・點絳唇	正宮・端正好	中呂・粉蝶兒	雙調・新水令
劉玄德醉走黃鶴樓（朱凱）			內										仙呂・點絳唇	正宮・端正好	雙調・新水令	南呂・一枝花
放火孟良盜骨殖（朱凱）									*				仙呂・點絳唇	中呂・粉蝶兒	正宮・端正好	雙調・新水令
破陰陽八卦桃花女（王曄）			內						*				仙呂・點絳唇	正宮・端正好	中呂・粉蝶兒	雙調・新水令
耿直張千替殺妻（無名氏）	*												仙呂・點絳唇	正宮・端正好	中呂・粉蝶兒	雙調・新水令
諸葛亮博望燒屯（無名氏）	*		內										仙呂・點絳唇	南呂・一枝花	雙調・新水令	中呂・粉蝶兒
小張屠焚兒救母（無名氏）	*												仙呂・點絳唇	越調・鬥鵪鶉	中呂・粉蝶兒	雙調・新水令
王鼎臣風雪漁樵記（無名氏）					息				*				仙呂・點絳唇	正宮・端正好	中呂・粉蝶兒	雙調・新水令
風雨像生貨郎旦（無名氏）			*						*				仙呂・點絳唇	雙調・新水令	正宮・端正好	南呂・一枝花
玎玎璫璫盆兒鬼（無名氏）			*						*				仙呂・點絳唇	中呂・粉蝶兒	越調・鬥鵪鶉	正宮・端正好

	元刊雜劇三十種	改定元賢、詞套	脈望館鈔校雜劇	古名家雜劇	息機子元人雜劇選	陽春奏	顧曲齋元人雜劇選	元明雜劇	元曲選	古今名劇合選	雍熙樂府	正音譜、廣正譜	各折所用宮調及首曲			
													第一折	第二折	第三折	第四折
硃砂擔滴水浮漚記（無名氏）			內						*				仙呂・點絳脣	南呂・一枝花	正宮・端正好	雙調・新水令
玉清庵錯送鴛鴦被（無名氏）（殘折）			古	*	*				*				仙呂・點絳脣	正宮・端正好	越調・鬥鵪鶉	雙調・新水令
龐涓夜走馬陵道（無名氏）			*						*				仙呂・點絳脣	正宮・端正好	雙調・新水令	中呂・粉蝶兒
孟光女舉案齊眉（無名氏）			*						*				仙呂・點絳脣	正宮・端正好	越調・鬥鵪鶉	雙調・新水令
金水橋陳琳抱妝盒（無名氏）									*				仙呂・點絳脣	南呂・一枝花	雙調・新水令	中呂・粉蝶兒
包待制陳州糶米（無名氏）									*				仙呂・點絳脣	正宮・端正好	南呂・一枝花	雙調・新水令
包待制智賺合同文字（無名氏）					*				*				仙呂・點絳脣	正宮・端正好	中呂・粉蝶兒	雙調・新水令
錦雲堂美女連環計（無名氏）			息		*				*				仙呂・點絳脣	南呂・一枝花	正宮・端正好	雙調・新水令
薩真人夜斷碧桃花（無名氏）					*				*				仙呂・點絳脣	中呂・粉蝶兒	正宮・端正好	雙調・新水令
逞風流王煥百花亭（無名氏）			*						*				仙呂・點絳脣	中呂・粉蝶兒	商調・集賢賓	雙調・新水令
漢鍾離度脫藍采和（無名氏）			古	*									仙呂・點絳脣	南呂・一枝花	正宮・端正好	雙調・新水令
王月英留鞋記（無名氏）			息	*					*				仙呂・點絳脣	正宮・端正好	中呂・粉蝶兒	雙調・新水令
鄭月蓮秋夜雲窗夢（無名氏）			于										仙呂・點絳脣	正宮・端正好	中呂・粉蝶兒	雙調・新水令
狄青復奪衣襖車（無名氏）			內										仙呂・點絳脣	南呂・一枝花	商調・集賢賓	中呂・粉蝶兒
劉千病打獨角牛（無名氏）			內										仙呂・點絳脣	越調・鬥鵪鶉	正宮・端正好	雙調・新水令
摩利支飛刀對箭（無名氏）			內										仙呂・點絳脣	正宮・端正好	越調・鬥鵪鶉	雙調・新水令
施仁義劉弘嫁婢（無名氏）			內										仙呂・點絳脣	中呂・粉蝶兒	越調・鬥鵪鶉	雙調・新水令
關雲長千里獨行（無名氏）			*										仙呂・點絳脣	南呂・一枝花	中呂・粉蝶兒	雙調・新水令
龍濟山野猿聽經（無名氏）			古										仙呂・點絳脣	南呂・一枝花	中呂・粉蝶兒	雙調・新水令
二郎神醉射鎖魔鏡（無名氏）			古	*									仙呂・點絳脣	南呂・一枝花	越調・鬥鵪鶉	黃鐘・醉花陰
蘇子瞻醉寫赤壁賦（無名氏）			古					古					仙呂・點絳脣	南呂・一枝花	越調・鬥鵪鶉	雙調・新水令
閥閱舞射柳蕤丸記（無名氏）			內										仙呂・點絳脣	南呂・一枝花	越調・鬥鵪鶉	雙調・新水令
張公藝九世同居（無名氏）			息										仙呂・點絳脣	南呂・一枝花	正宮・端正好	雙調・新水令

	元刊雜劇三十種	改定元賢、詞套	脈望館鈔校雜劇	古名家雜劇	息機子元人雜劇選	陽春奏	顧曲齋元人雜劇選	元明雜劇	元曲選	古今名劇合選	雍熙樂府	正音譜、廣正譜	各折所用宮調及首曲			
													第一折	第二折	第三折	第四折
趙匡義智娶符金錠（無名氏）			息		*								仙呂．點絳唇	南呂．一枝花	中呂．粉蝶兒	雙調．新水令
王翛然斷殺狗勸夫（無名氏）			*						*				仙呂．點絳唇	正宮．端正好	南呂．一枝花	中呂．粉蝶兒

說明：

1. 表列現存元雜劇的版本，包括今存殘折曲文的劇目，只存殘曲的不計；全折存譜者另表列出。
2. 由於本表強調的是刻本的刊行，因此民國以來的新刊本、選本，像《全元雜劇》（初、二、三、外編）、《古本戲曲叢刊》第四輯，就不收錄在內。
3. 關於上述刻本的詳細說明，請參考羅錦堂《中國戲曲總目彙編》「戲劇總目」部份（頁 62-97），以下的說明主要摘自該書。唯《改訂元賢傳奇》摘自《元代雜劇總目．引用書籍解題》。《詞謔》參考《中國古典戲曲論著集成》（頁 3-260）。

《元刊雜劇三十種》（三十種）（頁 62）——元．無名氏輯。

《改訂元賢》、《詞謔》：以「改」表《改訂元賢傳奇》，以數字表《詞謔．詞套》中所錄套曲的折數。爲省篇幅合併右側空格置入。

《改訂元賢傳奇》（十六種）——李開先著，明嘉靖年間刊本，傳世者僅鐵琴銅劍樓藏七種。

《詞謔．詞套》——明．李開先著，明嘉靖年間刊本，該格若是數字，表詞套中所錄套曲的折數。

《脈望館鈔校雜劇》（二百四十二種）（頁 85）——明．趙琦美鈔校，明萬曆年間寫本。「古」表示鈔校自「古名家」，「息」表示「息機子」，「內」表示內府本，「于」表示于小穀本。

《正續古名家雜劇》（六十五種）（頁 65）——明・玉陽仙史（陳與郊，一說王驥德）編刊，明萬曆十六年（1588）新安余氏刻本。

《息機子元人雜劇選》（三十種）（頁 67）——明・息機子編刊，又稱《古今雜劇選》，明萬曆二十六年（1598）刻本。

《陽春奏》（三十九種）（頁 68）——明・尊生館主人編，明萬曆三十七年（1609）刻本。

《顧曲齋元人雜劇選》（二十種）（頁 69）——明・顧曲齋主人（王驥德）編，又稱《古雜劇》、《古今雜劇》，明萬曆年間刊行。

《元明雜劇》（二十七種）（頁 95）——明・無名氏輯，明萬曆刊本。「古」表示《古名家雜劇》殘本。

《元曲選》（一百種）（頁 70）——明・臧懋循編，又稱《元人百種》，明萬曆四十四年（1616）雕蟲館刊本。

《古今名劇合選》（五十六種）——分兩部份，在表格中以「柳」表《柳枝集》，以「酹」表《酹江集》：

《新鐫古今雜劇柳枝集》（二十六種）（頁 96）——明・孟稱舜編選，潘可傳訂正。明崇禎六年（1633）刻本。

《新鐫古今雜劇酹江集》（三十種）（頁 97）——明・孟稱舜編選，劉啓胤訂正。明崇禎六年（1633）刻本。

《雍熙樂府》——以「三」表示收錄於《盛世新聲》、《詞林摘艷》、《雍熙樂府》，以「二」表《詞林摘艷》、《雍熙樂府》，以「雍」表示收錄於《雍熙樂府》。

《盛世新聲》（十二卷）（頁 11）——明・無名氏輯，明正德年間初刊，明代第一部包括有小令、散套及雜劇的戲曲總集。

《詞林摘艷》（十卷）（頁 12）——明・張祿輯，明嘉靖四年原刻本，據《盛世新聲》「去其失格，增其未備，訛者正之，脫者增之。」

《雍熙樂府》（十三卷）（頁 12）——明・郭勳輯，明嘉靖四十五年序（1566）刊本。

《正音譜》《廣正譜》——以「廣」表《北詞廣正譜》，「二」表示二譜皆收：

《太和正音譜》（二卷）——明・朱權撰，明洪武年間刻本。

《北詞廣正譜》（十八帙）——清・李玉撰，清康熙年間刻本。據「套數分題」知套式，如《鑾巴噀酒》之【正宮】。

4. 《敬德不伏老》，尚有明萬曆間富春堂刻本《金貂記》卷首附載此劇。

附錄三　【粉蝶兒】音樂走勢圖

說明：此圖是將曲牌的正字摘出，放在對應的音高上。以箭頭示意唱腔高低，如「淡」的腔就是 5 4 3 2，「柳」的腔就是 6̣ 1 2 。

若與以下翻調、移調之例相比，就可以看出曲牌的旋律走勢，尤其在韻腳之處，差別是在音高而非旋律。

1、《　　　》第二折【粉蝶兒】音樂　　　末　明　唱　九宮 14-3

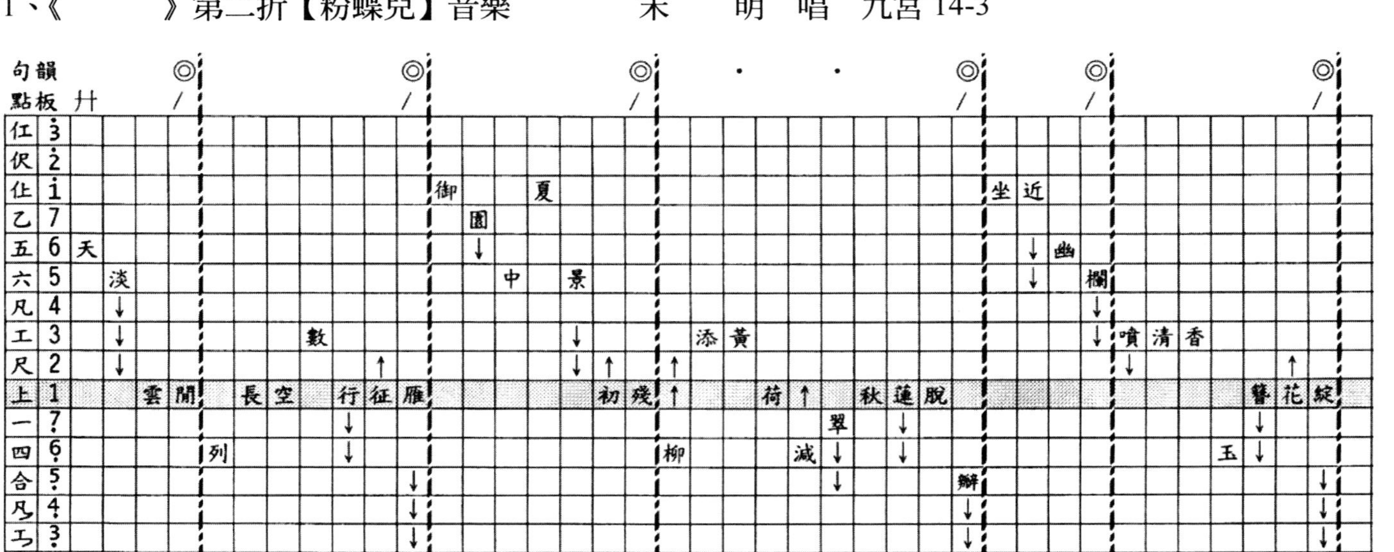

2、《　　三·　子》【粉蝶兒】音樂　　　末　關公唱　　納續二 943

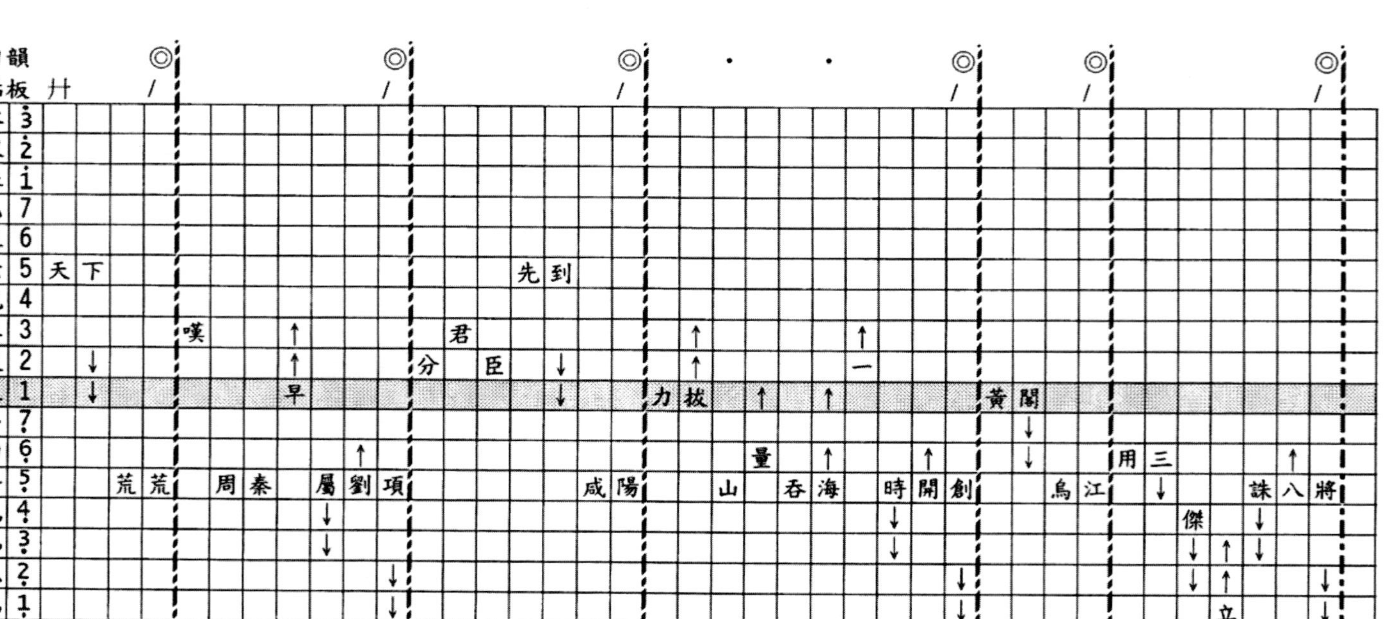

3、《　　　》第三折【粉蝶兒】音樂　　　旦　倩女唱　　九宮 14-29

句韻					◎							◎							◎			·			·				◎				◎							◎	
點板		卄			/							/							/										/				/							/	
仩	3̇																																								
伬	2̇															最														廢											
仕	1̇																																								
乙	7	↑												人																											
五	6	執	手										想		間		苦							顛							寢										
六	5		↓						這								↓						無		倒						↓						瘦				
凡	4		↓														↓														↓										
工	3		↓								↑																	↑			↓				折						
尺	2			臨	岐	空				場	憔	悴						別	離		精	神				不	知	滋	味			忘	食	挫		得		如	↑	日	
上	1						留			↓																	↓											↓	一		
一	7̣						↓			↓										↑							↓											↓			
四	6̣							下				↓								↑									↓											↓	
合	5̣											↓								少									↓											↓	
凡	4̣																																								
工	3̣																																								

附錄四　《螾廬曲談》所舉同一句點板不同之例

說明：引自《螾廬曲談》卷四，收入《集成曲譜》玉集卷首，頁 37-39。筆者譯譜。

以上所舉點板不同之端，係就不同之曲詞言之，更有同一曲詞，而各家所點之板各不同者，如〈絮閣〉折北【出隊子】之末句，有四種宮譜，其點板各各不同，茲列舉如左（以下是筆者將工尺譜譯爲簡譜，一板三眼）：

《大成宮譜》：

5 3 3 2 | 1 3· 6 56 | 1 2 1· 1 |

既不沙　怎得那一斛　珍珠去

| 7 6 5 — | 5·1 61 653 | 5 6 1

慰　寂　寥◎

《書譜》

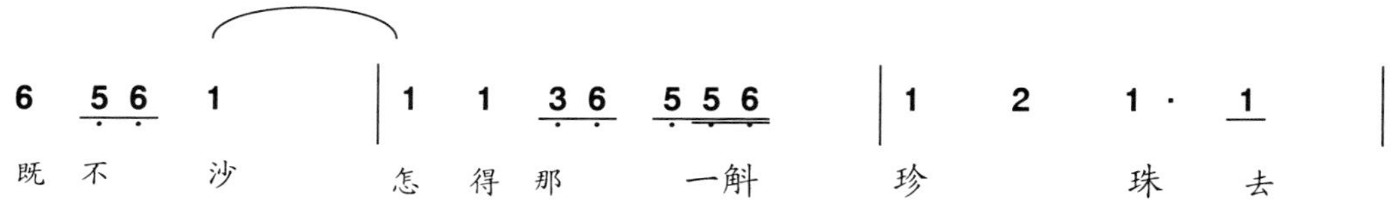

6 56 1 | 1 1 36 556 | 1 2 1· 1 |

既不沙　怎得那一斛　珍珠去

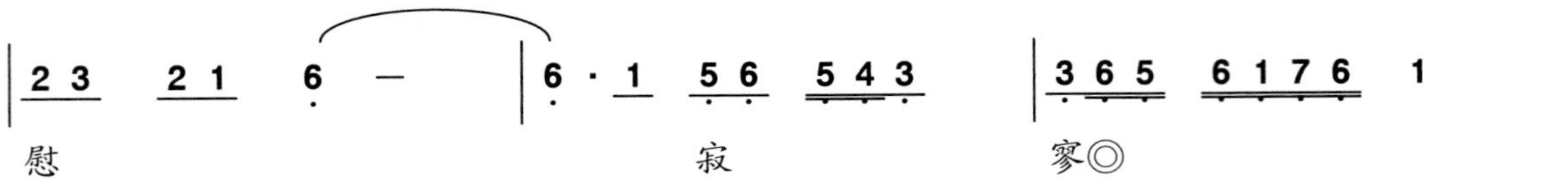

| 23 21 6 — | 6·1 56 543 | 365 6176 1
慰 寂 寥◎

《 譜》

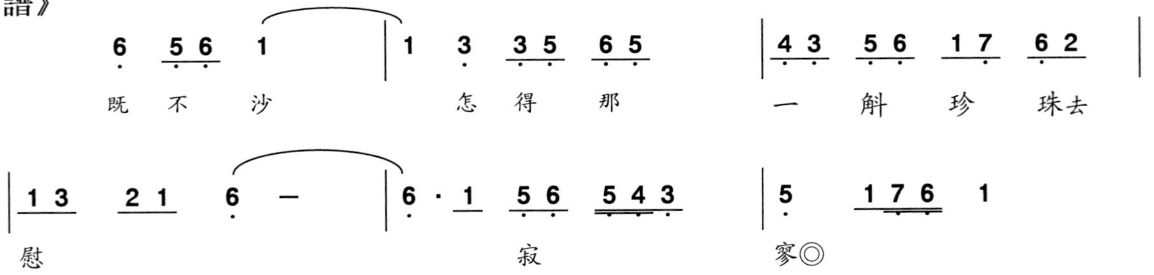

6 56 1 | 1 3 35 65 | 43 56 17 62 |
既不沙 怎得那 一斛珍珠去

| 13 21 6 — | 6·1 56 543 | 5 176 1
慰 寂 寥◎

譜

6 56 1 | 1 12 3 3 2 | 13 56 17 62 |
既不沙 只問是 誰把珍珠去

| 13 21 6 — | 6·1 56 543 | 35 5176 1
慰 寂 寥◎

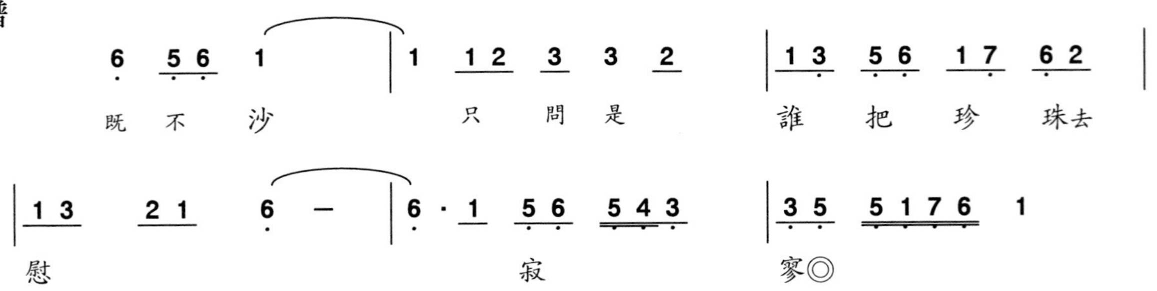

按《北詞廣正譜》，此句正格係七字句，第一第三字點頭板，第五第七字點頭板截板，此處因句首襯字多至六字，不得不移板於襯字上，而《大成宮譜》，於「怎」字上點頭板，規律最正，其他三種譜，則將此頭板移於「沙」字上作截板，取便歌喉，按之曲律亦不爲乖戾。

至於「一、珍」兩字上，本皆可以點板，而《大成宮譜》及《納書楹譜》，省去「一」字上之板，《吟香堂譜》及「通行俗譜」，省去「珍」字上之板，按之曲理，皆無不合。

至「寥」字上，《大成宮譜》及《吟香堂譜》皆點頭板，最爲正格，《納書楹譜》及「通行俗譜」，將此頭板移於「寂」字下作截板，亦係變體，然北曲中時有之，不得謂之乖謬也。

附錄五　文字格律譜所錄曲牌及首句

說明：文字表示所舉曲牌的曲詞首句（剔除襯字）。

若一曲牌下有數例，僅舉第一例，其後數字表共有幾格、幾例，包括【么篇】，僅供參考。

《宗北歸音》每一曲牌錄有元人曲體及點板曲格，曲文引自「元人曲體」。

《九宮大成譜》只摘錄「隻曲」部份。

	【粉蝶兒】	【醉春風】	【叫聲】	【迎仙客】	【紅繡鞋】	【石榴花】	【鬥鵪鶉】	【上小樓】
中原音韻定格	／	／	／	紅日低	孔子嘗聞俎豆	／	／	／
太和正音譜	歸去來兮	聚散若浮雲	風景喜開顏	沾雨露	一榻白雲竹徑	一聲長嘯海天秋	仙酒延年	逐朝每日
北詞廣正譜	至治華夷	七國么臣諂 7	間阻又經年 3	忙似蟻	早則功成名遂	大師一一問行藏 3	渾俗和光 5	特來見訪 6
宗北歸音	半世漂流 2	開封府勾誰 2	／	紅日低 2	秋水長天遠際 2	山城無事早休衙 2	鳳友鸞交 2	／
九宮大成譜	明媚春光 5	悲慘未停歇 4	間阻又經年 6	／	一榻白雲竹徑 5	一聲長嘯海天秋 5	仙酒延年 5	自憐自警 9
南北詞簡譜	至治華夷	紅袖霞飄彩	間阻又經年	沾雨露	一榻白雲竹徑	一聲長嘯海天秋	仙酒延年	特來見訪
南北曲小令譜	／	七國么臣諂	／	雲冉冉	一榻白雲竹徑	／	／	時乘興吟 2
北曲新譜	天淡雲閒	光泛紫金鍾	間阻又經年	釣錦鱗	／	大師一一問行藏	僊酒延年	特來見訪 4

	【快活三】	【朝天子】	【鮑老兒】	【古鮑老】	【柳青娘】	【道和】	【耍孩兒】	【煞】	【白鶴子】
中原音韻定格	／	早霞	／	／	／	／	／	／	／
太和正音譜	梨花白雪飄	瓔杯	撮得泥金衫袖挽	撒開紫檀	誰曾趁逐	今秋	雖然蔬圃衡畦逕	畫片山	四邊風凜冽
北詞廣正譜	梨花白雪飄	瓔杯 2	當初指望成家計	綠莎漫滾 2	下的戰騎 2	聽得 4	牽衣妻子情傷感 3	從釋縛 4	四邊風凜冽
宗北歸音	兩個得生天 2	可便 2	／	／	／	／	／	／	／
九宮大成譜	梨花白雪飄 3	瓔杯 4	當初指望成家計 2	綠莎漫滾 2	詩賓酒朋 2	馬料 4	／	／	四邊風凜冽 3
南北詞簡譜	梨花白雪飄	瓔杯	撮得泥金衫袖挽	撒開紫檀	下的戰騎	馬料	淋漓衫袖啼紅淚	服水土 10	四邊風凜冽
南北曲小令譜	梨花白雪飄 3	瓔杯 4	／	／	／	／	／	／	金風飄敗葉
北曲新譜	梨花白雪飄	早霞	撮得泥金衫袖挽	綠莎漫滾 2	下的戰騎	匆匆 6	牽衣妻子情傷感	從釋縛	四邊風凜冽

附錄六　現存元雜劇【中呂】折套曲表

說明：【么篇】直接標注曲牌名。以行書體表帶過曲，以色塊表借宮之曲（不計【般涉．耍孩兒】及【煞】）。

本表將套曲大致依曲牌對齊，以見套中曲牌聯用概況。

作者	劇名	版本	套曲																						
白樸	梧桐雨二	各本	粉蝶兒	叫聲	醉春風	迎仙客	紅繡鞋										快活三	鮑老兒	古鮑老	紅芍藥	剔銀燈	蔓菁菜	滿庭芳	普天樂	啄木兒尾
	牆頭馬上四	古名家	粉蝶兒	醉春風	滿庭芳	普天樂	迎仙客	石榴花	鬥鵪鶉					上小樓	上小樓					十二月	堯民歌			耍孩兒	煞尾
	東墻記三	脈望館	粉蝶兒	醉春風	脫布衫	小梁州	小梁州							上小樓	上小樓		快活三	賀聖朝	滿庭芳		五煞	四煞	三煞	二煞	尾煞
	箭射雙鵰	雍熙樂府	粉蝶兒	醉春風	快活三	朝天子									快活三	六么篇	六么序	六么令	鮑老兒	古鮑老	剔銀燈	蔓菁菜	柳青娘	道和	尾聲
石子章	竹塢聽琴二	元曲選	粉蝶兒	醉春風	紅繡鞋			石榴花	鬥鵪鶉					上小樓	上小樓		快活三	鮑老兒						耍孩兒	尾聲
王仲文	不認屍三	元曲選	粉蝶兒	醉春風	迎仙客	紅繡鞋	普天樂							上小樓	上小樓				滿庭芳	耍孩兒	五煞	四煞	三煞	二煞	尾煞
李文蔚	燕青博魚三	脈望館	粉蝶兒	叫聲	醉春風	倘秀才	叫聲	滾繡球	滾繡球	煞尾															
關漢卿	魯齋郎三	古名家	粉蝶兒	醉春風	紅繡鞋	迎仙客	紅繡鞋	石榴花	鬥鵪鶉					上小樓	上小樓					十二月	堯民歌		耍孩兒	二煞	尾煞
	西蜀夢三	元刊本	粉蝶兒	醉春風	紅繡鞋	迎仙客		石榴花	鬥鵪鶉					上小樓	上小樓						哨遍	耍孩兒	三煞	二煞	收尾
	玉鏡台三	古名家	粉蝶兒		紅繡鞋	迎仙客	醉高歌	醉春風	紅繡鞋	普天樂	滿庭芳			上小樓	上小樓				耍孩兒	六煞	五煞	四煞	三煞	二煞	煞尾
	哭存孝三	脈望館	粉蝶兒	醉春風										上小樓	上小樓					十二月	堯民歌	耍孩兒	三煞	二煞	尾聲
	單刀會三	元刊本	粉蝶兒	醉春風	十二月	堯民歌		石榴花	鬥鵪鶉					上小樓	上小樓				快活三	鮑老兒	剔銀燈	蔓菁菜	柳青娘	道和	尾
		脈望館	粉蝶兒	醉春風	十二月	堯民歌		石榴花	鬥鵪鶉					上小樓	上小樓				快活三	鮑老兒	剔銀燈	蔓菁菜	柳青娘		尾聲
	金線池三	古名家	粉蝶兒	醉春風				石榴花	鬥鵪鶉	普天樂	醉高歌	十二月	堯民歌	上小樓	上小樓								耍孩兒	二煞	尾煞
	陳母教子三	脈望館	粉蝶兒	醉春風	紅繡鞋				醉高歌	普天樂															啄木兒煞

作者	劇名	版本	套曲																						
	望江亭二	息機子	粉蝶兒	醉春風	紅繡鞋					普天樂													十二月	堯民歌	煞尾
	謝天香四	古名家	粉蝶兒	醉春風				石榴花	鬥鵪鶉					上小樓	上小樓							啃遍	耍孩兒	二煞	煞尾
	調風月二	元刊本	粉蝶兒	醉春風	紅繡鞋	滿庭芳	十二月	堯民歌	江兒水					上小樓	上小樓				啃遍	耍孩兒	五煞	四煞	三煞	二煞	尾
王實甫	西廂記 1-2	各本	粉蝶兒	醉春風	迎仙客			石榴花	鬥鵪鶉		上小樓	上小樓	脫布衫	小梁州	小梁州	快活三	朝天子	四邊靜	啃遍	耍孩兒	五煞	四煞	三煞	二煞	尾
	西廂記 2-2	各本	粉蝶兒	醉春風	脫布衫	小梁州	小梁州							上小樓	上小樓	滿庭芳	快活三	朝天子	四邊靜		耍孩兒	四煞	三煞	二煞	收尾
	西廂記 3-2	各本	粉蝶兒	醉春風	普天樂	快活三	朝天子	四邊靜	脫布衫	小梁州	小梁州	石榴花	鬥鵪鶉	上小樓	上小樓	滿庭芳					耍孩兒	四煞	三煞	二煞	煞尾
	西廂記 5-2	各本	粉蝶兒	醉春風	迎仙客					上小樓	上小樓	滿庭芳	白鶴子	白鶴子	白鶴子	白鶴子	白鶴子	快活三	朝天子	賀聖朝	耍孩兒	二煞	三煞	四煞	尾
	麗春堂二	脈望館	粉蝶兒	醉春風	迎仙客	紅繡鞋								上小樓	上小樓	滿庭芳	石榴花	鬥鵪鶉						耍孩兒	尾聲
	破窯記三	脈望館	粉蝶兒	醉春風										上小樓								普天樂	十二月	堯民歌	尾聲
	販茶船	雍熙樂府	粉蝶兒	醉春風	迎仙客			石榴花	鬥鵪鶉					上小樓	上小樓						十二月	堯民歌	耍孩兒	二煞	尾聲
馬致遠	青衫淚四	古名家	粉蝶兒	醉春風	迎仙客			石榴花	鬥鵪鶉					上小樓	上小樓	紅芍藥	紅繡鞋	喜春來	普天樂	快活三	鮑老兒	叫聲	剔銀燈	蔓菁菜	隨煞
	薦福碑三	古名家	粉蝶兒	醉春風				石榴花	鬥鵪鶉	普天樂	紅繡鞋			上小樓	上小樓	滿庭芳		快活三	鮑老兒	十二月	堯民歌	耍孩兒	二煞	一煞	煞尾
	任風子三	元刊本	粉蝶兒	醉春風	紅繡鞋			石榴花	鬥鵪鶉				普天樂	上小樓	上小樓	滿庭芳			耍孩兒	六煞	五煞	四煞	三煞	二煞	收尾
		元曲選	粉蝶兒	醉春風	紅繡鞋			石榴花	鬥鵪鶉					上小樓	上小樓	滿庭芳	普天樂		耍孩兒	二煞	三煞		四煞	五煞	煞尾
	漢宮秋四	古名家	粉蝶兒	醉春風	叫聲	剔銀燈	蔓菁菜	白鶴子	白鶴子					上小樓	上小樓							滿庭芳	十二月	堯民歌	隨煞
張國賓	薛仁貴三	元刊本	粉蝶兒	醉春風	朝天子	十二月	堯民歌						上小樓	上小樓	滿庭芳	快活三	紅芍藥	鮑老兒	啃遍	耍孩兒	五煞	四煞	三煞	二煞	收尾煞
		元曲選	粉蝶兒	醉春風		十二月	堯民歌							上小樓	滿庭芳		快活三	迓鼓兒	鮑老兒		耍孩兒			一煞	煞尾
	合汗衫三	元刊本	粉蝶兒	醉春風		快活三	朝天子	四邊靜	普天樂					上小樓	上小樓	脫布衫	小梁州	小梁州						耍孩兒	收尾
孔學詩	東窗事犯二	元刊本		粉蝶兒	醉春風	迎仙客			石榴花	鬥鵪鶉	紅繡鞋	十二月	堯民歌	滿庭芳				快活三	鮑老兒			耍孩兒	三煞	二煞	收尾
鄭廷玉	疏者下船三	元刊本	粉蝶兒	醉春風	迎仙客	紅繡鞋		石榴花		普天樂				上小樓	上小樓	滿庭芳						耍孩兒	三煞	二煞	尾聲
		脈望館	粉蝶兒	醉春風	迎仙客	紅繡鞋		石榴花	鬥鵪鶉	普天樂				上小樓	上小樓	滿庭芳						耍孩兒		二煞	煞尾
	忍字記四	息機子	粉蝶兒	醉春風	迎仙客									上小樓	上小樓	滿庭芳							十二月	堯民歌	煞尾
	斷金釵二	脈望館	粉蝶兒	醉春風	紅繡鞋	迎仙客		石榴花	鬥鵪鶉	普天樂	滿庭芳									十二月	堯民歌	耍孩兒	三煞	二煞	煞尾
	後庭花四	古名家	粉蝶兒		迎仙客	快活三	朝天子	紅繡鞋	剔銀燈	蔓菁菜	乾荷葉				上小樓	滿庭芳	倘秀才	呆骨朵	倘秀才	滾繡球	伴讀書	笑和尚	煞尾		
	冤家債主三	脈望館	粉蝶兒	醉春風	紅繡鞋	迎仙客		白鶴子	白鶴子					上小樓	上小樓								耍孩兒	二煞	尾聲
李壽卿	伍員吹簫三	元曲選	粉蝶兒	醉春風				石榴花	鬥鵪鶉	迎仙客	快活三	朝天子		上小樓		滿庭芳									尾聲
	度柳翠三	息機子	粉蝶兒	醉春風	乾荷葉									上小樓	上小樓	滿庭芳	快活三	鮑老兒		十二月	堯民歌	耍孩兒	三煞	二煞	煞尾
紀君祥	趙氏孤兒四	元刊本	粉蝶兒	醉春風	迎仙客	紅繡鞋		石榴花	鬥鵪鶉				普天樂	上小樓	上小樓					十二月	堯民歌	耍孩兒	三煞	二煞	尾
		元曲選	粉蝶兒	醉春風	迎仙客	紅繡鞋		石榴花	鬥鵪鶉				普天樂	上小樓	上小樓							耍孩兒	二煞	一煞	煞尾
高文秀	雙獻功四	元曲選	粉蝶兒	醉春風										上小樓	上小樓	小梁州	小梁州	滿庭芳		十二月	堯民歌				隨尾
	遇上皇三	元刊本	粉蝶兒	醉春風	迎仙客									上小樓	上小樓					十二月	堯民歌		耍孩兒	二煞	煞尾
	襄陽會三	脈望館	粉蝶兒	醉春風	紅繡鞋									上小樓	上小樓	白鶴子				十二月	堯民歌				尾聲

作者	劇名	版本	套曲																						
	澠池會二	脈望館	粉蝶兒	醉春風	迎仙客	紅繡鞋							普天樂	上小樓	上小樓					十二月	堯民歌				尾聲
李致遠	還牢末四	古名家	粉蝶兒	醉春風										上小樓					十二月	堯民歌	快活三	朝天子			煞尾
		元曲選	粉蝶兒	醉春風										上小樓					十二月	堯民歌	快活三	朝天子	耍孩兒	二煞	煞尾
劉唐卿	蔡順奉母三	脈望館	粉蝶兒	醉春風	迎仙客	紅繡鞋								上小樓	上小樓									耍孩兒	尾聲
王伯成	貶夜郎三	元刊本	粉蝶兒	醉春風	迎仙客	醉高歌		石榴花	鬥鵪鶉	普天樂	乾荷葉			上小樓	上小樓	滿庭芳	快活三	鮑老兒	咍遍	耍孩兒	五煞	四煞	三煞	二煞	尾
武漢臣	玉壺春三	息機子	粉蝶兒	醉春風	迎仙客	紅繡鞋	滿庭芳	石榴花	鬥鵪鶉	快活三	鮑老兒	十二月	堯民歌	上小樓	上小樓						耍孩兒	四煞	三煞	二煞	煞尾
岳伯川	鐵拐李岳四	元刊本	粉蝶兒	醉春風	十二月	堯民歌				普天樂	快活三	鮑老兒		上小樓	上小樓	尾聲									
		元曲選	粉蝶兒	醉春風	十二月	堯民歌	紅繡鞋	喜春來	迎仙客	普天樂	快活三	鮑老催		上小樓	上小樓								耍孩兒	二煞	煞尾
狄君厚	介子推三	元刊本	粉蝶兒	醉春風	喜春來	普天樂	迎仙客							上小樓	上小樓	醉高歌	紅繡鞋	快活三	朝天子			耍孩兒	三煞	二煞	煞尾
張壽卿	紅梨花三	古名家	粉蝶兒	醉春風	迎仙客	紅繡鞋	石榴花	鬥鵪鶉	快活三	鮑老兒	十二月	堯民歌	亂柳葉	上小樓	上小樓	煞尾									
石君寶	秋胡戲妻三	元曲選	粉蝶兒	醉春風	普天樂								滿庭芳	上小樓		十二月	堯民歌					耍孩兒	二煞	三煞	尾煞
	曲江池三	元曲選	粉蝶兒	醉春風	十二月	堯民歌															滿庭芳	耍孩兒	三煞	二煞	尾煞
		顧曲齋	粉蝶兒	醉春風	十二月	堯民歌															滿庭芳			耍孩兒	尾煞
	紫雲亭三	元刊本	粉蝶兒	醉春風	迎仙客	紅繡鞋		石榴花	鬥鵪鶉					上小樓	上小樓	十二月	堯民歌	快活三	鮑老兒	咍遍	耍孩兒	四煞	三煞	二煞	煞尾
孟漢卿	魔合羅四	元刊本	粉蝶兒	醉春風	叫聲	喜春來	紅繡鞋	迎仙客	白鶴子	白鶴子	白鶴子	白鶴子	白鶴子	白鶴子	叫聲	醉春風	滾繡球	倘秀才	蠻姑令	快活三	鮑老兒	古鮑老	鬼三台	剔銀燈	蔓菁菜
																						窮河西	柳青娘	道和	尾
		元曲選	粉蝶兒	醉春風	叫聲	喜春來	紅繡鞋	迎仙客	白鶴子	白鶴子	白鶴子	白鶴子	白鶴子	白鶴子	叫聲	醉春風	滾繡球	倘秀才	蠻姑兒	快活三	鮑老兒		鬼三台	剔銀燈	蔓菁菜
																						窮河西	柳青娘	道和	尾
戴善甫	風光好四	元曲選	粉蝶兒	醉春風	迎仙客			石榴花	鬥鵪鶉					上小樓	上小樓	快活三	鮑老兒				咍遍	耍孩兒	三煞	二煞	煞尾
鄭光祖	伊尹耕莘二	脈望館	粉蝶兒	醉春風	迎仙客			石榴花	鬥鵪鶉					上小樓	上小樓									耍孩兒	尾聲
	王粲登樓三	古名家	粉蝶兒	醉春風	迎仙客	紅繡鞋	普天樂	石榴花	鬥鵪鶉					上小樓	上小樓			滿庭芳		十二月	堯民歌				尾聲
		李開仙鈔本	粉蝶兒	醉春風	迎仙客	紅繡鞋	普天樂	喜春來	石榴花	鬥鵪鶉				上小樓	上小樓			滿庭芳	十二月	堯民歌	咍遍	耍孩兒	三煞	二煞	尾聲
	周公輔政二	元刊本	粉蝶兒	醉春風	迎仙客									上小樓	上小樓				滿庭芳	普天樂	耍孩兒	么篇	三煞	二煞	煞尾
	倩女離魂三	各本	粉蝶兒	醉春風	迎仙客	紅繡鞋	普天樂	石榴花	鬥鵪鶉					上小樓	上小樓			十二月	堯民歌	咍遍	耍孩兒	四煞	三煞	二煞	煞尾
	三戰呂布三	脈望館	粉蝶兒	醉春風	迎仙客	紅繡鞋		石榴花	鬥鵪鶉					上小樓	上小樓			滿庭芳						耍孩兒	尾聲
	老君堂二	脈望館	粉蝶兒	醉春風										上小樓						十二月	堯民歌			耍孩兒	尾聲
宮天挺	范張雞黍四	元刊本	粉蝶兒	醉春風		紅繡鞋		石榴花	鬥鵪鶉					上小樓	上小樓	滿庭芳	十二月	堯民歌	普天樂	快活三	鮑老兒	耍孩兒	耍孩兒	牆頭花	九煞
																		八煞	七煞	六煞	五煞	四煞	三煞	二煞	尾聲
		息機子	粉蝶兒	醉春風		紅繡鞋		石榴花	鬥鵪鶉					上小樓	上小樓		十二月	堯民歌				耍孩兒	二煞	一煞	煞尾
金仁傑	追韓信三	元刊本	粉蝶兒	醉春風				石榴花	鬥鵪鶉	剔銀燈	蔓菁菜	十二月	堯民歌	上小樓	上小樓						耍孩兒	耍孩兒	三煞	二煞	尾
楊梓	豫讓吞炭四	古名家	粉蝶兒	醉春風	迎仙客			石榴花	鬥鵪鶉					上小樓	上小樓	十二月	堯民歌					耍孩兒	三煞	二煞	尾聲

作者	劇名	版本	套曲																						
	霍光鬼諫二	元刊本	粉蝶兒	醉春風	剔銀燈	蔓菁菜		石榴花	鬥鵪鶉					上小樓	上小樓						耍孩兒帶四煞		三煞	二煞	收尾煞
	不伏老二	脈望館	粉蝶兒	醉春風	迎仙客	紅繡鞋	滿庭芳	尾聲																	
喬吉	金錢記三	古名家	粉蝶兒	醉春風	迎仙客	白鶴子	白鶴子	普天樂	紅繡鞋	石榴花	鬥鵪鶉			上小樓	上小樓	滿庭芳	耍孩兒	尾聲							
周文質	蘇武還鄉三	雍熙樂府	粉蝶兒	醉春風	迎仙客			石榴花	鬥鵪鶉	快活三	朝天子			上小樓	上小樓					耍孩兒	四煞	三煞	二煞	一煞	煞尾
		納書楹	粉蝶兒	醉春風	迎仙客		石榴花	石榴花	鬥鵪鶉	快活三	朝天子	四邊靜		上小樓	上小樓	煞尾									
秦簡夫	東堂老三	息機子	粉蝶兒	醉春風	叫聲	剔銀燈	蔓菁菜	紅繡鞋	滿庭芳	尾煞															
	剪髮待賓三	脈望館	粉蝶兒	醉春風	迎仙客			石榴花	鬥鵪鶉					上小樓	上小樓								耍孩兒	二煞	尾聲
無名氏	替殺妻三	元刊本	粉蝶兒	醉春風	快活三	朝天子								上小樓	上小樓	滿庭芳	石榴花	鬥鵪鶉	十二月	堯民歌	耍孩兒	二煞	三煞	四煞	尾聲
	博望燒屯四	元刊本	粉蝶兒	醉春風	迎仙客	紅繡鞋	剔銀燈	蔓菁菜	快活三	鮑老兒	十二月	堯民歌													
		脈望館	粉蝶兒	醉春風	迎仙客		剔銀燈	蔓菁菜			十二月	堯民歌													
	焚兒救母三	元刊本	粉蝶兒	醉春風	迎仙客			石榴花	鬥鵪鶉					上小樓	上小樓	滿庭芳	普天樂	快活三	朝天子		耍孩兒	二煞	煞	尾聲	煞尾
	漁樵記三	各本	粉蝶兒	醉春風	迎仙客			喜春來						上小樓	上小樓	滿庭芳							耍孩兒	一煞	煞尾
	盆兒鬼二	各本	粉蝶兒	醉春風	迎仙客									上小樓	上小樓	滿庭芳						耍孩兒	二煞	一煞	尾煞
	馬陵道四	脈、納	粉蝶兒	醉春風				石榴花	鬥鵪鶉					上小樓	上小樓	快活三	朝天子			十二月	堯民歌	尾聲			
	抱妝盒四	元曲選	粉蝶兒	醉春風				石榴花	鬥鵪鶉	普天樂				上小樓	上小樓					十二月	堯民歌		耍孩兒	二煞	尾煞
	合同文字三	息機子	粉蝶兒	醉春風	紅繡鞋	普天樂	迎仙客	石榴花	鬥鵪鶉					上小樓	上小樓	滿庭芳	煞尾								
		元曲選	粉蝶兒	醉春風	紅繡鞋	普天樂	迎仙客	石榴花	鬥鵪鶉					上小樓	上小樓	滿庭芳				十二月	堯民歌	收尾			
	碧桃花二	各本	粉蝶兒	醉春風		紅繡鞋	普天樂	石榴花	鬥鵪鶉					上小樓	上小樓	滿庭芳	煞尾								
	百花亭二	各本	粉蝶兒	醉春風	迎仙客	紅繡鞋	滿庭芳							上小樓	上小樓	普天樂				十二月	堯民歌	快活三	鮑老催	耍孩兒	隨尾煞
	月夜留鞋三	息機子	粉蝶兒	醉春風	迎仙客	紅繡鞋		石榴花	鬥鵪鶉					上小樓			滿庭芳			十二月	堯民歌	煞尾			
		內府本	粉蝶兒	醉春風	迎仙客	紅繡鞋		石榴花	鬥鵪鶉					上小樓	上小樓	朝天子	滿庭芳			十二月	堯民歌	四煞	三煞	二煞	煞尾
		元曲選	粉蝶兒	醉春風	迎仙客	紅繡鞋		石榴花	鬥鵪鶉					上小樓			滿庭芳			十二月	堯民歌	煞尾			
	雲窗夢三	脈望館	粉蝶兒	醉春風	迎仙客	紅繡鞋		石榴花	鬥鵪鶉	普天樂				上小樓	上小樓	快活三	鮑老兒	十二月	堯民歌	唷遍	耍孩兒	四煞	三煞	二煞	尾煞
	奪襖車四	脈望館	粉蝶兒	醉春風		紅繡鞋								上小樓		十二月	堯民歌	尾聲							
	劉弘嫁婢二	脈望館	粉蝶兒	醉春風	普天樂	白鶴子	白鶴子							上小樓	上小樓	快活三	朝天子				耍孩兒	四煞	三煞	二煞	尾聲
	千里獨行三	脈望館	粉蝶兒	醉春風		紅繡鞋	快活三	朝天子						上小樓	上小樓	尾聲									
	野猿聽經三	古名家	粉蝶兒	醉春風		紅繡鞋		石榴花	鬥鵪鶉	滿庭芳				上小樓										耍孩兒	尾聲
	殺狗勸夫四	元曲選	粉蝶兒	醉春風		紅繡鞋		石榴花	鬥鵪鶉					上小樓	上小樓					十二月	堯民歌	尾煞			

附：【正宮】套多用【中呂】曲牌者

作者	劇名	版本	套曲																		
白樸	御溝紅葉	各本、九宮 34-64	端正好	滾繡球	倘秀才	叨叨令	白鶴子	白鶴子	紅繡鞋	快活三	鮑老兒	古鮑老	柳青娘	道和	耍孩兒	三煞	二煞	一煞	煞尾		
王實甫	西廂記 4-3・哭宴	各本、納西下	端正好	滾繡球	叨叨令	脫布衫	小梁州	小梁州	上小樓	上小樓	滿庭芳	快活三	朝天子	四邊靜	耍孩兒	五煞	四煞	三煞	二煞	一煞	收尾
吳昌齡	張天師三	各本、九宮 34-24	端正好	滾繡球	倘秀才	叫聲	上小樓	石榴花	鬥鵪鶉	滿庭芳	紅繡鞋	快活三	鮑老兒	煞尾							
	東坡夢三	元曲選	端正好	滾繡球	叫聲	上小樓	上小樓	滿庭芳	十二月	堯民歌	耍孩兒	煞尾									
無名氏	貨郎旦三	元曲選	端正好	滾繡球	上小樓	上小樓	十二月	堯民歌	隨尾												
	盆兒鬼四	元曲選	端正好	滾繡球	叨叨令	醉高歌	紅繡鞋	小梁州	小梁州	快活三	朝天子	四邊靜									
		脈望館	粉蝶兒	醉春風	醉高歌	紅繡鞋	上小樓	上小樓	快活三	朝天子											
	舉案齊眉二	各本、九宮 34-28	端正好	滾繡球	笑和尚	醉春風	石榴花	鬥鵪鶉	上小樓	上小樓	十二月	堯民歌	耍孩兒	煞尾							
	飛刀對箭二	脈望館	端正好	滾繡球	快活三	朝天子	四邊靜	齊天樂	紅衫兒	尾聲											

附錄七　現存元雜劇【中呂】樂譜曲目表

1、套　曲

說明：【么篇】直接標注曲牌名。　以行書體表帶過曲，以色塊表借宮之曲（不計【般涉・耍孩兒】及【煞】）。

作者	劇名	版本	套曲																							
白樸	梧桐雨二	各本 九宮 14-3	粉蝶兒	叫聲	醉春風	迎仙客	紅繡鞋											快活三	鮑老兒	古鮑老	紅芍藥	剔銀燈	蔓青菜	滿庭芳	普天樂	啄木兒尾
白樸	牆頭馬上四	古名家 九宮 14-24	粉蝶兒	醉春風	滿庭芳	普天樂	迎仙客	石榴花	鬥鵪鶉					上小樓	上小樓								十二月	堯民歌	耍孩兒	煞尾
白樸	箭射雙鵰	雍熙六 885-889 九宮 14-56	粉蝶兒	醉春風	快活三	朝天子										快活三	六么遍	六么序	六么令	鮑老兒	古鮑老	剔銀燈	蔓青菜	柳青娘	道和	尾聲
關漢卿	單刀會三	元刊本	粉蝶兒	醉春風	十二月	堯民歌		石榴花	鬥鵪鶉					上小樓	上小樓				快活三		鮑老兒	剔銀燈	蔓青菜	柳青娘	道和	尾
		脈望館	粉蝶兒	醉春風	十二月	堯民歌		石榴花	鬥鵪鶉					上小樓	上小樓				快活三		鮑老兒	剔銀燈	蔓青菜	柳青娘		尾聲
		納續三 943 集成玉 1-59	粉蝶兒	醉春風	十二月	堯民歌		石榴花	鬥鵪鶉					上小樓	上小樓											煞尾
王實甫	西廂記 1-2	各本 納-西廂	粉蝶兒	醉春風	迎仙客			石榴花	鬥鵪鶉			上小樓	上小樓	脫布衫	小梁州	小梁州	快活三	朝天子	四邊靜	哨遍	耍孩兒	五煞	四煞	三煞	二煞	尾
	西廂記 2-2	各本 納-西廂	粉蝶兒	醉春風	脫布衫	小梁州	小梁州							上小樓	上小樓	滿庭芳	快活三	朝天子	四邊靜			耍孩兒	四煞	三煞	二煞	收尾
	西廂記 3-2	各本 納-西廂	粉蝶兒	醉春風	普天樂	快活三	朝天子	四邊靜	脫布衫	小梁州	小梁州	石榴花	鬥鵪鶉	上小樓	上小樓	滿庭芳						耍孩兒	四煞	三煞	二煞	煞尾

作者	劇名	版本	套曲																							
關漢卿	西廂記 5-2	各本 納-西廂	粉蝶兒	醉春風	迎仙客						上小樓	上小樓	滿庭芳	白鶴子	白鶴子	白鶴子	白鶴子	白鶴子	快活三	朝天子	賀聖朝	耍孩兒	二煞	三煞	四煞	尾
馬致遠	漢宮秋四	古名家 九宮 14-19	粉蝶兒	醉春風	叫聲	剔銀燈	蔓青菜	白鶴子	白鶴子					上小樓	上小樓								滿庭芳	十二月	堯民歌	隨煞
張國賓	薛仁貴三	元刊本	粉蝶兒	醉春風	朝天子	十二月	堯民歌							上小樓	上小樓	滿庭芳	快活三	紅芍藥	鮑老兒	哨遍	耍孩兒	五煞	四煞	三煞	二煞	收尾煞
		元曲選	粉蝶兒	醉春風		十二月	堯民歌							上小樓		滿庭芳	快活三	紅芍藥	鮑老兒					耍孩兒	一煞	煞尾
		九宮 14-8	粉蝶兒	醉春風		十二月	堯民歌							上小樓			快活三	紅芍藥	鮑老兒					耍孩兒	一煞	煞尾
	合汗衫三	元刊本 九宮 14-44	粉蝶兒	醉春風		快活三	朝天子	四邊靜	普天樂					上小樓	上小樓	脫布衫	小梁州	小梁州							耍孩兒	收尾
孔學詩	東窗事犯二	元刊本	粉蝶兒	醉春風	迎仙客			石榴花	鬥鵪鶉	紅繡鞋	十二月	堯民歌	滿庭芳				快活三	鮑老兒					耍孩兒	三煞	二煞	收尾
		九宮 15-36 納正二 313	粉蝶兒	醉春風	迎仙客			石榴花	鬥鵪鶉	紅繡鞋	十二月	堯民歌					快活三	朝天子							耍孩兒	煞尾
		集成金一	粉蝶兒	醉春風	迎仙客			石榴花	鬥鵪鶉	紅繡鞋	十二月	堯民歌					快活三	朝天子								煞尾
鄭廷玉	後庭花四	古名家 九宮 14-37	粉蝶兒		迎仙客	快活三	朝天子	紅繡鞋	剔銀燈	蔓青菜	乾荷葉				上小樓	滿庭芳	倘秀才	呆骨朵	倘秀才	滾繡球	伴讀書	笑和尚				煞尾
張壽卿	紅梨花三	古名家 九宮 14-13	粉蝶兒	醉春風	迎仙客	紅繡鞋	石榴花	鬥鵪鶉	快活三	鮑老兒	十二月	堯民歌	亂柳葉	上小樓	上小樓											煞尾
		納正二 197	粉蝶兒	醉春風	迎仙客	紅繡鞋	石榴花	鬥鵪鶉	快活三		十二月	堯民歌		上小樓	上小樓											煞尾
鄭光祖	倩女離魂三	各本 九宮 14-29	粉蝶兒	醉春風	迎仙客	紅繡鞋	普天樂	石榴花	鬥鵪鶉					上小樓	上小樓				十二月	堯民歌	哨遍	耍孩兒	四煞	三煞	二煞	煞尾
金仁傑	追韓信三	元刊本	粉蝶兒	醉春風				石榴花	鬥鵪鶉	剔銀燈	蔓青菜	十二月	堯民歌	上小樓	上小樓							耍孩兒	耍孩兒	三煞	二煞	尾
		納續二 931	粉蝶兒	醉春風				石榴花	鬥鵪鶉	滿庭芳		十二月	堯民歌	上小樓	上小樓	快活三	朝天子									煞尾
周文質	蘇武還鄉三	雍熙樂府	粉蝶兒	醉春風	迎仙客			石榴花	鬥鵪鶉	快活三	朝天子			上小樓	上小樓						耍孩兒	四煞	三煞	二煞	一煞	煞尾
		納正二 243	粉蝶兒	醉春風	迎仙客		石榴花	石榴花	鬥鵪鶉	快活三	朝天子	四邊靜		上小樓	上小樓											煞尾
無名氏	漁樵記三	各本	粉蝶兒	醉春風	迎仙客	喜春來								上小樓	上小樓	滿庭芳								耍孩兒	一煞	煞尾
		納外二 1409	粉蝶兒	醉春風	迎仙客									上小樓	滿庭芳	下小樓										煞尾
無名氏	馬陵道四	脈望館 納正三 221	粉蝶兒	醉春風				石榴花	鬥鵪鶉					上小樓	上小樓	快活三	朝天子	十二月	堯民歌							尾聲

附：多借【中呂】曲牌的【正宮】套曲

作者	劇名	版本	套曲																		
白樸	御溝紅葉	各本、九宮 34-64	端正好	滾繡球	倘秀才	叨叨令	白鶴子	白鶴子	紅繡鞋	快活三	鮑老兒	古鮑老	柳青娘	道和	耍孩兒	三煞	二煞	一煞	煞尾		
王實甫	西廂記 4-3・哭宴		端正好	滾繡球	叨叨令	脫布衫	小梁州	小梁州	上小樓	上小樓	滿庭芳	快活三	朝天子	四邊靜	耍孩兒	五煞	四煞	三煞	二煞	一煞	收尾
吳昌齡	張天師三	各本、九宮 34-24	端正好	滾繡球	倘秀才	叫聲	上小樓	石榴花	鬥鵪鶉	滿庭芳	紅繡鞋	快活三	鮑老兒	煞尾							
無名氏	舉案齊眉二	各本、九宮 34-28	端正好	滾繡球	笑和尚	醉春風	石榴花	鬥鵪鶉	上小樓	上小樓	十二月	堯民歌	耍孩兒	煞尾							

2、隻　曲

說明：據《九宮大成譜》整理，引自「戲曲曲譜檢索系統」（http://210.241.82.1/qupu/），總頁碼出自《善本戲曲叢刊》本。

宮調	曲牌	卷頁	曲詞首句	作者	名稱	折數	副標	總頁碼	曲文出處	備註
中呂調	粉蝶兒	13-2	何處調琴	董解元	董西廂諸宮調	第四卷		382	董西廂	此曲爲上片，下片 13-01-05
中呂調	粉蝶兒	13-2	尋聲審聽	董解元	董西廂諸宮調	第四卷		382	董西廂	此曲爲下片，上片 13-01-04
中呂調	醉春風	13-3	我鋪的這艾草紋藤席淨(2/8)	李文蔚	燕青博魚	第三折		382	元人百種	此套樂譜不全，九宮大成共收三曲，【叫聲】13-03-03，【醉春風】13-02-03 ·【叫聲】13-03-04
中呂調	叫聲	13-4	我恰纔便橫飲到兩三巡(2/8)	李文蔚	燕青博魚	第三折		383	元人百種	此套樂譜不全，共收三曲，【叫聲】13-03-03，【醉春風】13-02-03，【叫聲】03-03-04
中呂調	叫聲	13-5	眼見的八九分是姦情(5/8)	李文蔚	燕青博魚	第三折		383	元人百種	此套樂譜不全，共收三曲，【叫聲】13-03-03，【醉春風】13-02-03，【叫聲】03-03-04
中呂調	叫聲	13-5	俺這裡排亮隔接簾櫳(3/10)	吳昌齡	東坡夢	第三折		383	元人百種	此套樂譜不全
中呂調	叫聲	13-5	虎狼似惡公人(3/26)	孟漢卿	魔合羅	第四折		383	元人百種	此套樂譜不全，共收五曲，【叫聲】13-03-06，【鬼三臺】13-39-01，【窮河西】33-18-01，【柳青娘】13-26-02，【道和】13-27-02
中呂調	紅繡鞋	13-17	一榻白雲竹徑	徐再思	紅繡鞋〈一榻白雲〉小令		道院	389	散曲	見全元散曲 P1037，元散曲音樂下冊 P105
中呂調	紅繡鞋	13-18	泛遠水(3/9)	李致遠	粉蝶兒〈歸去來兮〉套		擬淵明	390	雍熙樂府	此套樂譜不全，共收五曲，【紅繡鞋】13-11-03，【滿庭芳】13-09-03，【上小樓】13-07-03，【上小樓】13-07-04，【煞尾】13-54-01，見全元散曲 P1257，雍熙樂府卷六 P920，元散曲音樂下冊 P108
中呂調	紅繡鞋	13-18	指望待要湖山畔乘鸞跨鳳(3/7)	季子安	粉蝶兒〈意懶心慵〉套		題情	390	散曲	此套樂譜不全，共收四曲，【紅繡鞋】13-11-04，【蔓青菜】13-35-03，【柳青娘】13-26-01，【道和】13-27-04，見全元散曲 P1458，元散曲音樂下冊 P111-115
中呂調	紅繡鞋	13-18	早日恁攻成名遂(11/16)	王伯成	天寶遺事	第四十八段	哭楊妃	390	天寶遺事	此套樂譜不全，共收六曲，【石榴花】13-04-04，【普天樂】13-23-03，【上小樓】13-07-07，【上小樓】13-07-08，【紅繡鞋】13-11-05，【快活三】13-12-03，見雍熙樂府卷七 P1067-1071

宮調	曲牌	卷頁	曲詞首句	作者	名稱	折數	副標	總頁碼	曲文出處	備註
中呂調	石榴花	13-6	俺這裡一聲長嘯海天秋	無名氏	心猿意馬	第三折		384	心猿意馬	此套樂譜不全
中呂調	石榴花	13-6	這的是葡萄新醸出涼州(8/14)	喬吉	金錢記	第三折		384	元人百種	此套樂譜不全
中呂調	石榴花	13-6	一片惜花心常是引魂靈(5/12)	無名氏	粉蝶兒〈自嘆浮生〉套		閱世	384	雍熙樂府	此套樂譜不全，共收三曲，【剔銀燈】13-34-01，【蔓青菜】13-35-01，【石榴花】13-04-03，見全元散曲P1817，雍熙樂府卷六 P939，元散曲音樂下冊 P121
中呂調	石榴花	13-7	恰長安望繡成堆(4/16)	王伯成	天寶遺事	第四十八段	哭楊妃	384	天寶遺事	此套樂譜不全，共收六曲，【石榴花】13-04-04，【普天樂】13-23-03，【上小樓】13-07-07，【上小樓】13-07-08，【紅繡鞋】13-11-05，【快活三】13-12-03，見雍熙樂府卷七 P1067-1071
中呂調	鬥鵪鶉	13-9	俺這裡仙酒延年	無名氏	心猿意馬	第三折		385	心猿意馬	
中呂調	鬥鵪鶉	13-9	一箇待詠月嘲風(5/17)	馬致遠	青衫淚	第四折		385	元人百種	
中呂調	鬥鵪鶉	13-10	常子在翡翠鴛衾(6/17)	王伯成	天寶遺事	第五十四段	祿山泣楊妃	386	天寶遺事	
中呂調	上小樓	13-11	我則待逐朝每日(5/9)	李致遠	粉蝶兒〈歸去來兮〉套		擬淵明	386	雍熙樂府	此套樂譜不全，共收五曲，【紅繡鞋】13-11-03，【滿庭芳】13-09-03，【上小樓】13-07-03，【上小樓】13-07-04，【煞尾】13-54-01，見全元散曲 P1257，雍熙樂府卷六 P920，元散曲音樂下冊 P106-09
中呂調	上小樓	13-12	引壺殤以自酌(6/9)	李致遠	粉蝶兒〈歸去來兮〉套		擬淵明	387	雍熙樂府	此套樂譜不全，共收五曲，【紅繡鞋】13-11-03，【滿庭芳】13-09-03，【上小樓】13-07-03，【上小樓】13-07-04，【煞尾】13-54-01，見全元散曲 P1257，雍熙樂府卷六 P920，元散曲音樂下冊 P106-109，但元散曲音樂漏收此曲
中呂調	上小樓	13-13	子爲韶華暗催(8/16)	王伯成	天寶遺事	第四十八段	哭楊妃	387	天寶遺事	此套樂譜不全，收六曲，【石榴花】13-04-04，【普天樂】13-23-03，【上小樓】13-07-07，【上小樓】13-07-08，【紅繡鞋】13-11-05，【快活三】13-12-03，見雍熙樂府卷七 P1067-1071

宮調	曲牌	卷頁	曲詞首句	作者	名稱	折數	副標	總頁碼	曲文出處	備註
中呂調	上小樓	13-13	寡人勸力士(9/16)	王伯成	天寶遺事	第四十八段	哭楊妃	387	天寶遺事	此套樂譜不全，收六曲，【石榴花】13-04-04，【普天樂】13-23-03，【上小樓】13-07-07，【上小樓】13-07-08，【紅繡鞋】13-11-05，【快活三】13-12-03，見雍熙樂府卷七 P1067-1071
中呂調	上小樓	13-13	密匝匝那一窩(7/9)	貫雲石	粉蝶兒〈小扇輕羅〉南北合套	西湖十景		387	雍熙樂府	北曲，此套樂譜不全，收四曲，【粉蝶兒】13-01-02，【石榴花】13-04-05，【鬥鵪鶉】13-06-03，【上小樓】13-07-09，見全元散曲 P378，雍熙樂府卷六 P818-820，元散曲音樂下冊 P97
中呂調	快活三	13-19	梨花白雪飄	胡祗遹	快活三〈梨花白雪〉小令		賞春	390	散曲	見全元散曲 P68，元散曲音樂下 P90
中呂調	快活三	13-19	止不過梧桐樹下按羽衣(12/16)	王伯成	天寶遺事	第四十八段	哭楊妃	390	雍熙樂府	此套樂譜不全，共收六曲，【石榴花】13-04-04，【普天樂】13-23-03，【上小樓】13-07-07，【上小樓】13-07-08，【紅繡鞋】13-11-05，【快活三】13-12-03，見雍熙樂府卷七 P1067-1071
中呂調	朝天子	13-20	瓔杯	張可久	朝天子〈瓔杯〉小令		湖上	391	散曲	見全元散曲 P840，元散曲音樂下冊 P102
中呂調	鮑老兒	13-41	當初指望成家(4/6)	關漢卿	古調石榴花〈顛狂柳絮〉套		怨別	401	雍熙樂府	此套樂譜不全，共收四曲，【酥棗兒】13-08-02，【鮑老兒】13-36-01，【鮑老三臺袞】13-38-01，【賣花聲煞】13-53-01，全元散曲作怨別，見全元散曲 P174-175，雍熙樂府卷七 P1081-1083，元散曲音樂下冊 P91-94
中呂調	古鮑老	13-42	一會家綠莎上漫滾	無名氏	散套			402	散曲	
中呂調	古鮑老	13-43	精神褪	無名氏	散套			402	散曲	
中呂調	柳青娘	13-30	稀疏了詩賓和這酒朋(6/7)	季子安	粉蝶兒〈意懶心慵〉套		題情	396	散曲	此套樂譜不全，共收四曲，【紅繡鞋】13-11-04，【蔓青菜】13-35-03，【柳青娘】13-26-01，【道和】13-27-04，見全元散曲 P1458，元散曲音樂 P111-115
中呂調	柳青娘	13-31	只著這些兒見識(24/26)	孟漢卿	魔合羅	第四折		396	元人百種	此套樂譜不全，共收五曲，【叫聲】13-03-06，【鬼三臺】13-39-01，【窮河西】33-18-01，【柳青娘】13-26-02，【道和】13-27-02

宮 調	曲 牌	卷頁	曲詞首句	作 者	名 稱	折 數	副標	總頁碼	曲文出處	備 註
中呂調	道和	13-32	卻則端的(25/26)	孟漢卿	魔合羅	第四折		397	元人百種	此套樂譜不全，共收五曲，【叫聲】13-03-06，【鬼三臺】13-39-01，【窮河西】33-18-01，【柳青娘】13-26-02，【道和】13-27-02
中呂調	道和	13-33	那潑奴才9/10)	無名氏	小尉遲	第二折		397	元人百種	此套樂譜不全
中呂調	道和	13-33	離恨匆匆(7/7)	季子安	粉蝶兒〈意懶心慵〉套		題情	397	散曲	此套樂譜不全，共收四曲，【紅繡鞋】13-11-04，【蔓青菜】13-35-03，【柳青娘】13-26-01，【道和】13-27-04，見全元散曲 P1458，元散曲音樂下冊 P113
高宮	白鶴子	33-24	行行裏心恍惚	鮑天祐	衛靈公	第四折		767	衛靈公	此套樂譜不全，原劇僅存佚文
高宮	白鶴子	33-24	四邊風凜冽	鮑天祐	衛靈公	第四折		767	衛靈公	此套樂譜不全，原劇僅存佚文
高宮	白鶴子	34-6	那身離殿宇(6/23)	白樸	梧桐雨	第四折		787	元人百種	
高宮	白鶴子	34-6	見芙蓉懷媚臉(7/23)	白樸	梧桐雨	第四折		784	元人百種	此曲爲么篇
高宮	白鶴子	34-7	常記得碧梧桐陰下立(8/23)	白樸	梧桐雨	第四折		787	元人百種	此曲爲么篇
高宮	白鶴子	34-7	到如今翠盤中荒草滿(9/23)	白樸	梧桐雨	第四折		787	元人百種	此曲爲么篇
高宮	白鶴子	34-65	我從那去年前親發送(5/17)	白樸	流紅葉	零折	御溝紅葉	816	御溝紅葉	見雍熙樂府卷二 P205-210
高宮	白鶴子	34-65	經年離了池沼(6/17)	白樸	流紅葉	零折	御溝紅葉	816	御溝紅葉	此曲爲么篇，見雍熙樂府卷二 P205-210

附錄八　韻句末節旋律表

1、【中呂・醉春風】

劇　目	第二句	第四句	疊第四句	第七句
梧桐雨二 （末）	1　3 1 7 6　3 碧　玉　　盞	5 2 3 揀	1 2 3 揀	1 2　1 5 4 3 相　　問
牆頭馬上四 （旦）	1　6　5 6 1 聞　杜　宇	1 2 3 5 4 3 苦	1 2 3 2 3 5 3 7 6 5 苦	1 2　1 5 4 3 三　　緒
箭射雙鵰○ （末）	2　2 1　7 6 5 前　襟　　濕	1 2 1 5 4 你	1 2 4 你	1 2　1 5 4 重　　醉
單刀會三 訓子（末）	1　6 5　6 6 6 5　1 三　下　　響	5 6 5 2 1 1 享	5 6 1 2 6 1 3　2 4 3 2 享	5 6　5 6 2 1 1 一　　撞
西廂記 1-1 借廂（末）	5 4　3 5 4 2　2 1 3 敢　　是　　　慌	5 6 1 5 4 3 癢	1 2 3 1̇ 6 5 3 2 1 2 3 5 6 5 4 3	1 2 1　5 6 5 4 3 心　　忙

劇目	第二句	第四句	疊第四句	第七句
西廂記 2-2 請宴（紅娘）	54 321 3 和 月 等	1543 冷	213543 冷	12 1543 人 靜
西廂記 3-2 鬧簡（上板）（紅娘）	（置於最末）			
西廂記 5-2 緘愁（末）	3 5 321 無 藥 餌	123543 死	123556543 死	12 1543 將 至
漢宮秋四 （末）	5 21 23 黃 串 餅	543 影	123 影	12 1543 恭 敬
薛仁貴三 （末）	2 2 765 油 狄 髻	121765 你	12415654 你	12 154 還 醉
合汗衫三 （末）	54 3 21 觀 自 在	561543 睬	1232353543 睬	12 1543 天 界
紅梨花三 賣花（旦）	51 65 3 雨 翅 粉	543 引	1232356543 引	121 56543 開 噴
東窗事犯二 掃秦（末）	6i 653 5456 山 寺 裏	232655 你	235635176 你	32 176 支 對
倩女離魂三 （旦）	54 3 176 何 日 起	176 得	235176 得	23 265 天 地
追韓信三 點將（末）	67 6 5 劍 光 昏	232176 隱	233325 隱	23 2655 難 盡

劇　目	第二句	第四句	疊第四句	第七句
蘇武還鄉三 告雁（末）	1　6 5　4 5 身　倒　偃	1 2 1 5 4 3 顯	1 2 4 5 2 4 6 5 7 6 5 顯	1 2　1 5 4 3 八　縣
漁樵記三 寄信（末）	2 1 7　2 3　2 6 5 5 他　一　頓	2 3 2 6 5 5 狠	2 3 5 5 3 5 6 i 6 5 3 2 6 7 6 5 狠	2 3 6 5 5 順
馬陵道四 擒龐（末）	5　3 5 2　3 3 3 2 5 深　蘸　徹	2 3 2 6 5 5 寫	2 3 5 6 5 3 2 6 7 6 5 5 寫	2 3　2 6 5 5 合　滅

西廂記 3-2．鬧簡（上板）（紅娘）：

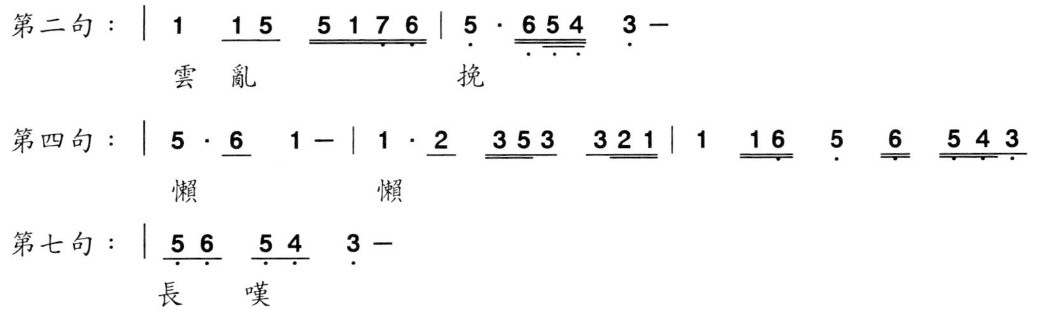

第二句：| 1　1 5　5 1 7 6 | 5 · 6 5 4　3 —
雲　亂　挽

第四句：| 5 · 6　1 — | 1 · 2　3 5 3　3 2 1 | 1　1 6　5　6　5 4 3
懶　懶

第七句：| 5 6　5 4　3 —
長　嘆

說明：以上譜例分別譯自

（1）《九宮大成譜》：《梧桐雨》二、《牆頭馬上》四、《箭射雙雕》〇、《漢宮秋》四、《薛仁貴》三、《合汗衫》三、《紅梨花》三、《倩女離魂》三。

（2）《納書楹曲譜》：《單刀會》三、《東窗事犯》二、《追韓信．點將》、《蘇武還朝．告雁》、《漁樵記．寄信》、《馬陵道．擒龐》。

（3）《納書楹西廂記曲譜》：《西廂記》1-1、2-2、3-2、5-2。

2、【仙呂．點絳唇】

劇　目	第一句	第二句	第三句	第四句
金錢記一（末）	5 2 生 涯	2 3 1235 學 班 馬	5 5 鉋 瓜	243 217 112 登 科 甲
岳陽樓一（末）	2 6 文 房	2 2 5672 仙 人 掌	2 2 三 張	617 654 5456 松 風 響
兩世姻緣一（旦）	6 3 花 鈿	67 6 543 無 心 戀	6 6 芳 妍	34 321 7176 人 輕 賤
勘頭巾一（末）	5 2 傷 春	5 5 432 東 風 順	5 5 聲 頻	2 217 65 消 磨 盡
望江亭一（旦）	2 6 春 闌	2 2 5672 深 閨 晚	2 2 脂 殘	617 654 32 愁 無 限
氣英布一（末）	676 3 極 多	67 643 2123 眞 輕 可	6 6 十 合	34 321 76 邊 廂 破
黃粱夢一（末）	5 2 初 分	5 5 432 誰 持 論	5 5 乾 坤	2 217 65 傳 心 印

說明：以上譜例譯自《九宮大成譜》卷六「元人百種」。

3、【正宮·端正好】

劇　目	第一句	第二句	第三句	第四句
元人百種	3 3 1 7 6 蓬 萊 洞	5 4 3 2 天 風	6 6 2 3 塵 緣 冗	3 3 2 1 7 6 相 搬 弄
張生煮海三（末）	3 3 5 6 空 勞 攘	5 4 3 2 龍 王	6 5 4 3 2 3 空 撞	3 3 1 7 6 乾 煙 熗
梧桐雨四（末）	3 3 1 7 6 還 京 兆	5 4 3 2 花 朝	6 6 2 3 添 多 少	5 4 3 1 7 6 愁 容 貌
梧桐雨四【么篇】	3 3 1 7 6 群 臣 笑	5 4 3 1 高 挑	6 6 2 3 香 檀 桌	3 3 1 7 6 傷 懷 抱
任風子二（末）	3 3 2 1 7 6 秋 雲 暮	5 4 3 2 模 糊	5 6 5 3 2 3 食 素	3 3 2 1 7 6 無 緣 度
張天師三（旦）	3 3 1 7 6 十 餘 次	5 4 3 2 通 私	6 5 3 5 2 3 兵 至	5 4 3 5 6 忒 如 此
舉案齊眉二（旦）	3 3 1 7 6 吹 簫 恨	5 4 3 2 傷 神	6 5 6 3 2 3 招 進	5 4 3 1 7 6 閒 愁 悶
虎頭牌四（末）	3 3 2 1 7 6 遭 殘 害	5 4 3 2 明 白	6 5 6 3 2 3 妨 礙	5 4 3 1 7 6 宅 門 外

劇　目	第一句	第二句	第三句	第四句
黑旋風一（末）	3　3　1 7 6 登　途　徑	5 4 3　2 山　　城	6 5 6　3 5 2 3 磨　　淨	5 4　3　1 7 6 官　軍　併
楊貴妃○	3　3 2　1 7 6 軍　休　鬧	5 4 3　2 今　　朝	6　6　2 3 端　詳　了	3　3 2　1 7 6 傾　城　貌
御溝紅葉○（旦）	3　3　5 6 逃　席　走	5　2 閒　遊	6　2 3 翻　手	5 4　3　1 7 6 重　陽　又

說明：以上譜例譯自《九宮大成譜》卷三十三、卷三十四「元人百種」；其中題爲《天寶遺事》「傳將令馬休行」的一套（頁 34-45）是岳伯川雜劇《楊貴妃》殘折。

附錄九　曲譜選譯

說明：

1. 爲較完整呈現【中呂】套曲之音樂，選譯正文討論之【中呂】曲牌譜例，並集中於《梧桐雨》二、《西廂記 1-2 · 借廂》二套曲，稍可見曲牌前後連接之實際情形。
2. 譯譜的節拍標示，因《九宮大成譜》、《納書楹曲譜》皆未點小眼，爲免將一板一眼的曲牌標爲一板三眼，因此譯譜時不標出節奏，蓋依原譜面板眼紀錄。《納書楹西廂記全譜》則有小眼，譯譜中將一板一眼寫爲 2/4，一板三眼寫爲 4/4。樂句依韻腳或句讀對齊。
3. 選譯曲譜如下：

【粉蝶兒】	《梧桐雨》二	頁 198	【朝天子】	《西廂記 1-2 · 借廂》	頁 207
【叫聲】	《梧桐雨》二	頁 199	【快活三】	《梧桐雨》二	頁 208
【醉春風】	《梧桐雨》二	頁 200	【鮑老兒】	《梧桐雨》二	頁 209
【迎仙客】	《梧桐雨》二	頁 201	【古鮑老】	《梧桐雨》二	頁 210
【紅繡鞋】	《梧桐雨》二	頁 202	【柳青娘】	《魔合羅》四	頁 211
【石榴花】	《西廂記 1-2 · 借廂》	頁 203	【道和】	《魔合羅》四	頁 213
【鬥鵪鶉】	《西廂記 1-2 · 借廂》	頁 204	【耍孩兒】	《西廂記 1-2 · 借廂》	頁 215
【上小樓】	《西廂記 1-2 · 借廂》	頁 205	【五煞】	《西廂記 1-2 · 借廂》	頁 216
【快活三】	《西廂記 1-2 · 借廂》	頁 206	【白鶴子】	《梧桐雨》四	頁 217

《梧桐雨》二【粉蝶兒】　　末 唐明皇 唱（九宮14-3）

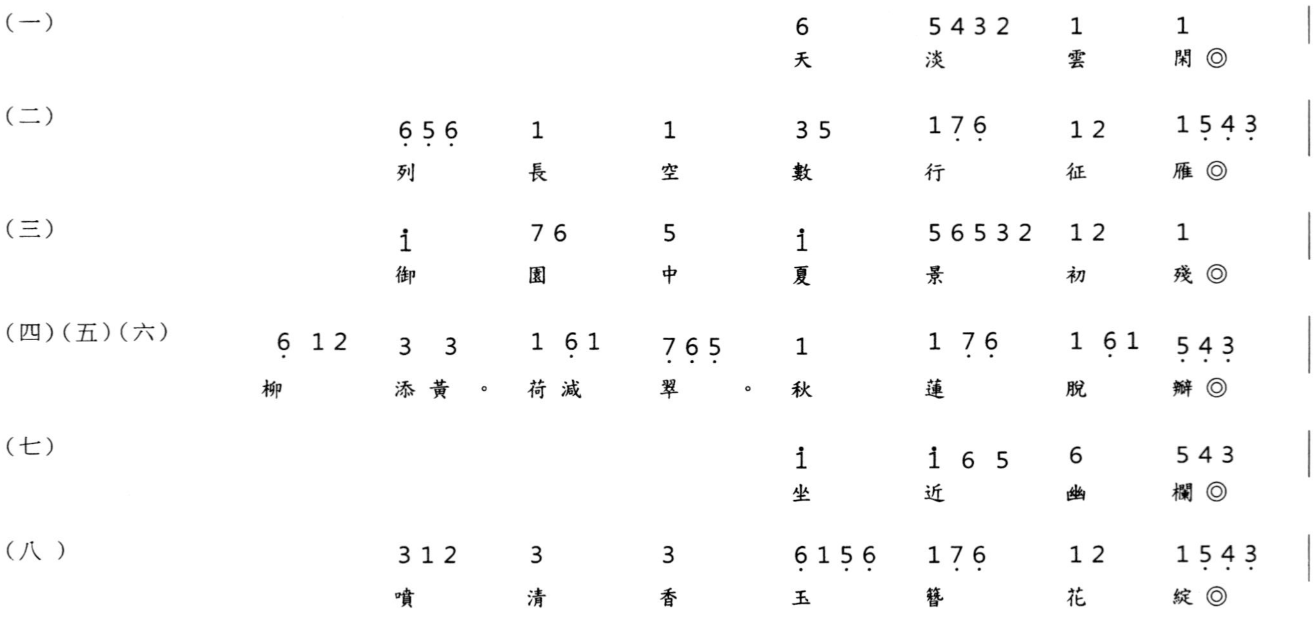

（一）					6	5432	1	1
					天	淡	雲	閑 ◎
（二）		656	1	1	35	176	12	1543
		列	長	空	數	行	征	雁 ◎
（三）		1	76	5	1	56532	12	1
		御	園	中	夏	景	初	殘 ◎
（四）（五）（六）	6 12	3 3	1 61	765	1	1 76	1 61	543
	柳	添 黃 。	荷 減	翠 。	秋	蓮	脫	瓣 ◎
（七）					1	1 6 5	6	543
					坐	近	幽	欄 ◎
（八）		312	3	3	6156	176	12	1543
		噴	清	香	玉	簪	花	綻 ◎

《梧桐雨》二【叫聲】

末 唐明皇 唱（九宮 14-3）

（一）				56	6	5	23	54	3
				共	妃	子	喜	開	顏 ◎
（二）	5̣6̣	1	1 2	3	| 1̇765	5 3	56	543	
	等	閑 △	等	閑 △	（御園　中）	列	餚	饌 ◎	
（三）	3 5	212	3	1	| 2 23	65	654	3	
（增字攤破）	酒 注	嫩	鵝	黃，	茶 點	鷓	鴣	斑 ◎	

《梧桐雨》二【醉春風】 末 唐明皇 唱 （九宮 14-2）

（一）（二）
1 2 32 5 6 543 | 2 3 3 1 3176 3 |
（酒） 光 泛 紫 金 鍾 · （茶） 香 浮 碧 玉 盞 ◎

（三）
1̇ 6 3 5 16 154 3 |
沈 香 亭 畔 晚 涼 多 ·

（四）及疊句
3 2 2 3 54 3 523 123 |
（把 一 答 兒 親 自） 揀 ◎ 揀 ◎

（五）53 6 54 3 | 6 1 23 21 | 16 176 12 1543 |
粉 黛 濃 妝 · 管 弦 齊 列 · 綺 羅 相 間 ◎

《梧桐雨》二【迎仙客】

末 唐明皇 唱（九宮14-3）

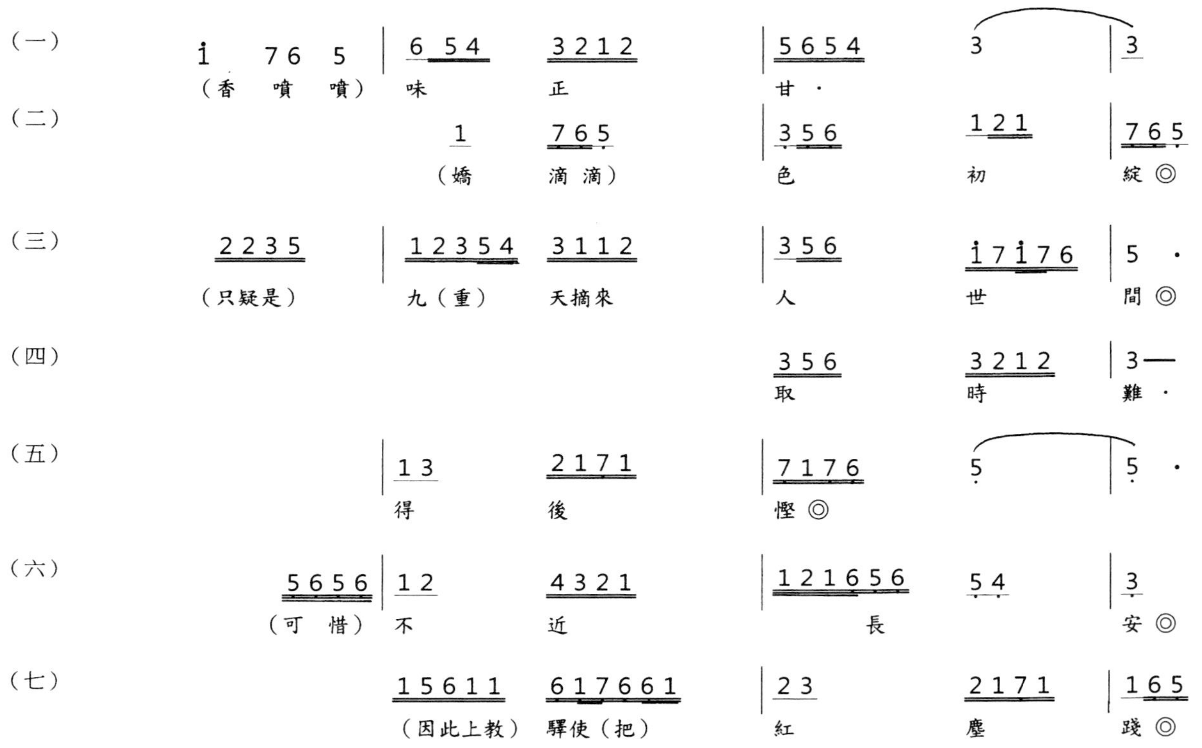

（一）
1̇ 76 5 | 6 54 3212 | 5654 3 | 3
（香 噴 噴）味 正 甘．

（二）
1 765 | 356 121 | 765
（嬌 滴 滴）色 初 綻◎

（三）
2235 | 12354 3112 | 356 1̇71̇76 | 5 ·
（只疑是）九（重）天摘來 人 世 間◎

（四）
356 3212 | 3—
取 時 難．

（五）
| 13 2171 | 7176 5 | 5 ·
得 後 慳◎

（六）
5656 | 12 4321 | 121656 54 | 3
（可 惜）不 近 長 安◎

（七）
15611 617661 | 23 2171 | 165
（因此上教）驛使（把）紅 塵 踐◎

《梧桐雨》二【紅繡鞋】 末 唐明皇 唱（九宮 14-4）

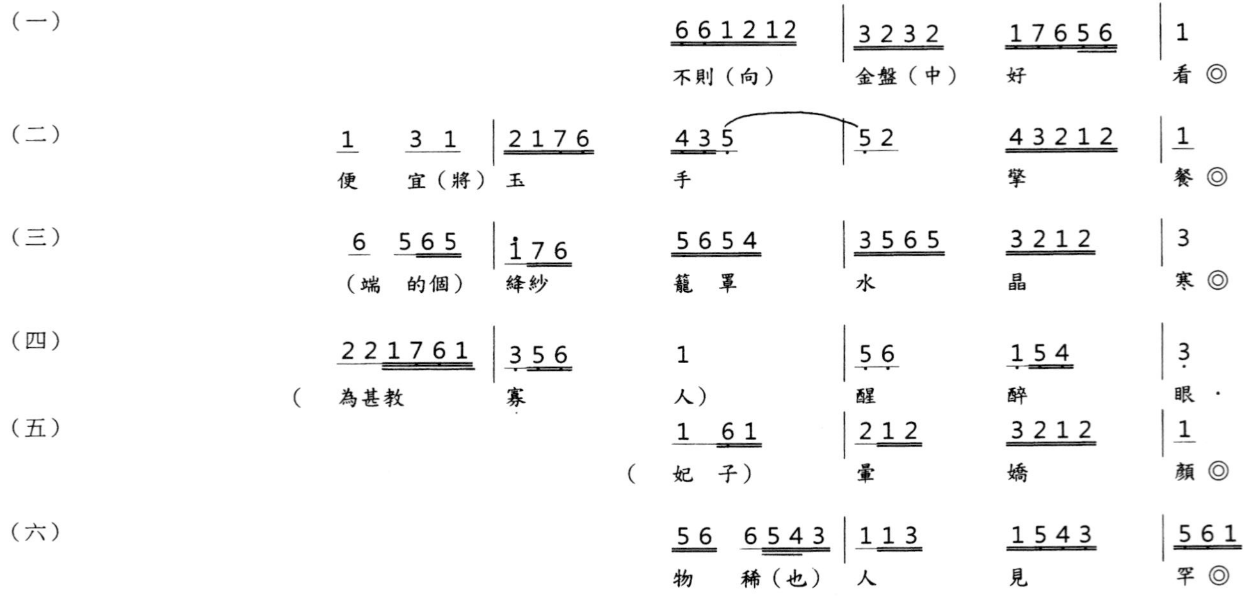

（一）			661212	3232	17656	1
			不則（向）	金盤（中）	好	看◎
（二）	1 3 1	2176	435	52	43212	1
	便 宜（將）	玉	手		擎	餐◎
（三）	6 565	i76	5654	3565	3212	3
	（端 的個）	絳紗	籠 罩	水	晶	寒◎
（四）	221761	356	1	56	154	3
	（為甚教	寡	人）	醒	醉	眼・
（五）			1 61	212	3212	1
			（妃 子）	暈	嬌	顏◎
（六）			56 6543	113	1543	561
			物 稀（也）	人	見	罕◎

《西廂記 1-2・借廂》【石榴花】　末 張珙 唱（納西上）

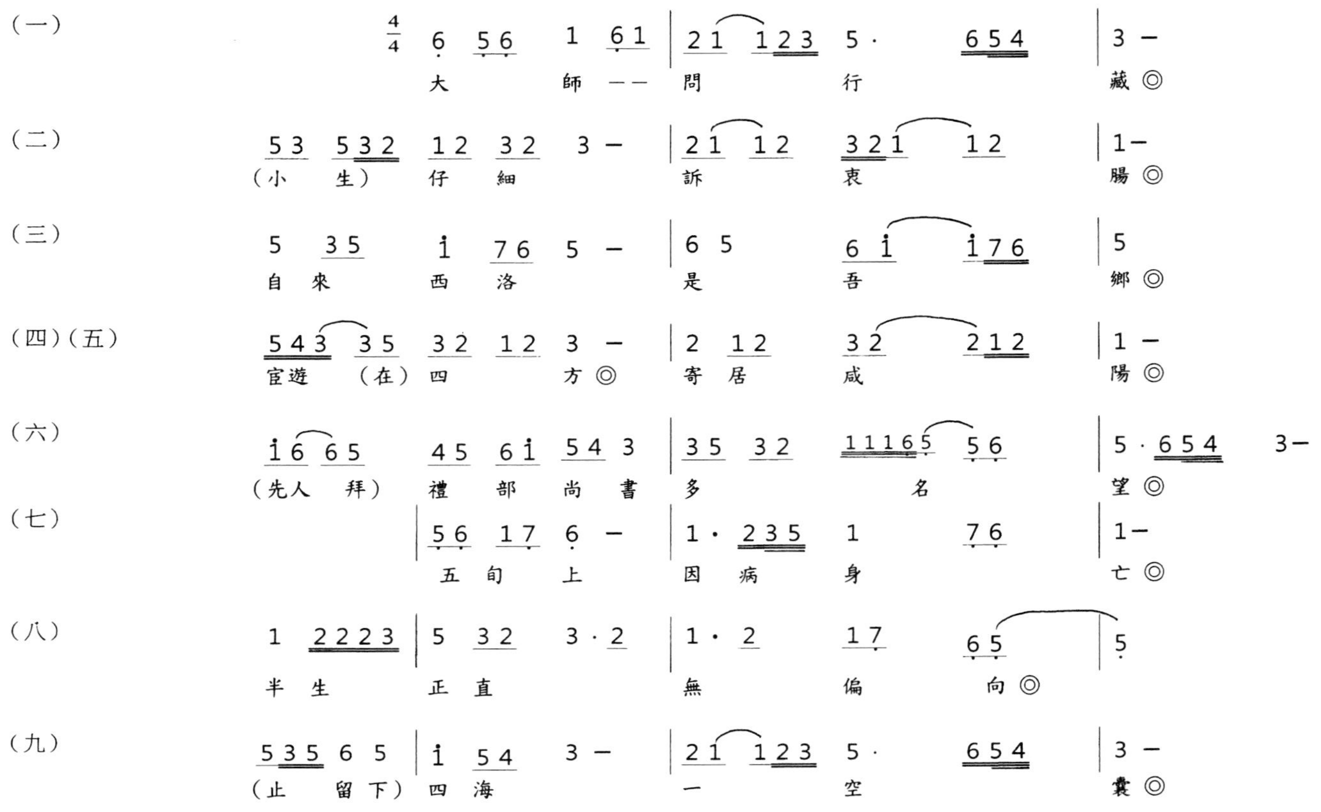

(一)　4/4 6 56 1 61 | 21 123 5· 654 | 3 —
大 師 —— 問 行 藏◎

(二)　53 532 12 32 3 — | 21 12 321 12 | 1—
（小 生）仔 細 訴 衷 腸◎

(三)　5 35 i 76 5 — | 6 5 6 i i76 | 5
自 來 西 洛 是 吾 鄉◎

(四)(五)　543 35 32 12 3 — | 2 12 32 212 | 1 —
宦遊 （在）四 方◎ 寄 居 咸 陽◎

(六)　i6 65 45 6i 54 3 | 35 32 11165 56 | 5·654 3—
（先人 拜）禮 部 尚 書 多 名 望◎

(七)　| 56 17 6 — | 1·235 1 76 | 1—
五 旬 上 因 病 身 亡◎

(八)　1 2223 | 5 32 3·2 | 1·2 17 65 | 5
半 生 正 直 無 偏 向◎

(九)　535 6 5 | i 54 3 — | 21 123 5· 654 | 3 —
（止 留 下）四 海 一 空 囊◎

《西廂記 1-2・借廂》【鬥鵪鶉】 末 張珙 唱（納西上）

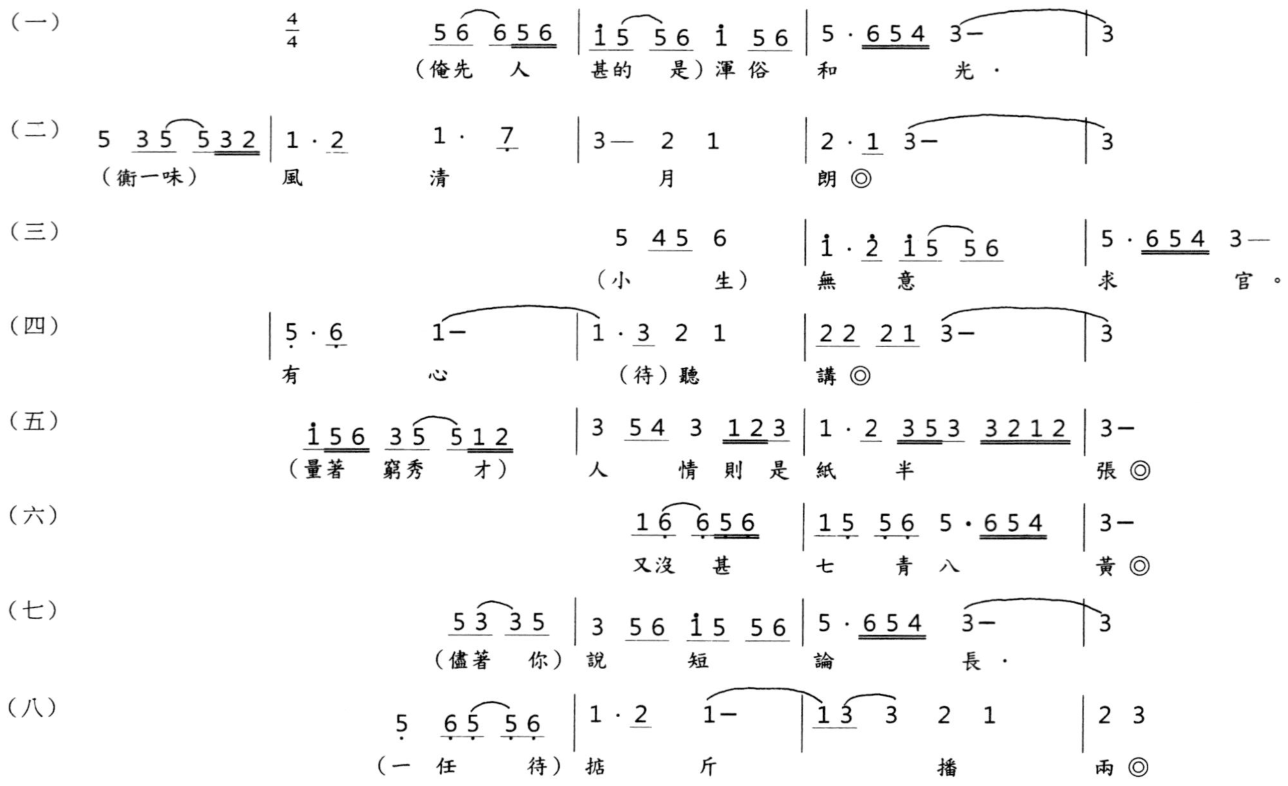

（一） 4/4 56 656 | i5 56 i 56 | 5・654 3— | 3
（俺先 人 甚的 是）渾俗 和 光・

（二） 5 35 532 | 1・2 1・7 | 3— 2 1 | 2・1 3— | 3
（銜一味） 風 清 月 朗◎

（三） 5 45 6 | i・2 i5 56 | 5・654 3—
（小 生） 無 意 求 官。

（四） | 5・6 1— | 1・3 2 1 | 22 21 3— | 3
有 心 （待）聽 講◎

（五） i56 35 512 | 3 54 3 123 | 1・2 353 3212 | 3—
（量著 窮秀 才） 人 情則是 紙 半 張◎

（六） 16 656 | 15 56 5・654 | 3—
又沒 甚 七 青 八 黃◎

（七） 53 35 | 3 56 i5 56 | 5・654 3— | 3
（儘著 你）說 短 論 長・

（八） 5 65 56 | 1・2 1— | 13 3 2 1 | 2 3
（一 任 待）掂 斤 播 兩◎

《西廂記 1-2·借廂》【上小樓】二支

末 張珙 唱（納西上）

(一)(二) 4/4
5 6 | 1·1 23 21 | 76 5 16 656 | 1·2 1 2221 | 76 5
（小 生） 特 來 見 訪◎ （大師） 何 須 謙 讓◎

(三)(四)(五)
16 656 | i 56 54 3 | 53 6 54 3 | 21 12 32 212 | 1— —
（這錢 也） 難 買 柴 薪· 不 勾 齋 糧· 且 備 茶 湯◎

(六)(七)(八)
12 | 35 3212 3— | 5 43 2· 2 | 1· 1 23 21 | 76 5
（你若） 有 主 張· 對 艷 妝·（將） 言 詞 說 上◎

(九)
56 656 | i 76 5— | 5· 6 1 — | 1 — 23 21 | 76 5
（我將 你） 眾 和 尚 死 生 難 忘◎

【么篇】
(一)(二)
535 56 | 5 3212 3 — | 1 76 5—
（也 不 要） 香 積 廚· 枯 木 堂◎

(三)(四)(五)
| 6i 56 54 3 | i 56 54 3 | 21 12 32 212 | 1—
遠 著 南 軒· 離 著 東 牆· 靠 著 西 廂◎

(六)(七)(八)
35 32123 | 5 43 2 — | 1· 1 23 21 | 76 5
近 主 廊· 過 耳 房· 都 皆 停 當◎

(九)
56 56 | i 76 5 — | 5 56 1· 2 | 3
（你是 必） 休 題（著） 長 老(的) 方 丈◎

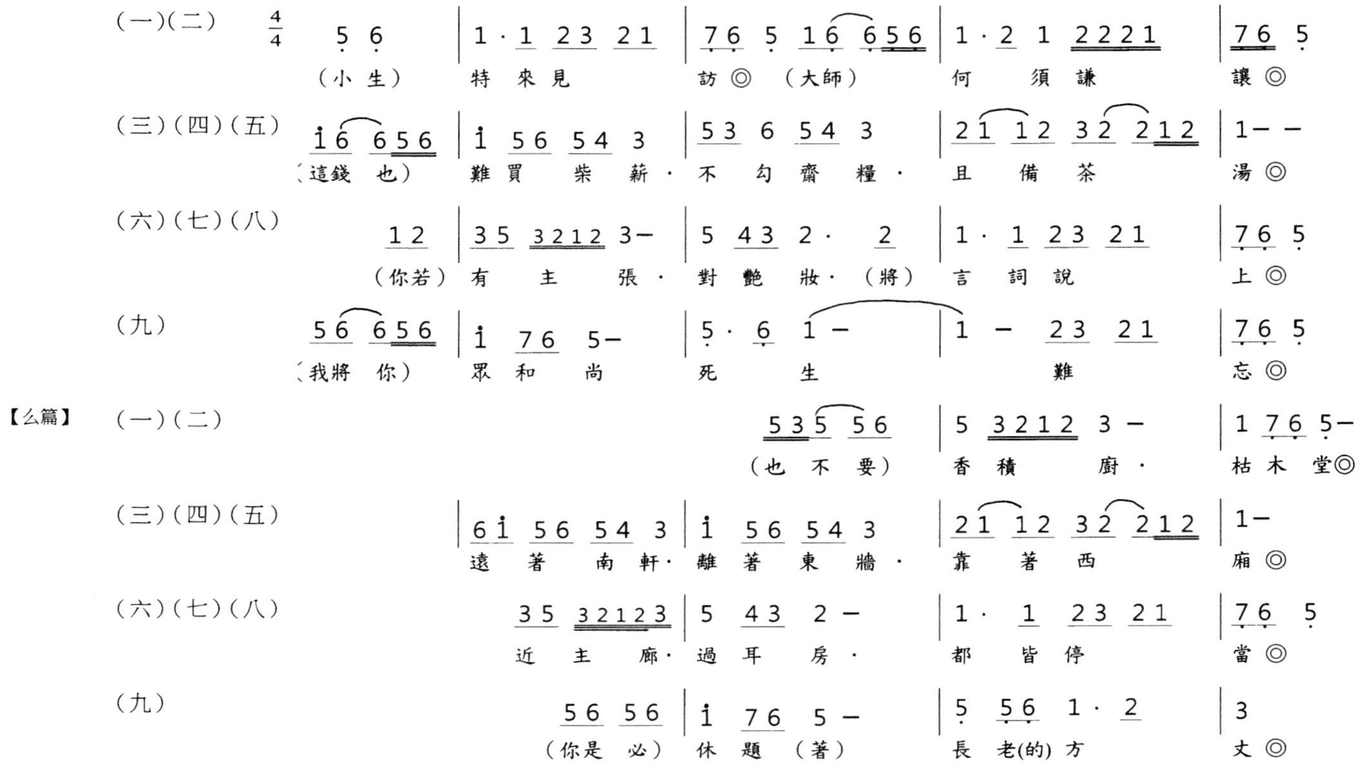

《西廂記 1-2・借廂》【快活三】 末 張珙 唱（納西上）

（一） 2/4 i 2 | i 7 6 | 5 6 i 7 | 6
崔 家 女 艷 妝◎

（二） 6 546 | 3 5 3 5 | 12 32 | 1
莫不是 演撒 你個 老 潔 郎◎

（三） 廾3 21 3 2 3 5 3 2 3 3 5 65 6665 5
（既不 沙卻）怎睃 趁（著 你）頭 上（放） 毫 光◎

（四） 21 3 35 4/4 | 6i 65 33 23 | 23 2221 1 – | 1 –
打 扮（的） 特 來 晃◎

《西廂記 1-2．借廂》【朝天子】　末 張珙 唱（納西上）

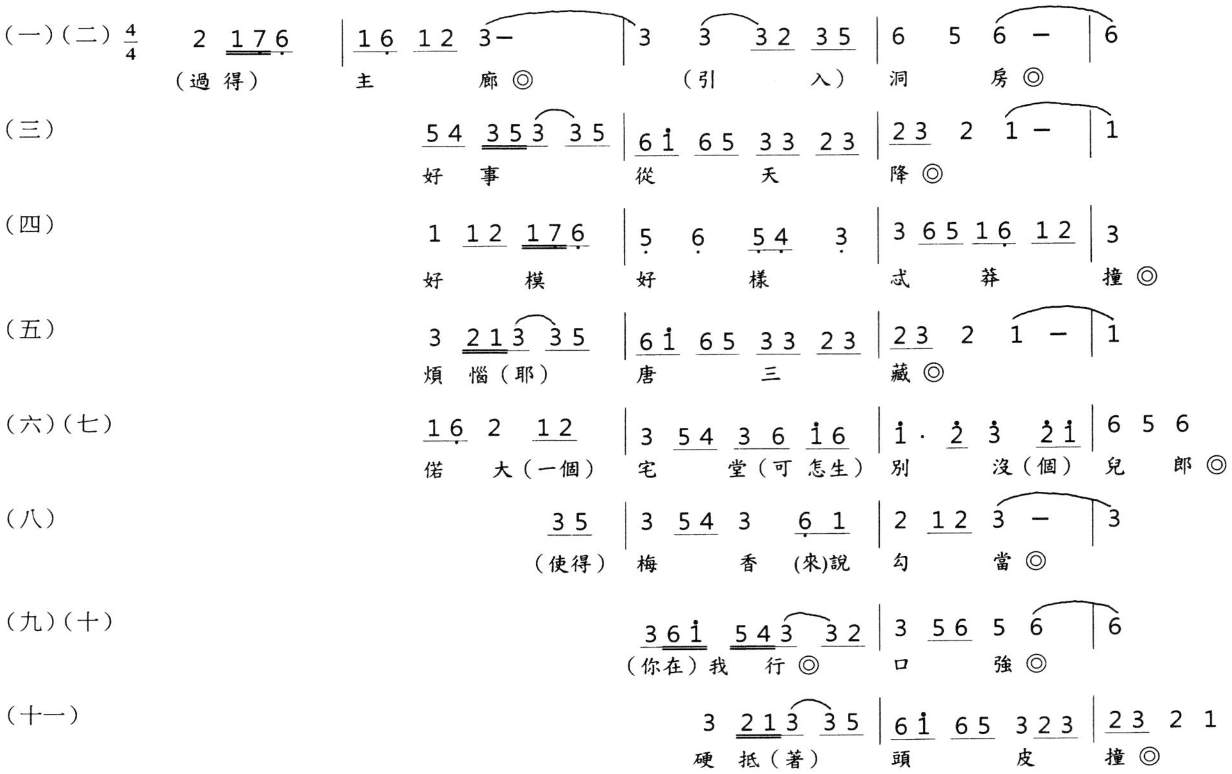

（一）（二）$\frac{4}{4}$　2 176 | 16 12 3– | 3 3 32 35 | 6 5 6 – | 6
（過得）主　廊◎（引　入）洞　房◎

（三）54 353 35 | 6i 65 33 23 | 23 2 1 – | 1
好事　從　天　降◎

（四）1 12 176 | 5 6 54 3 | 3 65 16 12 | 3
好　模　好　樣　忒　莽　撞◎

（五）3 213 35 | 6i 65 33 23 | 23 2 1 – | 1
煩惱（耶）唐　三　藏◎

（六）（七）16 2 12 | 3 54 36 i6 | i · 2 3 2i | 6 5 6
偌　大（一個）宅　堂（可怎生）別　沒（個）兒　郎◎

（八）35 | 3 54 3 61 | 2 12 3 – | 3
（使得）梅　香（來）說　勾　當◎

（九）（十）36i 543 32 | 3 56 5 6 | 6
（你在）我　行◎口　強◎

（十一）3 213 35 | 6i 65 323 | 23 2 1
硬　抵（著）頭　皮　撞◎

《梧桐雨》二【快活三】 末 唐明皇 唱（九宮14-4）

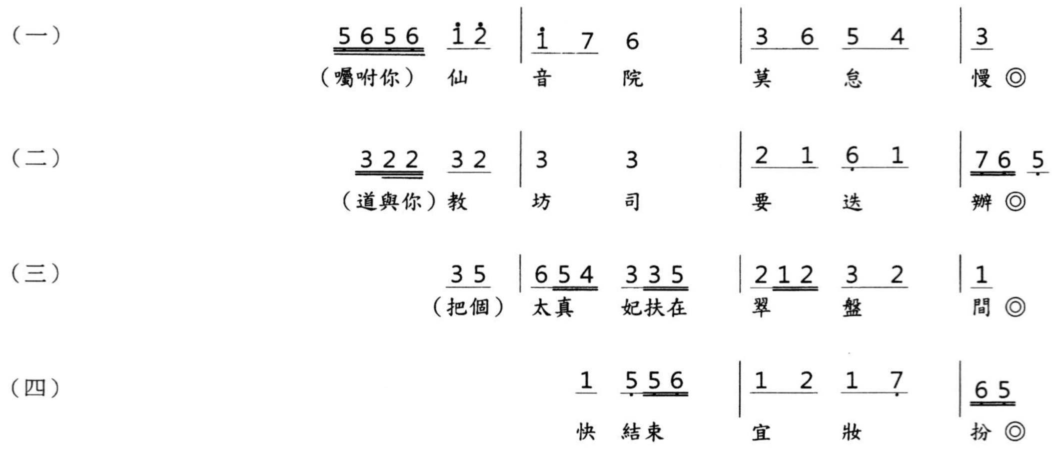

（一）	5656 (囑咐你)	i2 仙	i 7 音　6 院	3 6 莫　5 4 怠	3 慢 ◎
（二）	322 (道與你)	32 教	3 坊　3 司	2 1 要　6 1 迭	76 5 辦 ◎
（三）		35 (把個)	654 太真　335 妃扶在	212 翠　3 2 盤	1 間 ◎
（四）			1 快　556 結束	1 2 宜　1 7 妝	65 扮 ◎

《梧桐雨》二【鮑老兒】　末 唐明皇 唱（九宮14-4）

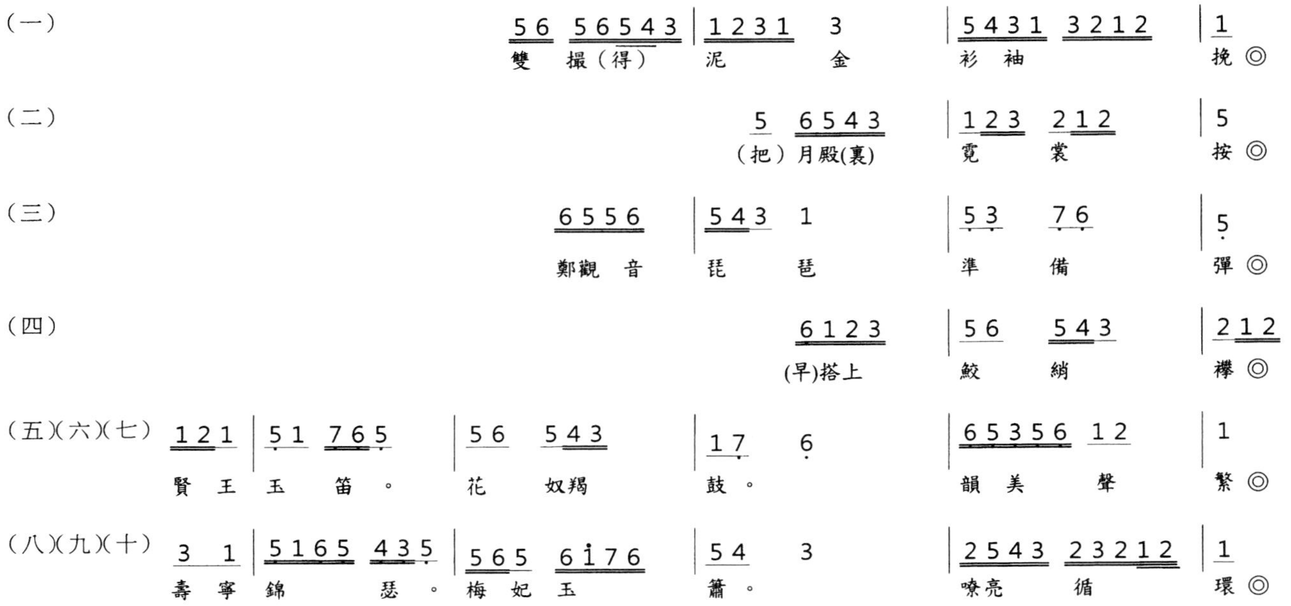

（一）　56 56543 | 1231 3 | 5431 3212 | 1
雙 攧（得） 泥 金 衫 袖 挽 ◎

（二）　5 6543 | 123 212 | 5
（把）月殿(裏) 霓 裳 按 ◎

（三）　6556 | 543 1 | 53 76 | 5
鄭觀 音 琵 琶 準 備 彈 ◎

（四）　6123 | 56 543 | 212
(早)搭上 鮫 綃 襻 ◎

（五）（六）（七）　121 | 51 765 | 56 543 | 17 6 | 65356 12 | 1
賢 王 玉 笛。 花 奴羯 鼓。 韻 美 聲 繁 ◎

（八）（九）（十）　3 1 | 5165 435 | 565 6i76 | 54 3 | 2543 23212 | 1
壽 寧 錦 瑟。 梅 妃 玉 簫。 嘹亮 循 環 ◎

《梧桐雨》二【古鮑老】 末 唐明皇 唱（九宮 14-5）

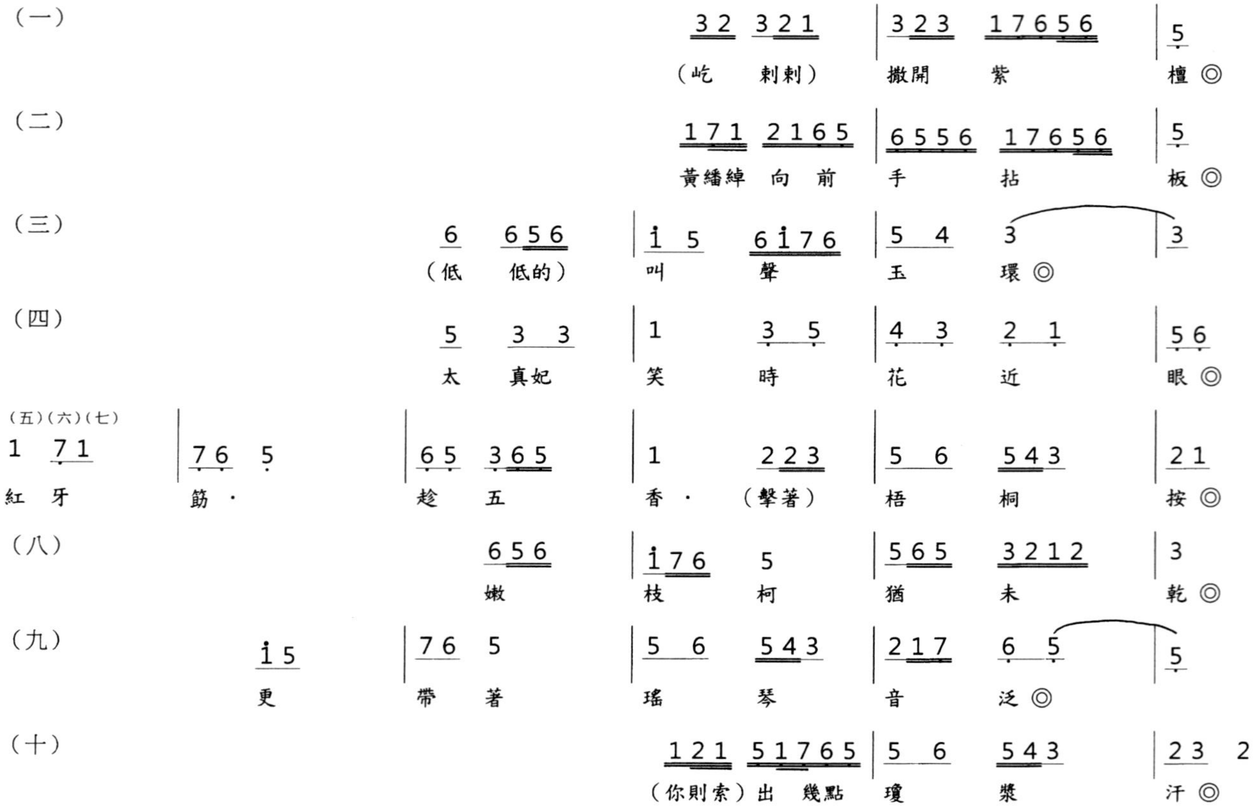

（一） 32 321 | 323 17656 | 5
（屹 剌剌） 撒開 紫 檀◎

（二） 171 2165 | 6556 17656 | 5
黃幡綽 向 前 手 拈 板◎

（三） 6 656 | i 5 6i76 | 5 4 3 | 3
（低 低的） 叫 聲 玉 環◎

（四） 5 3 3 | 1 3 5 | 4 3 2 1 | 56
太 真妃 笑 時 花 近 眼◎

（五）（六）（七） 1 71 | 76 5 | 65 365 | 1 223 | 5 6 543 | 21
紅 牙 筯． 趁 五 香． （擊著） 梧 桐 按◎

（八） 656 | i76 5 | 565 3212 | 3
嫩 枝 柯 猶 未 乾◎

（九） i5 | 76 5 | 5 6 543 | 217 6 5 | 5
更 帶 著 瑤 琴 音 泛◎

（十） 121 51765 | 5 6 543 | 23 2
（你則索）出 幾點 瓊 漿 汗◎

《魔和羅》四【柳青娘】　　末 張鼎 唱（九宮13-31）

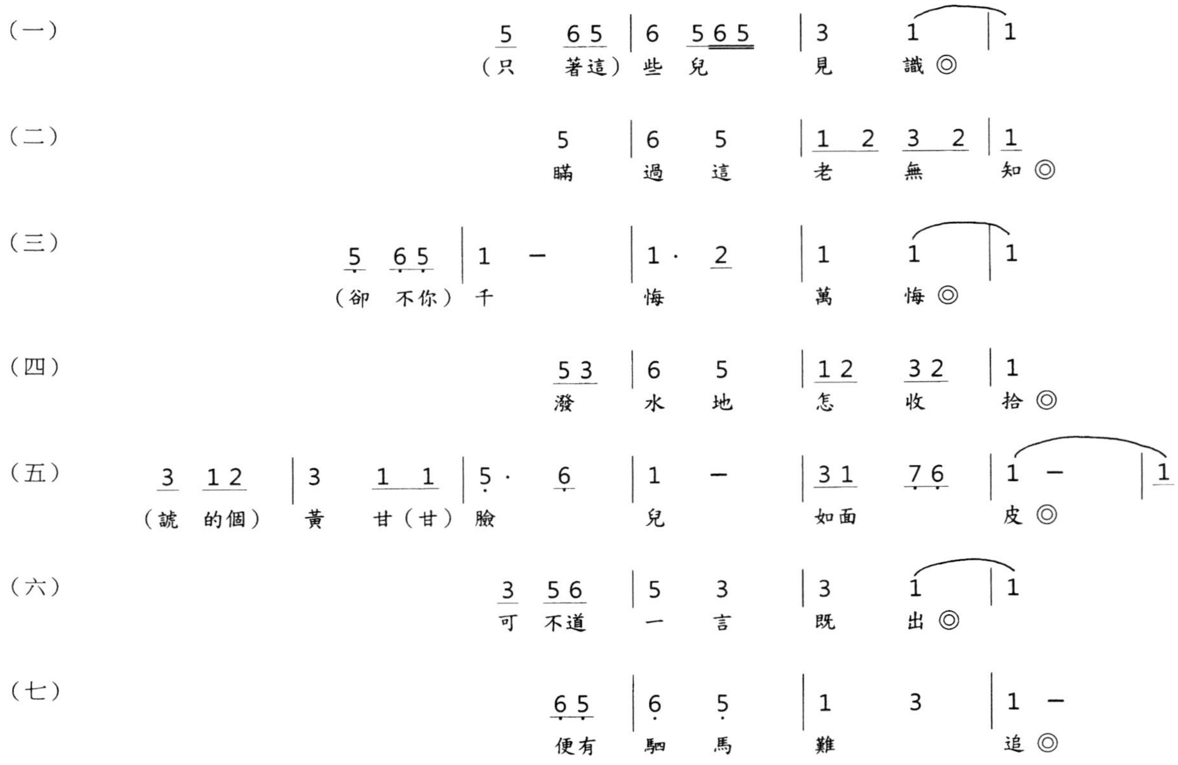

（一）
5 65 | 6 565 | 3 1 | 1
（只 著這）些 兒 見 識◎

（二）
5 | 6 5 | 1 2 3 2 | 1
瞞 過 這 老 無 知◎

（三）
5 65 | 1 — | 1· 2 | 1 1 | 1
（卻 不你）千 悔 萬 悔◎

（四）
53 | 6 5 | 12 32 | 1
潑 水 地 怎 收 拾◎

（五）
3 12 | 3 1 1 | 5· 6 | 1 — | 31 76 | 1 — | 1
（謊 的個）黃 甘（甘）臉 兒 如面 皮◎

（六）
3 56 | 5 3 | 3 1 | 1
可 不道 一 言 既 出◎

（七）
65 | 6 5 | 1 3 | 1 —
便有 駟 馬 難 追◎

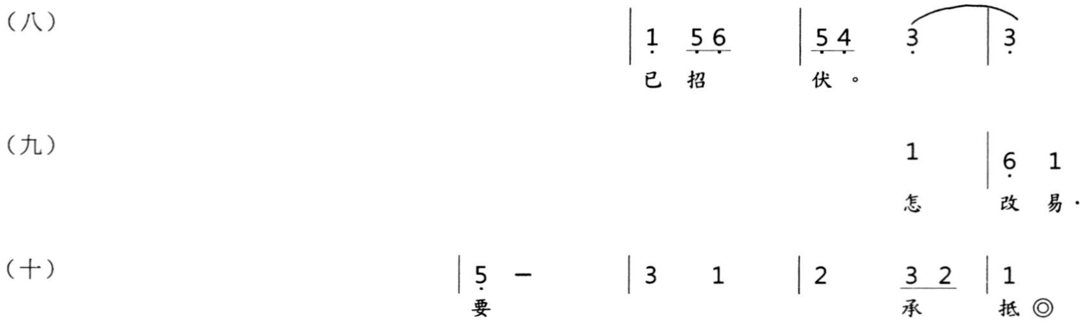

（八） | 1 56 | 54 3 | 3
已 招 伏。

（九） 1 | 6 1
怎 改 易·

（十） | 5 — | 3 1 | 2 32 | 1
要 承 抵◎

《魔和羅》四【道和】　　末 張鼎 唱（九宮 13-32）

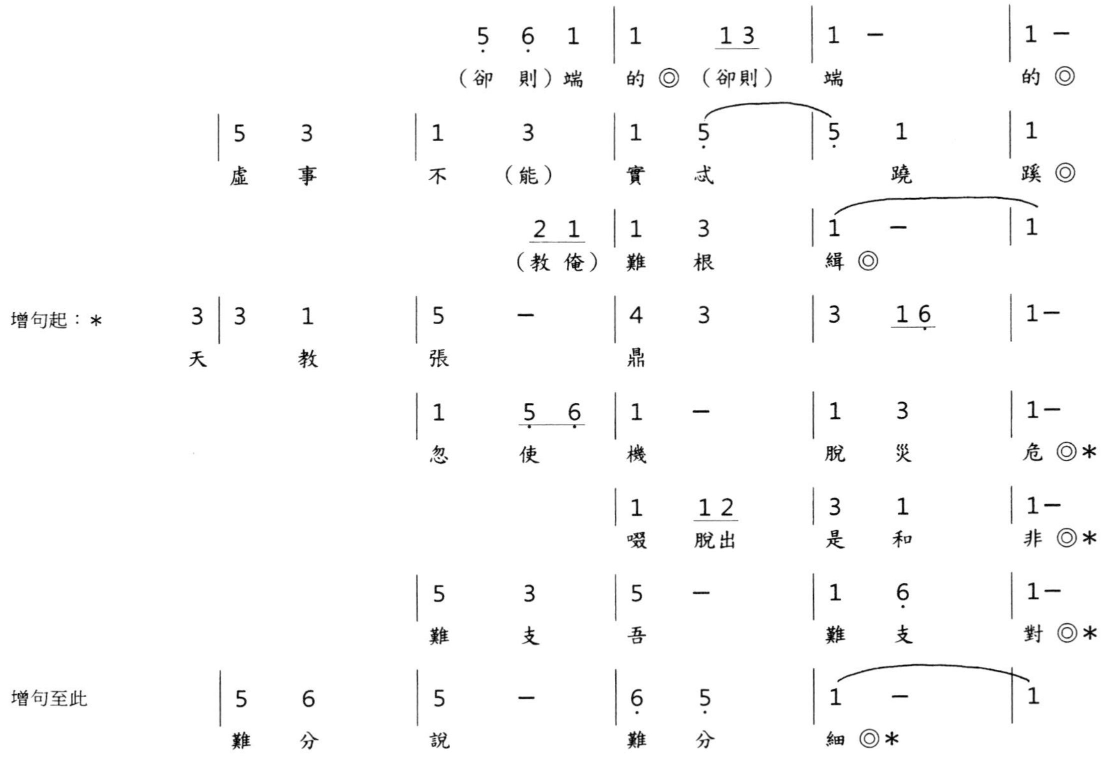

5 6 1 | 1 13 | 1 — | 1 —
（卻 則）端 的◎（卻則）端 的◎

| 5 3 | 1 3 | 1 5 | 5 1 | 1
虛 事 不（能）實 忒 蹺 蹊◎

2 1 | 1 3 | 1 — | 1
（教 俺）難 根 緝◎

增句起：* 3 | 3 1 | 5 — | 4 3 | 3 16 | 1—
天 教 張 鼎

| 1 56 | 1 — | 1 3 | 1—
忽 使 機 脫 災 危◎*

| 1 12 | 3 1 | 1—
啜 脫出 是 和 非◎*

| 5 3 | 5 — | 1 6 | 1—
難 支 吾 難 支 對◎*

增句至此 | 5 6 | 5 — | 6 5 | 1 — | 1
難 分 說 難 分 細◎*

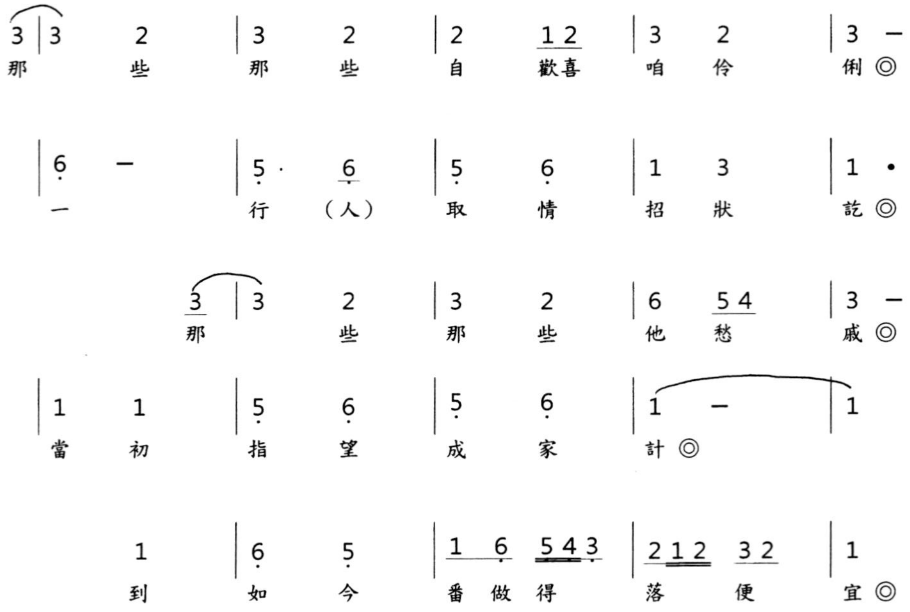

3 | 3 2 | 3 2 | 2 12 | 3 2 | 3 —
那 些 那 些 自 歡喜 咱 伶 俐◎

| 6 — | 5· 6 | 5 6 | 1 3 | 1 ·
一 行 （人） 取 情 招 狀 訖◎

3 | 3 2 | 3 2 | 6 54 | 3 —
那 些 那 些 他 愁 戚◎

| 1 1 | 5 6 | 5 6 | 1 — | 1
當 初 指 望 成 家 計◎

1 | 6 5 | 1 6 543 | 212 32 | 1
到 如 今 番 做 得 落 便 宜◎

《西廂記 1-2 ·借廂》【耍孩兒】　　末 張珙 唱（納西上）

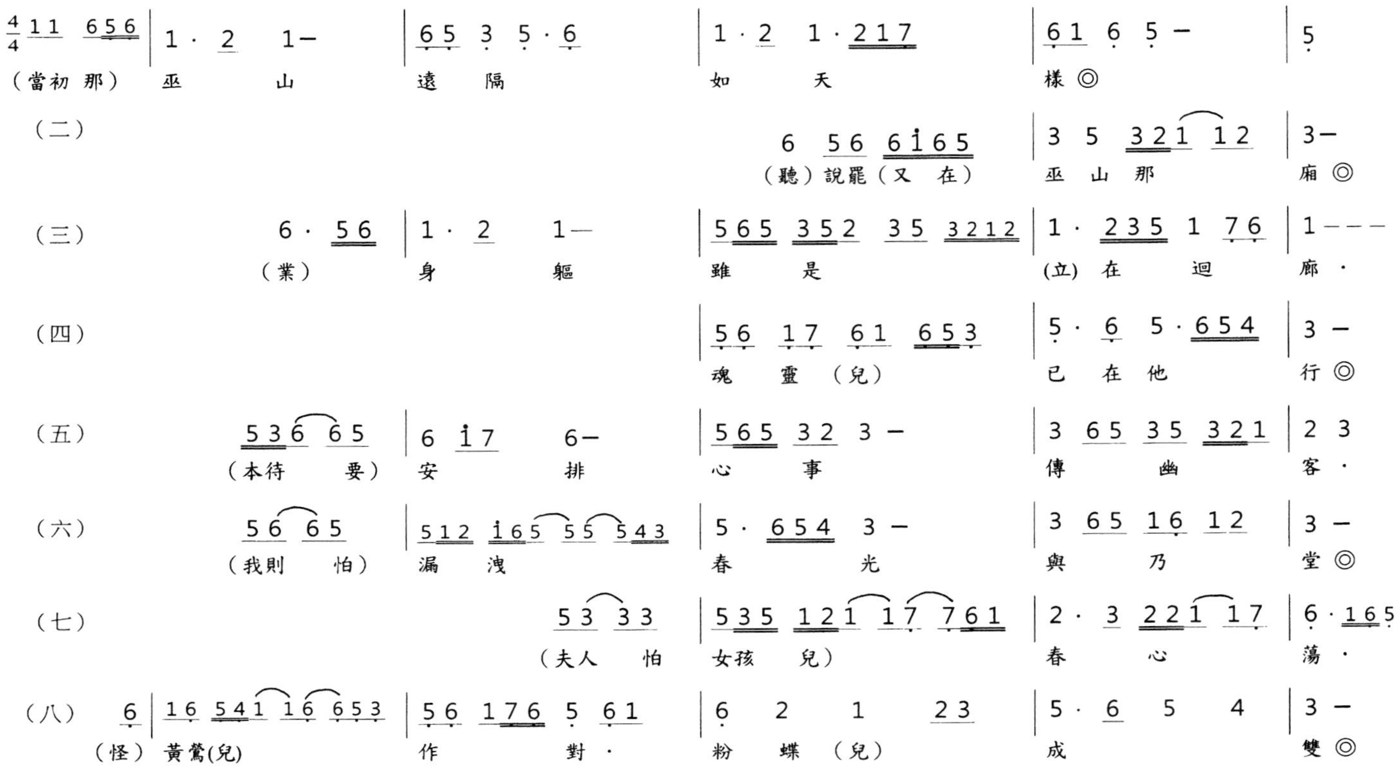

4/4 11 656 | 1 · 2 1— | 65 3 5 · 6 | 1 · 2 1 · 217 | 61 6 5 — | 5
（當初 那） 巫 山 遠 隔 如 天 樣 ◎

（二） 6 56 6i65 | 3 5 321 12 | 3—
（聽）說罷（又 在） 巫 山 那 廂 ◎

（三） 6 · 56 | 1 · 2 1— | 565 352 35 3212 | 1 · 235 1 76 | 1———
（業） 身 軀 雖 是 (立) 在 迴 廊 ·

（四） | 56 17 61 653 | 5 · 6 5 · 654 | 3 —
魂 靈 （兒） 已 在 他 行 ◎

（五） 536 65 | 6 i7 6— | 565 32 3 — | 3 65 35 321 | 2 3
（本待 要） 安 排 心 事 傳 幽 客 ·

（六） 56 65 | 512 i65 55 543 | 5 · 654 3 — | 3 65 16 12 | 3 —
（我則 怕） 漏 洩 春 光 與 乃 堂 ◎

（七） 53 33 | 535 121 17 761 | 2 · 3 221 17 | 6 · 165 ·
（夫人 怕 女孩 兒） 春 心 蕩 ·

（八） 6 | 16 541 16 653 | 56 176 5 61 | 6 2 1 23 | 5 · 6 5 4 | 3 —
（怪） 黃鶯(兒) 作 對 · 粉 蝶 （兒） 成 雙 ◎

《西廂記 1-2・借廂》【五煞】　末 張珙 唱（納西上）

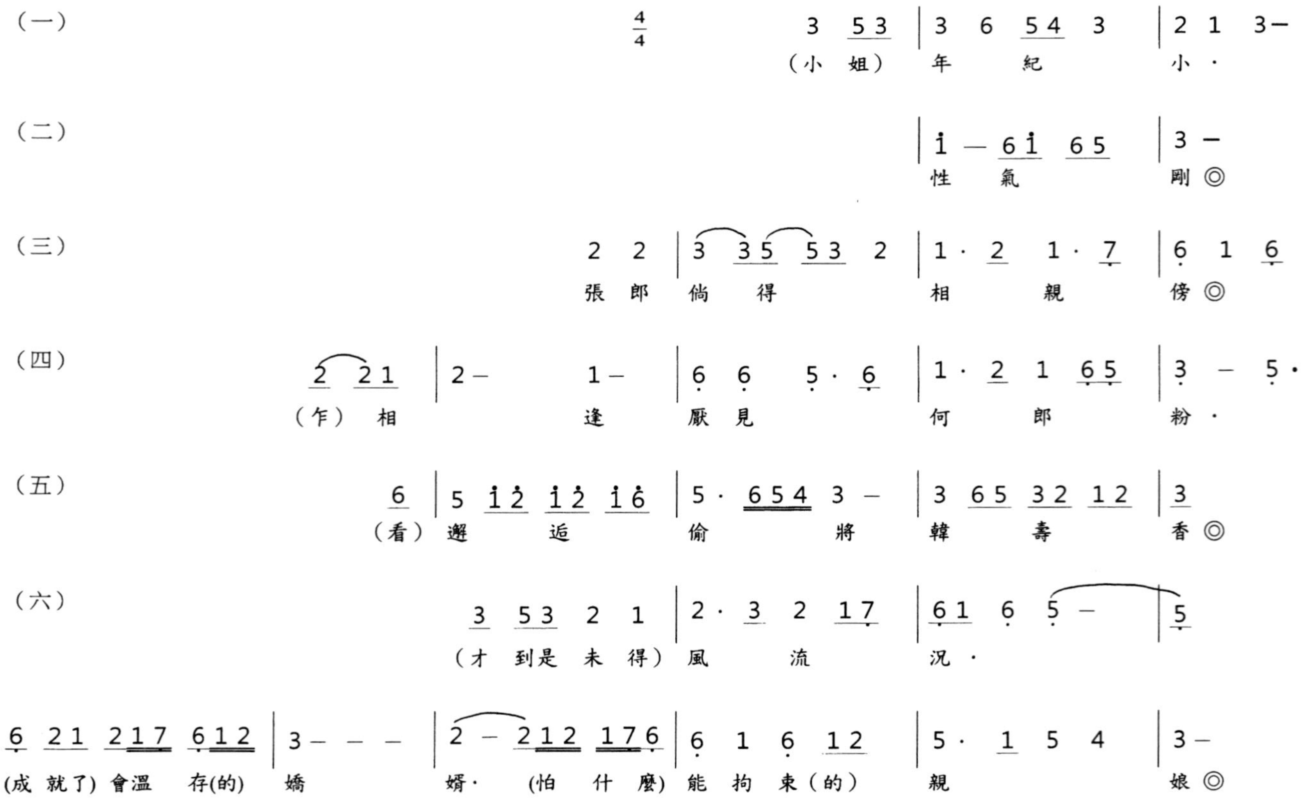

（一）
4/4　3 53 | 3 6 54 3 | 2 1 3—
（小 姐）年 紀 小・

（二）
| 1̇ — 61̇ 65 | 3 —
性 氣 剛◎

（三）
2 2 | 3 35 53 2 | 1・2 1・7 | 6 1 6
張 郎 倘 得 相 親 傍◎

（四）
2 21 | 2— 1— | 6 6 5・6 | 1・2 1 65 | 3 — 5・
（乍）相 逢 厭 見 何 郎 粉・

（五）
6 | 5 1̇2̇ 1̇2̇ 1̇6̇ | 5・654 3 — | 3 65 32 12 | 3
（看）邂 逅 偷 將 韓 壽 香◎

（六）
3 53 2 1 | 2・3 2 17 | 61 6 5 — | 5
（才 到是 未 得）風 流 況・

6 21 217 612 | 3 — — — | 2 — 212 176 | 6 1 6 12 | 5・1 5 4 | 3 —
(成 就了)會溫 存(的) 嬌 婿・ (怕 什 麼) 能 拘 束（的） 親 娘◎

《梧桐雨》四【白鶴子】前二支　　末 唐明皇 唱（九宮34-6）

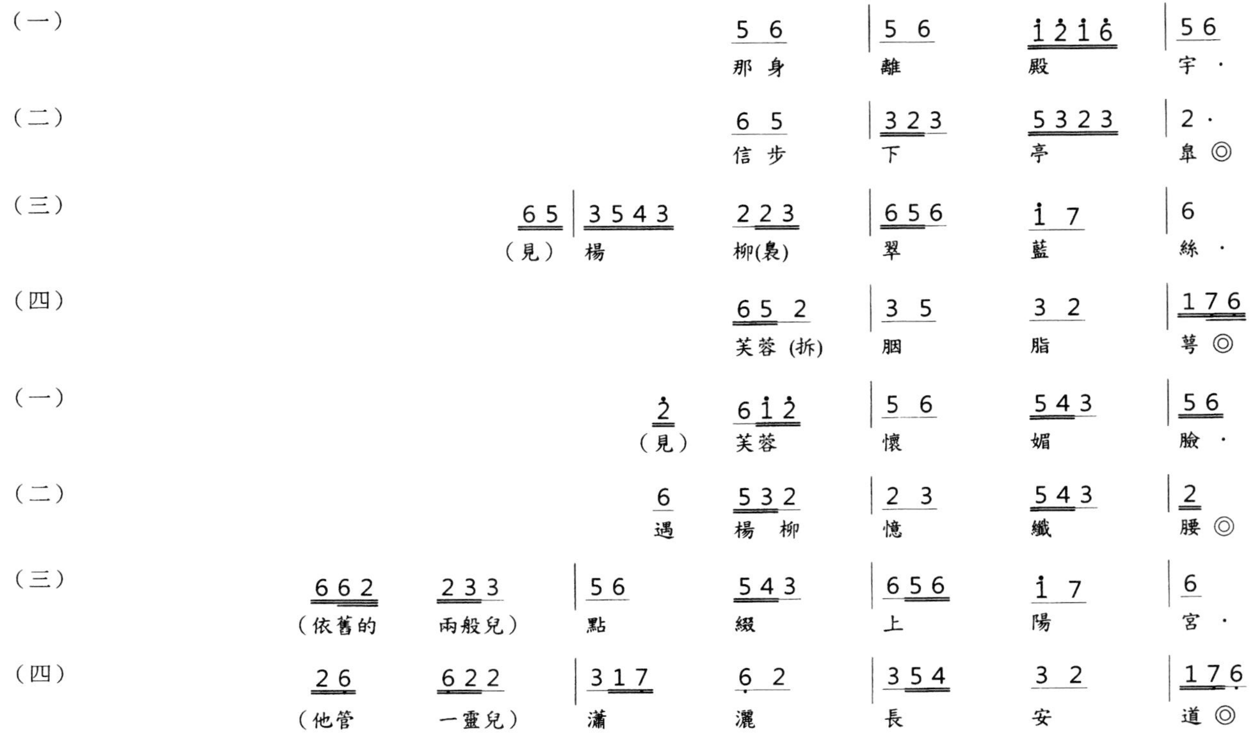

（一）		5 6	| 5 6	i2i6	| 56	
		那 身	離	殿	宇 ·	
（二）		6 5	| 323	5323	| 2 ·	
		信 步	下	亭	皐 ◎	
（三）	65 | 3543	223	| 656	i 7	| 6	
	（見） 楊	柳(裊)	翠	藍	絲 ·	
（四）		65 2	| 3 5	3 2	| 176	
		芙蓉（拆）	胭	脂	萼 ◎	
（一）	2	6i2	| 5 6	543	| 56	
	（見）	芙蓉	懷	媚	臉 ·	
（二）	6	532	| 2 3	543	| 2	
	遇	楊 柳	憶	纖	腰 ◎	
（三）	662　233 | 56	543	| 656	i 7	| 6	
	（依舊的　兩般兒） 點	綴	上	陽	宮 ·	
（四）	26　622 | 317	6 2	| 354	3 2	| 176	
	（他管　一靈兒） 瀟	灑	長	安	道 ◎	

後　記

本書乃據筆者碩士論文修訂而成，歲月匆匆，畢業已然十二年了！而今任教於新竹教育大學中文系，開始帶研究生寫碩士論文，戰戰兢兢的過程，猶如自己當年寫作。回首舊作，幾番猶豫是否出版，但敝帚自珍也罷，論題的獨特性也罷，還是決定讓它面世，雖然修訂有限，主要是調整了第一、二章的行文次第、部分舉例或論述、精簡附錄譜例；希望藉此讓曲學、戲曲音樂這一冷門領域，能有更多後進者一起努力，尤其當年李殿魁老師特別強調注意「韻腳」，這在書中論述及附譜多有呈現。本書能順利出版，感謝丁敏雰同學協助整理文稿、花木蘭文化出版社細心編輯，當年特立獨行的橫式版面、寬度不一的繁複表格、重新處理及繕打譜例等，讓出版過程平添繁複，非常感念大家的鼎力襄助，謹借此一端聊表謝忱。青春歲月不可復返，願將當年碩論的「開場白」，迻錄如下，紀念那一段漸行漸遠，卻難以磨滅的美好回憶。

佳　儀

2013 年秋日，於竹教大中文系 3210 研究室

下午四點，款步上山，午後的豔陽依舊亮麗，灑下一地的輝煌，環山道上嫩綠的樹葉、熙熙攘攘的人潮，掩不住我心底些許的落寞與不捨。在這兒走了七年，政大的學生來來去去，滿以為可以打招呼的人少了，哪知沿路竟遇到學妹、學姐，還有韓國學生。

在這裡，除了饑渴地閱讀、參與，一償讀中文系的夙願，更優游於音樂、戲曲間，拉二胡、學崑曲，以致選擇研究戲曲、看戲、演戲，「戲曲」是我的

生活方式！明知困難，仍不可自拔地踏入戲曲音樂的領域，周遭的人或是欣羨我可懂音樂，鼓勵我嘗試不同領域的研究，或是懷疑我讀中文怎麼研究起音樂來了！只是「曲」這一結合文學及音樂的文體，畢竟不同於器樂曲，我期許自己從文學出發的研究能更貼近戲曲本質，論文只是一個開端，有太多的不足，但我知道自己眞心願意在燈下與樂譜對望。

謝謝李殿魁老師歡迎我這不速之客，從此我體會到中國音樂強調句、韻，老師總喜歡說：「西洋音樂是從頭看到腳，中國音樂是從腳看到頭！」如此匠心獨運的理論，安頓了我閱讀其他音樂書籍的困惑。老師是論文的強力推手，每個星期上課，最怕老師問我：「最近有什麼想頭啊？」這話督促我每週都得有些想法。最感動的是我在大陸時，與老師相約在溫州的「南戲國際學術研討會」，第一天看戲回來，都十一點多了，還帶著我看在北京收集到的樂譜，看完戲還可即時討論；到上海更是善盡地主之誼，帶我們見人所未見！

謝謝蔡欣欣老師，從大二開始帶著我們讀戲曲史、劇本、看戲、作計畫，將我帶入較少接觸的布袋戲、歌仔戲、京劇藝術教育領域，沒想到我們第一次計畫案作「元曲四大家劇作演出資料彙編」，竟與論文題目最相關，從中習慣於收集資料、整理資料，老師也一直鼓勵我嘗試戲曲音樂的領域，塡補這方面的不足，不斷幫我打氣加油，要我對自己有信心。

很高興拿到「中華發展基金管理委員會」獎助研究生赴大陸地區研究的獎學金，北京中國藝術研究院戲曲所的資料室，深藏在胡同中，眞是查閱早期資料的天堂；上海圖書館的開放與便利也讓我眼睛爲之一亮。謝謝北京的周育德老師饒富機趣的提點、傅雪漪老師熱心告訴我戲曲音樂中諸多問題，及在溫州因看戲時鄰座而聊起來，被我纏到連吃飯都不放過的流沙老師。

謝謝口試時林鶴宜老師、朱昆槐老師的建議，爲我改正論文不妥之處，也勉勵我更進一步。

寫論文的過程，由衷感謝同學們互相砥礪，催促彼此的進度，佳瑩、楊明、瑞文這些同班七年的同學，還有嘉純學姐的關心，文芳在我口試前一天還陪我模擬問答，遠在美國的怡慧學姐說我至少不必用英文寫作論文；藝術學院的韻清、翠蓉、雅如，和你們一起上課，我覺得自己並不寂寞。謝謝美如學姐與我討論北曲的相關問題，我也得知音樂人的看法。寫論文也是增進感情的方法之一，至少適用於我和嘉齡學姐。室友春燕，讀歷史的她，我們文史相得益彰，總有聊不完的話，只有她才能讓我熬夜聊天。

學崑曲對我而言眞是推波助瀾！大二時眞不願意挑起政大崑曲社復社的重擔，但公演完後的滿足卻是支持我們走下去的動力！謝謝帶著我們排戲的陳彬老師、林逢源老師；陳彬老師眞是崑曲社的娘，知道我忙著寫論文，怕我壓力太大，還要我有空去拍曲。謝謝共度四年的佩眞、貞儀、佩君，親蜜地答嘴鼓，賴在我寢室的閒適；還有拍一齣〈井遇〉讓我深刻感受南北曲風格不同的周志剛老師。連起初不喜歡我週末匆匆回家又出門排戲的母親，有回忍不住問我：「你最近都不去排戲呀？」我總戲稱排戲可以讓我更健康：早睡才有嗓子，走身段能更有活力！學戲讓我對劇場、舞台、排場有異於劇本的體會，學而後知難。

夜裡的涼風陣陣拂面而過，我高唱著曲子下山，指南路上燈火點點，小吃店的老闆娘溫情地爲我加菜，校園裡學弟熱情邀約，一切是如此的親切，我的腳步輕快起來了！一路行來，謝謝大家的鼓勵、包容與支持！

佳　儀
2001/7/25 夜，於政大莊敬九舍 M216 室